十年後の恋

辻仁成 *Tsuji Hitonari*

集英社

十年後の恋

1

あれから十年の歳月が流れた。そして、私はようやく恋をした。もっとも、それを恋と決めつけていいものか、分からない。目まぐるしく移ろうこの時代の潮流の中、今まで当然だと思われていた価値観が変容してしまった。けれども、どのような急激な時代の移り変わりの中にあろうと、時代の節目にいようと、変わらぬものがある。人は人と出会い集うことで人生の意味を見つけるのだ。握手さえも出来なくなった、他人と濃厚に接触出来ない時代に生きているからこそ、逆に、大事な人とは繋《つな》がりたいという想いが強くなる。

フランス語の Amour には日本語の愛と恋の両方が含まれてしまう。愛と恋の使い分けは日本人が得意とする巧みな修辞である。このことは後に譲るとして、日本人の両親から教わった愛と恋の違いが、皮肉なことに、フランスで生まれ育った私には生きる上での中心的な指針となった。

これは愛についての物語であろうか、それとも恋について書かれた物語だろうか。

以前の世界を私は目を細めながら、以降のこの世界から思い返す。その時、世界はまだこれまで通りの日常の中に在った。その時、握手も出来たし、肩を並べて歩くことも出来た。子育てをし、仕事をこなし、身の回りの出来事に翻弄されながら、私は悩んだり、笑ったり、泣いたり、頑張ったりしていた。

とくに離婚後のあの十年はとても恋など出来るような精神的余裕はなかったし、もう二度と男の人なんて好きになるものか、と自分に言い聞かせ続けてきただけに、それが恋なのか、と悟った時の新鮮な喜びというのか、実体のない不安を忘れることが出来ない。

でもそれは燃え盛るような若い頃の無謀な恋とは違い、それを恋と認めてよいのかさえよく分からない、ゆったりとした時間の流れの中での、大人しい心の変化とでも言えるような想いの塊で、それだと気が付くまでに、結構な迷いと相当な時間を要したことは認めなければならない。以降の世界における今も、それがなんだったのか、今一つはっきりとはしないし、恋というありきたりな言葉にすること自体、憚《はばか》られ、そもそも躊躇《ためら》われる……。

でも、それが愛じゃなく恋だったからこそ、私は今もこうやって、アンリを待つことが出来ているのかもしれない。

正直、そんなことはどうでもよくて、以前の世界でアンリ・フィリップと持った時間は、私自身を含め、周囲の批判や猜疑心《さいぎしん》とは関係なく、生涯忘れることの出来ない尊いものとなっている。

「マリーは人を信じるのが苦手なの？」

これが、アンリが私に向けて、以前の世界で、たぶん、はっきりと何かの意思を伝えようと向けた最初の言葉だったのじゃないかと記憶している。

「マリーじゃなく、マリエ。Marie と書くけど、発音はマリエ。日本のパスポートにも Marie と印刷されているけど、マリエと呼ぶの。日本人の両親が、私がこっちで生まれたから、日仏、どっちでも使える名前を考えたのよ」

「すまない。マリエ、いい響きの名前だ。じゃあ、言い直そう。マリエはきっと人を信じることが出来なくなっているんだよ」

アンリの、こちらの心を見透かすような、柔らかいが鋭い微笑みが強く印象に残った。あれはどういう席での発言だったのか。夏の夜の少しなまぬるい空気が肌にまとわりついてきた。知っている人と知らない人が混在する何かのパーティの席だったと記憶しているが、あまりにアンリの存在感が強過ぎて周囲の人たちが霞《かす》んでしまったほど……。

こんな時代になる前のことだから、古いホテルの結構ごちゃごちゃしたバーラウンジのカウンター周辺で、十人ほどが、まだ社会的距離など気にすることなく接近し、時には肩を叩いたりしながら、立ち飲みしていた。その中心にアンリがいて、私は初対面である上に、そのメンバーの中ではたぶん自分が一番かその次くらいに年下だった。私のことを知る誰かが不意にシングルマザーである私の現状を言い立てて、そのせいで話題が私の私生活へと及び、皆が私を肴《さかな》に盛り上がった最後の方で、アンリが、あの低い声でぼそっとそんな風なことを言った。その言葉に私はこう返したと記憶している。

「だって人って嘘をつくし、豹変《ひょうへん》するし、自分のことばかりだし、信じた結果が今現在の私なんですもの」

酔っていなければこんなこと、初対面の人に向かって言うこともなかっただろうし、アンリの安心感のある佇《たたず》まいにちょっと甘えての愚痴だったかもしれない。

「上手に騙《だま》されてみるのも楽しいものだけどね」

どうしてそういう結論が出たのかは記憶が曖昧だが、その一言が私の心にすっと寄り添ってきたのは事実。それってどういうことなんだろう、と考えながら、アンリとの出会いを面白がっていたというのが、彼に対する第一印象であった。

それから間もなくして私たちは二人だけで会うようになる。まず向こうから連絡があり、メールだったと思うが、いや、もしかするとSMSでだったかもしれない。そこには、

『時間が許すなら、美味しいものでも食べに行きませんか？』

と書かれてあり、そのいきなりの誘いがちょっと軽率にも感じられたし、嬉しくもあって、でも、悩んだ割に、あっさり受け入れてしまったのは、どこかに好奇心があったからかもしれない。警戒しながらも、何かを変えてみたかった時期でもあった。最初は軽い気持ちで、そうだ、きっと冒険してみたかった。

アンリは身体《からだ》がとにかく大きいのだけど、太っているわけじゃなくがっしりとした人で、しかし、その大きな体軀《たいく》を見せびらかすことはせず、どのような席であろうと周囲に不快な気持ちを与えることのない、礼儀正しい振る舞いを維持した紳士であった。

髪はつねに短く刈り揃えられているし、いつだって髭《ひげ》も丁寧に剃ってある。黒髪なのだけど、瞳は青く、眉毛が太く、中世の絵画に出てきそうな、彫りが深く凛々《りり》しい顔立ち……。ハンサムかどうかは分からない。好みかと言われれば違う。でも、男性に対して、理想など持っていられるような生活環境にはなかった。

出会った当時はまだ知らなかったことだけど、ロシアの血が混じっている。そのことは後に譲るとして、とても野性的な逞《たくま》しさを醸し出しながら、同時に不思議な繊細さが潜んでいて、なんだろう、完璧すぎるせいでか、会話や佇まいや存在に、嘘っぽく思える時があるというのか、見た目と内面のその光りと翳《かげ》の奇妙なコントラストのせいに違いないのだけど、それとも彼が話す内容がつねにファンタジックだったせいでか、濃い眉毛と青い瞳のアンバランスによるものか、摑《つか》みどころのないミステリアスな気配が、私の気を引いた。

会う時はいつも仕立てのいいジャケットを着ているし、趣味が滲《にじ》み出る芥子《からし》色系の地味だけど存在感のあるネクタイをきちんと締め、胸にはポケットチーフをさりげなくのぞかせ、それはまさにオールドスクールという言葉がぴったりの装いで、何より、紳士を絵に描いたような、身なりをつねに崩さない人物でもあった。

いついかなる時も変わらない佇まいの中に、私は彼の生き方の一端を見ることになる。それにいつも笑顔で、その笑顔も人を試すような笑顔じゃなくて、不意に目元を撓《しな》らせ、私の心に潜り込んでくる、とっても人懐っこい笑みで、そういう時はだいたい二人きりの時なのだが、まるで少年のような顔で、だから普段とのギャップも手伝って、私は誑《たぶら》かされてしまうのだ。

そして、彼はディスクレットな人物でもあった。自分の思想や成功をひけらかすことのない人柄。今思えば、それが彼の手だったのかもしれないけれど、うん、きっとそう、でも、出会った頃は、こっちからいろいろと聞き出さなければ、その半生の秘密に辿《たど》り着くことが出来なかった。どのような人生を歩んできたのか、酔った勢いで探りを入れてみるが、

「僕なんか、とくに自慢出来るような人生を生きてきたわけじゃないしね」

とつねにはぐらかされ、彼の生涯に纏《まつ》わる謎はますます深まるばかり。

けれどもヴァンドーム広場に面した古いホテルのバーに連れて行かれた時、ドアマンが駆け寄って来て、彼の名前を口にしてお辞儀なんかをする。こちらによく来られるんですか、と訊《たず》ねると彼は、昔、羽振りがよかった頃に一時期住んでたからね、と微笑みながら言ったりする。

「でも、今はバーに立ち寄るだけ。それは過去の栄光、今は貧乏暇なし」

お金がないと言いながらも、案内されたバーはとっても洗練されていて、すでに隅の席

が用意されてあって、そこはいつも彼が座る場所なのか、彼の気配や匂いが染みついているようで、匿《かくま》われたような快適さを覚えた。

そうだ、彼が纏《まと》っている香水は彼の性質にそっくりな控えめなもので、仄《ほの》かにグレープフルーツの香りがした。お金もないくせにね、の一言がその香りと共に私の中に残ることになる。その時は、なんであんな言い方をしたのか、小骨のようなものが心に引っかかって、不思議でならなかった。

「こうやって知り合いになれて、よかった」

とアンリが言ったので、私は、まだ何もあなたのことを知りません、と言い返したら、アンリは私を振り返り、たしかに、と吐き出し、またニコッと。こういうとりとめもないやりとりが最初の頃、しばらくの間、続いた。

天井も壁も濃い色の歴史的な板材、大きな額縁に昔の人の肖像画が入れられてあり、並べられた椅子とテーブルの間はゆったりと距離がとられ、こういうのを英国調というのか、パリでは滅多にお目に掛かれないクラシックな統一感に、圧倒され、実は、最初はちょっと落ち着かなかった。

アンリは、その雰囲気の中に溶け込んで、飲んでいるだけだった。とくに会話は弾まず、積極的に私のことを聞き出そうとすることもしなかった。ずっと並んで二人でグラスを傾けているだけのゆったりした時間が過ぎていく。まどろっこしいのだけど、私が生きる映画の世界の慌ただしさとは比較にならない長閑《のどか》な世界がそこにあり、逆に新鮮であった。

「いつもこんな感じ?」

「なにが?」

「いや、あまりお話しされないから」

「喋《しゃべ》るよ。でも、今は必要ないな、と思って」

そう言って、クスッと微笑む。ジャン＝ユーグ・フールニエとは人柄も雰囲気も性格も何もかもが根本的に違っているので、なぜか、余計なことを説明しないで済む人間関係が新鮮で、嬉しくもあった。仕事柄、私は、自分を説明したがる人ばかりに囲まれていたからである。

隠れ家的なレストランに招待されたことも幾度かあり、いつも支払いは彼がして、車まで手配して、私を先に帰してくれる。

「遅くまで付き合わせてごめんなさい、楽しかった。また次回」

というのが決まり文句だった。下心というのか、男女間にありがちな駆け引きのようなものは微塵《みじん》も感じさせなかったし、そこそこ大きな子供を二人も育てている、決して若くもない私といて何が楽しいのだろうとこっちがちょっと心配になるくらい、アンリは私と一緒にいることを静かに面白がってくれているようであった。

車が走りだして、少しして振り返ると、アンリはまだそこに立っていた。私は手を振ったが、向こうからは光りの反射のせいできっと見えなかったはず。見えないのにずっとそこにいて、毎回、車が視界から消えるまで静かに見送ってくれた。

夫だったジャン＝ユーグ・フールニエは正反対で、付き合いだした頃も、別れた時も、自分勝手でそれは傲慢な人間だった。最初から分かっていたのに、なぜ、私は彼と結婚をしてしまったのか。そこだけがいまだによく分からない。周囲の友人たちがバタバタと結婚し始めていた時期でもあったし、ジャン＝ユーグが言葉巧みだったのは事実だけど、焦りや気の迷いも多少はあったに違いない。

彼との間には二人の子供がいて、彼は医師なので時間が取れないという理由で私が育てているのだが、出張から帰ってくるような感じで、いつも何の前触れもなくふらっと子供に会いに来たりする。

二人子供が欲しいと言い張って、その言葉を叶《かな》えてあげて、でも、他に好きな人が出来たからとある日、一方的に出て行ってしまった。しかも、その人とはすぐに別れている。もしかすると、私が思うほど彼を以前の世界では嫌ってはいなかったのかもしれない。そのことはあとで少しだけ分かることになるのだけれど、でも、あの世界ではずっと私の敵であった。

幼い子供を抱えながらも、生きていくために私は元の職場、フィルム・デリプスに復帰し、この十年、がむしゃらに子育てと仕事を両立させてきた。

幸いなことに、ボスのバンジャマン・ペランが再び私を引き受けてくれたので、私はキャリアを生かすことが出来たし、それなりに責任ある仕事を任されての復帰となった。大学卒業と同時に入社した映画製作会社フィルム・デリプスで長年、私はボス、バンジャマン・ペランの下で、主に映画製作のスタッフを務めてきた。そのキャリアのおかげで、生活には困らない収入を確保することも出来た。

出産や子育てのためにブランクがあった私を再び戦力として採用してくれたバンジャマンに報いるためにも、私は若い頃以上に仕事に没頭した。離婚後しばらくは、左岸、十五区にある親の家の近くに越して、母、サワダ・トモコの協力を得ながら、実家と会社とクレッシュ（託児所）の行き来を繰り返した。今回のように、長編映画の製作がはじまり生活が不規則になると、母が子供たちを実家で預かってくれた。その期間は半年から長いものでは一年にも及んだ。この十年、私が担当した映画は今作を含めて五本、二年に一度は長期間、母が子供の面倒をみ続けてくれたことになる。

そして今年、やっと上の子が中学一年生に、下の子も小学五年生になり、一番手のかかった時期はなんとか通り過ぎて、二人とも女の子だからかませており、離婚を経て姉妹の結束も強くなり、私自身、離婚後の一番つらい時期を克服出来、いくらかのゆとりが生活の中に生まれ始めていた。

日本人の母、トモコの支えがなければここまで順調に子供たちを育てられなかったかもしれない。母は、そろそろ、あなたも自分の将来のことを考えるべきじゃないの、と言う。そんな時、すっと頭を過《よぎ》っていくのがアンリの穏やかな笑顔であった。でも、すぐにその妄想はかき消される。これ以上、男問題を抱えるのは御免なのだ。

四十歳を目前にして、私は製作部のプロデューサーに就任することが出来た。それを望んだわけでもなかったし、人生には挫折が付きまとってきたが、なぜか、その悔しさがバネにもなって、キャリアだけは更新し続けることが出来てきたように思う。

その絶妙なタイミングでのアンリ・フィリップの出現はいったい誰のどのような差し金だったのだろう。仕事と子育てだけに明け暮れた私の心に彼が持ち込んできたさわやかなひと時はまるで人生のご褒美のような安寧を私に与えることになる。

「いや、こちらこそ。ただ、こうやって、あなたと食事する時間が僕には何よりのご褒美なんだから」

アンリはよくそんなことをさりげなく、言い放った。

「マリエとこうやって過ごす時間が僕にどれほどの癒しを与えてくれていることか」

「ちょっと待って。あの、私は……、いいですか、それは私の台詞《せりふ》よ。でも、分からないの。どうして、私なんかに、その、若くもないし、子育てに疲れ切っているこんな私に……」

いつものバーのいつもの席で私はちょっと冒険に出てみた。これまで一度も触れずにきた核心部分に踏み込んだ。アンリの顔色の変化を見逃さないよう用心しながら……。

「アンリ。一度きちんと聞かせて貰いたいことがあるの」

「なんだろう」

「いつもこうやって美味しい食事をごちそうになり、食後はここに来て、さらに素敵な時間を過ごさせて頂いている。でも、それはなんで？」

「なんで？　そうだね。癒されるから」

「私のどこに癒されるの？」

「ちょっと待って。それは僕の台詞だよ。僕はこの通り、マリエに比べたらずっと年上だし。今は独身だけど、結婚もしていたし、子供たちは二人とも海外で暮らしていて、二人とも子供がいて、あ、つまり僕、孫がいるんだ。若いおじいちゃん」

アンリはいつもの微笑を浮かべながら、ウイスキーを飲み干す。もしかすると、何もかも冗談なのかもしれない。そう思い込む方が、正直気が楽でもあった。真剣な話しならば、ウイスキーを飲んで言ったりはしないだろうし、でも、からかっているような軽い口ぶりでもなかった。

いつも、彼はミシェル・クーヴルーという原酒はスコットランド、熟成はフランス・ブルゴーニュ地方という英仏合作ウイスキーをロックで嗜《たしな》んでいる。ワインが苦手で、と苦笑する時のその横顔なんかに、私は酔わされていたのかもしれない。

でも、一言最初に断っておくべきかもしれないのだが、一目惚れをしたとか、最初から好意があったというわけではない。会っているうちに、じわじわと自然に、お互いの溝を埋めていくような感じで、親密になっていった。それなりの時間も当然費やし、それなりに用心深く注意していたと思う。

もちろん、そうね、否定出来ないことだとは思うけど、私には微《かす》かな期待もあった。でも、どこかで人生に対して諦めもあったので、期待といっても、目標とかではなく、なんだろう、憧れ？ そう、密《ひそ》かな憧れのレベルの好意が存在していたのじゃないか。

ウイスキーを舐《な》めた後、何かを思い出すようにボトルの並んだ壁をじっと見つめているアンリの横顔に安心感を覚えてならなかった。

相変わらず、私たちは、会話よりも、黙っていることの方が長かった。でも、不要な会話がない分、逆にちゃんと繋がっている気がした。ジャン＝ユーグは自分のことをこれでもかと説明したがる人だったので、その違いは明らかであった。

「どんな人だったのか、聞いてもいい？」

「え？ 誰が？」

ある時、私はアンリの、離婚したｅｘ－ワイフのことに触れた。クスッと微笑んでから、いや、とくにお話しするようなことは何もない。でも、三十年ほど一緒に暮らした仲だからね、と告げ、私を驚かせた。

「三十年？」

「ちょうど丸二年になる、離婚して」

アンリは私の方へ身体を向け、背筋を伸ばしてから、ダメかな、と開き直るような感じで告げた。まだ離婚したばかりだということが、自分でも驚くほど、私の中に衝撃を持ち込んだ。やっぱり、私はどこかで期待を持っていたのかもしれない。人間は期待をするから苦しくなる、ということを嫌というほど知っていたくせに……。

「熟年離婚というやつだよ。次男がアメリカ人の娘さんと結婚したのを機に、僕らもお互いの人生を一度見直そうということになってね。でも、もちろん、喧嘩《けんか》別れじゃないから、今でも付き合いは続いていて、変な話し、向こうの新しい恋人、いや、恋人のような奴のことまで、相談されたりしている」

ここで、彼は珍しく笑いだした。

「しかも、その若いツバメ君、彼女より十五も下だっていうんだから、どう思う？」

不意に言葉が多くなったので、人間味のあるアンリが顔を出し、そのことでも私は奇妙な鼓動を覚えた。だから、未練とか、あるの？　と訊《き》き返してしまう。

「まさか。でも、幸せになってほしいとは思っている。いろいろと迷惑をかけたから」

「迷惑？」

そこで私の視線はアンリの視線と中空で絡んで縺《もつ》れてしまった。アンリの視線がわずかにずれて、行き場を失《な》くしたように感じたので、あ、余計なことを訊いてしまって、ごめんなさい、と謝った。すると、すぐにあの安心感のある笑みを取り戻し、

「いや、人は好奇心を失ったらつまらない。そうだね、いろいろですよ。僕も迷惑をかけたけど、彼女も僕に迷惑をかけたんじゃないかな。お互いさまってことだ」

と呟き再びウイスキーを舐めて、また黙ってしまった。

2

変哲のない室内に男と女がいて、二人はベッドに腰かけ、お互いの手を握り合い、じっと光りが溢《あふ》れる窓の外を見ていた。窓外にはセーヌ川が流れている設定なので、その川面《かわも》に反射する光りの揺らめきが、室内の壁とか天井で波打っている。

壁には額装された絵が飾られているのだけれど、それがちょっと歪《ゆが》んでいるのが気になった。私は涼しげに天井の光りを眺めているこの二人の男女、一人は多少若く、一人はあまり若くない、の真ん前、ちょうど三メートルほどの場所に、カメラの引き尻を確保するために壁を外して作った暗がりがあり、数人の男たちと一緒に息を潜めていたが、役者たちがいる場所とは違ってそこはとっても密集しており、息苦しく、今だったら絶対に許されない人間の密度があった。

僕の横にいて、と監督に言われて、スタジオに顔を出したことを後悔していた。カット、とルメール監督が言ったので、私は堪《こら》え切れず、喉を数度鳴らした。スタジオは乾燥していたし、本当に、いつものことだけど空気の状態が悪い。録音機が音を拾ってしまうので、空調機さえ回せないのだ。

「あの額、あんなだったっけ」

監督の一言で美術部のスタッフが走り、歪んでいた額をまっすぐに戻した。わざとじゃなくて、なんらかの原因で歪んでいた。記録係が監督の傍に呼ばれて、いつからああなっていたかの話し合いが始まってしまう。

結局、撮影が押しているので、撮り直す時間がないということになり、カメラを移動させ、アングルを少し変えて再び同じ場面の撮影に戻った。その慌ただしいタイミングで私はセットから離れ、スタッフやマネージャーが待機する後方の休憩所へと避難した。

「休憩に入り、十五分後、撮影を再開します」

助監督が大声でそう告げると張り詰めていたスタジオ内の緊張が緩み、人々が動き出した。監督がやってきて、なんとかあと二時間以内にこのシーンを撮り切りたいとは思っているが、大事な場面なので、手こずってる、すまないね、と謝った。

ルメール監督は私がもっとも信頼している映画監督で、私が駆け出しだった頃からの、ざっと十五年以上の長い付き合いになる。

「ここは頑張ってください。でも、カンヌに出すからには、ご存じのように、もう時間がないんです」

「分かってる」

「先方には提出期限の相談はしているのですけど、国内の他の作品との兼ね合いもあるので、しかも今年は豊作なようで、滑り込ませるために出来るだけ急ぎたいです」

「滑り込ませる、か……」

ルメール監督は私の肩を軽く叩いて、そこを離れて行った。アンリとは対照的で、線の細い、いつ倒れてもおかしくないような病的な佇まいの、顔色も白く、周りにものすごく心配をまき散らしながらも、でも、期待以上の、きっちりといい作品を作りあげる、プロの監督である。仕事は遅いけど、一つ一つの場面を丁寧に撮っていく昔ながらの職人であった。

アンリが現れるまでは、もしかすると、ルメール監督の存在が私にとっては人生における支えだったかもしれない。ルメール監督と打ち合わせをするのが好きだった。アンリと同世代だと思う。彼には家族があるので、もちろん、変な感情を持ったこともないが、私の心の長い空白を埋めてくれる優しい存在であったことに違いはない。

夜の零時を回ると撮影の速度というものが落ちる。人々の動きが途端に鈍くなり、俳優の台詞にもミスが目立つようになり、暗がりでうつらうつらし始めるスタッフが出てきたり……。ケータリングのスタッフがスタジオの端っこに、スタンドを設置し、夜食を並べようとしていた。

私の仕事は効率よく撮影を動かし、予定通りに終了させることだ。いい作品を作ることがもちろん一番大事だが、時間も予算も限られている。時間を監視するのが私の役目で、場合によっては監督と言い合いになったとしても、どこかで撮影を終わらせなければならない。

ジャン＝フランソワ・ルメール監督が一番気遣い、そして恐れているのは私の上司のバンジャマンよりも現場を動かす私かもしれない。彼が私を誰よりも尊重してくれていることはよく知っている。育ての親のような尊敬出来る存在でもあり、長い年月が私たちの関係をきちんと築きあげてもきた。

「どうですか？　順調？」

と私は撮影の合間、彼に近づき、そっと訊ねる。小さく頷《うなず》き、うんうん、と口にする。口数の少ないところはアンリに似ているが、湿度が違う。アンリは乾いている。

「順調と言えば順調だけど、悩んでることもある」

ルメール監督は人の顔色を窺《うかが》うように下から見上げるような眼差《まなざ》しを向けてくる。試されているような気分になる。この人の癖だった。

「でも、大丈夫ですよ。信頼しています」

「何を？」

即座に言い返されたので、一瞬、言葉が形にならなかった。

「その、いい作品が出来るだろうってことです。いつものように」

「いつものように、か」

監督は小さく笑った。口元は笑っているのだけど、目元は笑っていない。ポケットの中で携帯が鳴った。パルドンと言い、監督から離れた。

『来週、紹介したい友人がいる。時間の都合がつけば、会いたい』とアンリからのメッセージであった。

「撮影、再開します」

助監督が大きな声で叫んだ。

「じゃあ、いつものようにやるよ」

とルメール監督が言い残し、撮影部の方へと戻って行った。

『来週なら、どこかで会えます』と私はメッセージを打ち返した。アンリからは、言葉ではなく、スタンプが戻ってきた。

アンリの友人たちを紹介されたのは、彼と知り合って三か月ほどが過ぎた頃だったと記憶している。愉快な方々で、どうも見ていると、彼らにはそれぞれ役割があるようだ。アンリの接し方が人によって多少、違っているような印象も受けた。

ガスパール・エストという人物はアンリとほぼ同世代で、でも、この人がアンリに一番気を遣っていた。アンリはガスパールのことだけ、まるで幼馴染《なじ》みのような感じで、ガス、と呼び捨てにしていた。

何か、あえて呼び捨てにすることで二人の強い絆《きずな》みたいなものを周囲に見せつけているようにも見えた。同時に、長い付き合いを想像させる二人の温かいやりとりが周囲の人たちをほんわかと包み込んでもいた。

もしかするとガスパールの方が少し年下なのかもしれない。二人はため口で話していたが、ガスパールはアンリのことをキャプテンと呼んでいた。アンリがガスパールの肩をぽんぽんと叩く時、たぶん、それが長年の彼らの合図のようなものかもしれないが、叩かれたガスパールはとっても嬉しそうな表情で頷いてみせた。

マーガレット・ジラールは私より一回りくらい年上の女性で、でも、年齢を感じさせない美しい方で、私は最初、アンリとマーガレットの関係を疑った。マーガレットは多くを語らないし、むやみやたらと笑うこともないし、つねにどこかツンとしていて、いつも眉間に縦皺が走っているような気難しい印象を与える人であった。

ネックレスから靴まで、ブランド物というのがはっきりと分かるゴージャスな出《い》で立ちで身を固めていたし、纏っている衣装だけで車が一台買えそうな高級感であった。軽々しく声をかけることを拒む、壁のようなものをつねに張り巡らせている女性……。気位が高く、好き嫌いがはっきりしていて、神経質、挨拶直後の第一印象はそんな感じだったが、一時間ほど一緒にいると、その四角四面なイメージの向こう側に、この人の表には出さない自分自身があることが分かってきた。

何かの瞬間に、あら、あまり気を遣わないで、リラックスしてね、私もそうじゃないとくたびれるから、とウインクをして耳打ちされた。その時、そっと私の手の甲に自分の手を一瞬、触れさせてきた。驚いたことに、ぬくもりのある血の通った手であった。あれがなければ冷たい人だと思い続けたかもしれない。人は見かけによらないというのか、その会の中盤にはこのマーガレット・ジラールが一番信頼出来る存在になっていた。

ラファエル・アルサンだけは前に一度、アンリと出会った時の何かの打ち上げのような席だったと記憶しているが、一緒になったことがあった。

私とだいたい同世代のＩＴ関係の会社を持っている実業家で、私が名刺を手渡すと、ああ、知ってる。仕事したことがありますよ、と言いだし、数年前にフィルム・デリプスが手掛けた映画の上映イベントのことを口にした。その時のスポンサーの一社だったのだ。

「マリエ・サワダは映画のプロデューサーなんだよ。ご両親が日本人」

アンリが少し自慢するような口ぶりで私のことを皆に紹介した。アンリがどこで調べたのか、もしかすると私が教えたのかもしれないのだけれど、私が製作に関わったいくつかの映画のこと、とくにジャン＝フランソワ・ルメール監督の作品に関して、を不意に話しの中に持ち出してきた。

知ってる、観た、あの監督好き、前作も観た、と最初に口を挟んできたのがガスパールだった。シャンゼリゼのゴーモン劇場へ家内と一緒に観に行ったんだ。結構、話題になっていたし、街中の広告塔に巨大なポスターが飾られていたよね。

「ありがとう」

「主役の俳優さん、名前忘れちゃったけれど、あの後、ハリウッドで大活躍。でも、デリプス社の映画に出演したことが間違いなく評価されたんだ」

「そんなことはないですよ、彼の実力です」

ガスパールが興奮気味に語るのを、その横で、アンリがニコニコ頷きながら聞いていた。

でも、私は自分の仕事のことを話すのも、話されるのもあまり好きではない。職業柄、言えないこともあるし、私生活と仕事の線引きをきっちりとして生きてきたからでもある。

俳優のサインをせがまれるのが一番苦手で、だから、子供たちの学校では自分の職業について話したことがない。ママ友たちに仕事について語ったことはない。子供たちにも強く口止めをしてきた。その話題ばかりになるのが辛いから……。誰かが自分が製作した作品のことを話題にすると、私はその場からすぐさま去るようにしてきた。

なので、アンリが私の仕事について皆にちょっと得意げな感じで説明した時に感じた違和感は、はじめてアンリに対して覚えた気がかりでもあった。

「マリエは数々の話題作の製作に関わってるんだ。フィルム・デリプスはフランス映画界の老舗の製作プロダクションだから」

「ええ、そりゃもう。昔から、文芸寄りの問題作ばかり手掛けてる」

私と同世代のラファエルが太鼓判を押したので、黙って聞いていたマーガレットが、あら、私は映画をあまり観ないから詳しくないけど、そんなに有名な映画を作ってるなら、ビデオとか探して観てみなくちゃね、と言いだした。セザールやカンヌなど、その手の映画祭の常連なんだ、と続けた。どこで調べたのか、よくリサーチしている人間の物言いであった。不意に、何か裏切られたような寂しさを覚えてしまう。

「いや、独立系の小さなプロダクションですから」

「謙遜なんかしないでいいですよ。頑張ってるんだから、素直に喜べばいいんだよ」

と、アンリが私の必死の釈明をどこか娘を自慢する父親のような口調で遮った。この、喜べばいいんだよ、というどこかなれなれしい言い方が気に障った。

というのは、こういう態度を私の前で今まで一度も見せたことがなかったからである。勘繰りすぎかもしれないが、お酒のせいか、親しい仲間たちを前にしたからか、いつものアンリじゃない別のアンリの一面を見ることが出来て嬉しくもあり新鮮でもあり、同時に、何とも言えない不安を覚えたのも事実だった。

ジャン＝ユーグみたいにならないでほしい、と願っていた。出会った頃、彼もまた別人だったのだから……。

私たちはガスパールがよく通っているというシェルシュ・ミディ通りの老舗ビストロで食事をしていたのだけど、話題は最初から最後まで映画のことばかり。企画の立て方や、キャスティングについて、製作の苦労話、しまいにはどこで調べ上げたのかカンヌ映画祭にセレクションされる仕組みや基準から表では決して話せない業界内の駆け引きについてまで、とりとめもなく続いた。

司会進行はガスパールで、ラファエルがトーク番組なんかでMCの隣にいて人々を笑わせながら盛り上げていくタレント役を引き受けていた。マーガレットは頷きながら黙々と食事をしていたが、時々、気になることがあると、カバンからメモ帳を取り出して、俳優の名前とか、映画のタイトルなどを書き留めた。研究熱心で、真面目で、冷静で、その分周囲にも厳しい人なのだと思った。佇まいにスキがない。

「皆さん、どういうご関係なんですか？」

いつまでも映画の話題から抜け出ないので、私が話題を変えなければならなかった。マーガレットがそこでようやく、顔を上げ、ぼそぼそっと口を挟んできた。

「どういう関係と説明すればいいのかしらね。お互いのことはまだそんなによく知らないんだけど、アンリのソワレ（夜会）の常連ということかしら」

と言った。

「アンリが号令をかけてよく集まって意見交換とかする会ですね」

とラファエルが付け加えた。

「何についての意見交換？」

「とくに、何というのはないのだけど、今日だったら映画について？」

一同が笑ったが、私だけが笑えずにいた。

「じゃあ、普段は何について話しをされているの？」

私はアンリに食い下がってみた。アンリは食後のウイスキーを舐めながら、なんだろうね、と考え込むような仕草をしつつ、どこかこの話題を避けたいようだ。

「いつも同じメンバーというわけじゃないんだ。入れ替わり立ち替わり、いろいろな人がやって来て、いろんな話しをする。今日はマリエが初登場なので、当然、話題が君に集中したけど、人によりテーマは様々。ま、時間を持て余した暇人の会ということかな？」

アンリが同意を求めると、一同が苦笑しながら頷いた。

「キャプテン・アンリのソワレと僕は呼んでいる」とラファエルが言いだした。

「ムッシュ・フィリップの人脈は本当に幅広くて、いろいろな業界のいろいろな人に及ぶ。株の話しの時もあれば、政治や経済、地球温暖化とか、本当にいろいろ。前回はビットコインの話しで盛り上がったしね。今日はたまたまマリエが主役だったので、あなたのお仕事についての質問が多かったけど、毎回様々な話題が飛び交うし、それは僕のような経営者にとっても、ガスパールさんやマーガレットさんのような投資家にとってもある意味有益なんですよ。そこから仕事が広がることもあるし、間違いなく世の中の動きを知ることが出来るし、実際、僕は別の機会にご一緒したベンチャーキャピタルの方に投資をしてもらう機会を得た。もちろん、フィリップさんのおかげです」

ラファエルが言い終わると、再び一同は頷き、そうそう、そういう会なんだよね、つまりそういう集まり、と納得している。私はアンリの違う一面を見ることになったが、その後、何回か、キャプテン・アンリのソワレに呼び出されることになる。その度、そこに集まった人たちの質問攻めにあった。

3

それ以前の世界で私はすくなくとも十年間、いやそれ以上の長きにわたって孤独だった。

両親からの寵愛《ちょうあい》は受けていたが、それとは別に、私は生まれた時から孤立の中に在った。自分からそれを求めたわけではなく、それは私の不器用さから生じた副作用のようなものでもあったし、出自のせいでもあった。

私は人と結合したかったけれど、フランスで生まれた異邦人として最初は存在し、遺伝子的な違和感をいつも社会の中で持ち続けていた一人でもあった。フランス生まれの日本人として、人間と人間の間に横たわる様々な距離を強く感じながら生きていたと言うことが出来る。

個人的距離がつねに命題であった。フランス人はビズとハグで育つが、私の場合、両親が日本人なのでお辞儀で育った。

学校が終わる時間になると私は誰よりも憂鬱になった。校門の前に並ぶ親たちの中に私の両親もいた。子供たちが競うように駆け出す中、私はゆっくりと一番最後に校門を目指した。フランス人の親たちは娘や息子を抱きしめ、中にはキスをする親もいたというのに、日本人である私の父や母は笑顔を向けてくるだけだった。それがずっとコンプレックスでもあった。父は私の背中にそっと手を当て、さあ、帰ろうか、と言った。レテシアやパスカルのお父さんたちみたいにキスをして欲しかった。フランス人的な親子の距離に憧れつつも、その距離から目を背けて生きてきた。私は「違う」と思うようにしていた。

そこに強い距離のコンプレックスを感じてならなかった。自然にビズが出来るようになったのは中学に上がってからだ。憧れ続けた頰と頰をくっつける挨拶の仕方は、キスよりも私に緊張をもたらしたし、喜びも連れて来た。みんなと会うのが楽しみになり、ビズのせいで、みんなと別れるのが幸せになった。

ビズをされる時、私はフランス人としてやっと認められたと思った。思えば、私はフランスで生まれた日本人として、国籍を選択する十八歳まで、ずっとこの距離の問題で苦しんだ。社会的距離が他の誰よりもありすぎて、対人関係で自分だけ疎外感を持ち続けた。子供たちが生まれて、ようやく、その子らの母親としてこの国で安住の地を手に入れることになる。

しかし、他者との距離が遠ければ遠いほど人は近づきたくなる。離れれば離れるほど、結びつきたくなるのが人間だ。人は距離に苦しむ。人は距離のせいで孤独を覚え、人は距離によって孤立する。私はその時、それ以前の世界で、アンリとの距離の取り方で悩んでいた。近づきたいのに近づけない遠さがそこに横たわっていた……。

私は暫《しばら》くのあいだアンリとのとくに進展のない関係に気を揉《も》む日々の中にいた。気を揉むというのはちょっと変な言い方だが、どういうことを自分が期待しているのか分からない苛立《いらだ》ちを抱えながら、彼に呼び出されると出かけ、食事をして、語り合い、別段何も起こらないことに気を揉んで、時間が来ると店から送り出されていた。それはまさに、距離を縮めるための努力であり、距離を埋めるために使ったのは時間であった。

最初の頃は車を呼んでくれていたが、毎回、払ってもらうわけにもいかないから、仕事を終えた時と同じにメトロで帰ることになり、彼は駅の改札口まで送ってくれるのだけど、満面の笑みで別れても、階段を一人で降りながら、私の顔は彼が視界から消えた途端、真顔に戻ってしまう。いったい何をそんなに期待していたというのだろう。

もちろん、まだ知り合って数か月という付き合いだったし、恋心と呼べるようなものではなかった。気になる、というのか、素敵な人だな、という、一言で言うならば憧れのようなものに過ぎなかった。その憧れがどのように変異しようとしているのかが、予測がつかず、私は気を揉んだ。

進展がなくても会えるだけで心が落ち着くのでそれはそれで十分だったが、しょっちゅう呼び出され、二人で向き合っているだけの関係を私は次第に考え悩むようになる。会話もなく、ただ向かい合っているだけの二人がどこか奇妙で、この二人はいったいどこを目指してこうやって向き合っているのか、知りたいというのか、突き止めなきゃ、と思うようになっていく。

アンリに口説かれたいなどと思っていたわけではないが、じれったいくらいに、なんにもないので、会えて嬉しかったのにメトロの改札で「さよなら」を言われた瞬間、悶々《もんもん》としてしまった。

そして、ある日、痺《しび》れを切らしてというのか、もう少し、彼の真意に近づいてみたくなり、いつものバーのいつもの席で、酔った勢いにも助けられて、

「その、答え難《にく》いようだったら、無理に答えなくて結構ですけど、質問してもいいかし

ら？　アンリは私のことをどう思っているの？」

と回りくどくも訊いてしまうことになる。

アンリはちょっと困ったような顔をして、とっても気になる人ですよ、とだけ答えた。

でも、それ以上には広がらない。また、はぐらかされそうな感じになったので、

「それはその、異性として？」

と自分でもびっくりするくらい、はっきりと問い詰めてしまった。昔から、私にはそういうところがある。曖昧なことが嫌いで、なんでもはっきりさせたいタイプなのだ。

言った後に、ちょっと後悔をした。急ぐことでもないし、そこが大事なポイントでもないのに、なんでこんなことを単刀直入に訊いているのか、不思議でならなかった。

なんでもかんでも曖昧にことを進めたがるいい加減なジャン＝ユーグとは、その点が決定的に合わなかった。ジャン＝ユーグ・フールニエと離婚する時も、最終的に、じゃあ、離婚しかないわね、と切りだしたのは私の方だった。

でも、私の性格を知り尽くしてそこへじりじり追い込んでいったのはジャン＝ユーグだ。その狡《ずる》さと言い切っていいのか分からないけれど、精神科医としては優秀で、頭のいい人だとは思うのだけれど、私たちは決定的にすれ違ったし、本質のところで私は必要とされなかったのじゃないか、と思っていた。

話術も巧みで、精神科医だけあって、言葉で人を操ることには長《た》けていたし、一方でその血の通わない、まるで患者に向けられるような言い回しの連続で、その診察で使われる

ような言葉たちに、私は何度も傷ついた。

「君には少し、倫理観の欠如が見受けられるね」

ジャン＝ユーグはまるでゲームでもするような感じで私のことを言葉で翻弄し続けた。本人は否定したけど、言葉で追い込んで、理屈で追い詰めて、私の性格を知り尽くしているので、最後の決断は私に下させて、自分は逃げ切る……。

そして、ことあるごとに、

「言っとくけど離婚を先に持ち出したのは君だからね、俺のせいだけじゃないよ」

と言い張った。

もちろん、分かっていて、私は離婚を言葉にしたわけで、彼にねちねち精神的に包囲されることにこれ以上耐えられなかった。

「言っとくけど、私はあなたの患者じゃないのよ」

詰将棋の追いつめられる王になるのは嫌だから、私は無謀な歩兵になって、敵の王将に突進してあえなく玉砕の道を選ぶことになる。そもそも、結婚の時に、離婚をしても財産の分与はしない、という誓約書にサインをさせられていたし、それが彼から出された条件だった。アンリはどうなのだろう。

「困ったなぁ。異性として気になるという表現は避けたい。出来れば人間として気になる人、じゃダメ？　異性という目でマリエをまだ見たことはない」

気が抜けるような返答であった。でも、アンリらしい言い分なので、がっかりしながらも、同時に安堵《あんど》もした。そう、こういうことを言ってくれる存在が欲しかったのかもしれない。

「あの、このような返答じゃ、いけなかった？」

私は自分がアンリにいったい何を求めているのか分からなくなることが多くなっていた。何を急いでいるの、と自問した。何を期待しているの？　じゃあ、自分はどうなの？　憧れているのは間違いなさそうだし、でも、踏み出す勇気はちっともないし、このままでもいいのに、と意思を持たない自分に苦笑さえする始末……。

「それで、いいわ。メルシー」

間抜けな返事をして、アンリを笑わせてしまった。

「鉄の女」というレッテルを貼られ、仕事一筋で生きざるをえなかった、この十年の反動かもしれない。そこに、ちょっと甘えられそうな、頼ることが出来そうな男性がふっと現れたことで、私はアンリ・フィリップに必要以上の期待を抱いたのかもしれない。期待？　何の期待であろう。そう考えると悲しくもなった。

私はアンリにきっと安心を求めたのだと思う。育児と仕事だけを十年も続けてきた私の中に、微かに残っていた期待、そう、微かな幸福への期待……。それを女心と呼んでいいのかは躊躇《ためら》われるところだが、少女のような気持ちが芽を吹いていたのかもしれない。

アンリと食事に行く時、私はまるで十代の少女のようにウキウキとしていた。彼が現れてからというもの、私の選ぶ毎日の服や化粧が変化した。それどころか仕草や言葉遣いまでもが、いいや、声色や歩き方や振り返り方までもが、変わったのだ。

「ママ、なんか最近、スープの味がいつもと違う」

娘たちに言われた。

「どんな風に？」

「分かんないけど、甘酸っぱいの。若々しい感じ」

普段立ち止まることもなかったブティックのショーウインドーを覗き込むようになり、マネキンが着ているとってもかわいくてセクシーな、普段であるならば絶対買うことのないフェミニンな洋服を買ったり、化粧品売り場で足を止めたり、美容院に頻繁に行くようになり、一番の変化は爪なんて気にしたこともなかったというのにネイルショップに入って爪の手入れまでしてもらうようになった。

当然、撮影時に出る夜食は太るから絶対手を付けなくなった。その変化に最初に気が付いたのは同僚たちである。

「マリエ、なんか感じ変わったね。気のせいか、あなた、どんどん綺麗になっていく」

お世辞不要、と笑ってごまかすのだが、まんざらでもない。

上司のバンジャマンにも、でも、なんかあっただろ？　と揶揄《からか》われる始末……。

「ここ最近、撮影のない時にはさっさと帰っちゃうし、そわそわしているし、どこか嬉しそうだし、いつもにやにやしているし、その変化はいくら隠してもごまかせやしないよ。

何かいいことあったね?」

「このまま老けていくのもよくないし、変化を求めただけ」

たしかに、アンリの出現で私の人生は大きな変化を遂げようとしていた。ジャン゠ユーグ・フールニエと別れてから十年の歳月が流れていた。


その日は道路使用許可を取り、通りを封鎖し、エキストラ数百人を歩道に仕込んでの大掛かりな撮影が行われた。通りを封鎖出来る時間は仕込みからバラシまで九時間という短さだが、この作品の中で大事な場面であった。

自動車を使った動きのあるシーンで、数台のカメラを通り沿いに配置してのマルチの撮影。連日、不眠不休の撮影が続いており、スタッフは疲れ切っていた。けれども、ここを乗り切ればゴールが見えて来る。

現場は時間との闘いなので、助監督たちが目まぐるしく動いている。けれども、最終形は監督のジャン゠フランソワ・ルメールの頭の中にしかない。信頼しているので、大丈夫だとは思っているが、助監督の顔が冴えない。こういう空気を察知するのが私の仕事であり、彼らの間にさりげなく割り込み問題を解決するのが役目の一つだ。

撮影時間が限られているというのに、ルメール監督はメインカメラのアングルを不意に変更し、同じ場面の撮影を何度も繰り返している。そこに拘《こだわ》る理由が分からないんですけど、とアシスタントのピエールがチューインガムを噛《か》みながらやって来て、耳打ちした。

ヒップホップ系の恰好《かっこう》をした今時の若者だが、映画学校を首席で卒業した将来有望なアシスタントで、見た目のチャラっぽさとは違い現場を任せることも出来る。

「あと二時間で三カットも撮影しないとならないんだけど、逆に、思いつきでか、どんどんカットが増えていく。監督が拘る気持ちも分かるんですけど、このままだとこのシーンが撮り切れないまま、時間が来てしまうんですよ。やばいっすよ」

ただでさえ、ルメールは時間のかかる監督である。仕事の速い若手の監督でも撮り切れる分量ではない。私は監督の傍に行き、ちょっといいですか、と切りだした。すると珍しくルメール監督の形相が変わり、

「分かってるさ。でも、ここは大事な場面なんだよ。黙ってろ」

と甲高い声で返してきた。ルメール監督とは、私がアシスタントの頃から数えるとすでに十五年も一緒に仕事をしてきた仲で、このように頭ごなしに怒鳴られたことは過去一度もない。私は他の人に聞こえないように小さな声で言ったつもりだったが、その瞬間、現場が凍り付いてしまった。

「ルメール監督、あと二時間でここのバラシに入らないといけない。今回、あらゆる手を尽くして許可を得ました。ここでの撮影はもう今後出来ません」

ルメール監督にたてついたことがなかったので、私は悲しくなった。でも、これが私の役目なのだから、毅然《きぜん》と伝えるしかない。ルメール監督は私を睨《にら》みつけていたが、最後は、私に背を向け、現場に戻って行った。監督が私に背を向けた時の、人が変わったような嫌

な横顔はきっと一生忘れないだろう。

結局、最後の場面は撮り切れないまま、撤収となった。怒ったルメール監督が台本を地面に叩きつけて、いなくなってしまう。後味の悪い終わり方であったし、予算的にも、時間的にも、この場面の再撮は不可能であった。

私は主演の俳優が待機する車両まで出向き、謝った。よく知っている俳優だったので、気にしないけど、珍しいことですね、と気遣ってくれた。私がいる世界は、数字と創作意欲との葛藤がつねに起こる場所だから、このような揉め事は珍しくない。

一番大事な場面を撮り切れなかったことがこの後、どのような問題を起こすのか、私はスタッフを集めて対応策を協議することになる。でも、最終的にはルメール監督と私が話し合うしかない。

台本《ほん》を書き換えるか、編集でごまかすか。思い切って場面を捨てるか。でも、いつもならば落ち込むような状況なのに、私はなぜか、アンリのことを考えていた。現実の問題を緩和させてくれる奇妙なファンタジーがそこにあった。前ならば、一人で抱えて一人で落ち込んでいた。でも、アンリがいると思うと、絶望的な気持ちに陥ることが少なくなった。

この作品は、不思議なことにアンリと出会うことを予言する内容でもあった。普段は話題の小説などを原作にして映画化をするのだが、今作「十年後の恋」の企画は私が自分の人生と重ねて提案したもので、普段ならば企画会議を通過するまでにはそれ相応の時間がかかる。

もちろん、会議を通らないことの方が圧倒的に多いというのに、この作品は企画書を提出した段階で、エグゼクティブ・プロデューサーでありフィルム・デリプスのCEOでもあるバンジャマン・ペランに惚れこまれてしまい、思いがけず実現することになった。古くからの友人でもある脚本家のソフィー・メルシエが私の作ったプロットに肉付けし、撮影台本を作った。

若くして離婚をし、仕事と育児に人生を翻弄されてきた一人のキャリアウーマンが思わぬ場所で知り合った一人の紳士と再び恋をする、という内容だった。そして、実際、たま たま同じように、この作品の撮影中に、アンリと出会っている。

私の中に在った願望が、私をアンリに引き合わせたと言うことも出来る。人間は運命に従っていると言う人が多いが、私はそうは思わない。自分がイメージしたことを人は生きるのだ。悪い未来ばかりイメージしている人間にいいことは起こらないのと一緒で、私の頭の中でこの作品が芽生えたということは、その時すでに、アンリと出会う運命が生まれていたのかもしれない。

「これは君の今の願望ということかね」

とバンジャマンが、企画書を見つめながら、言った。

「違いますよ」

と私は否定した。

「まあ、いいよ。でも、マリエ、こういうシンプルな物語が受ける気がする」

と珍しく太鼓判を押してくれたのだ。

その時、まだ、アンリは私の前に出現していなかった。でも、主人公は私に近い人生を生きた人で、その相手は私よりもずっと年配の紳士であった。

4

スタジオの巨大な門扉のわずかに空いた隙間を潜《くぐ》るようにして、身体を斜めにしながら中へ入ると、暗幕で閉ざされているセットの手前でドレッドヘアのピエールが強張《こわば》った表情で私を出迎えた。芳しくない状況を察知した後、私はルメール監督らが籠っているセットの中へ入った。「変哲のない室内」を管理する美術部のチーフがセットの入り口で撤収の準備を始めている。このシーンで一旦スタジオ撮影が終了となる。美術部は待機している。装飾部、小道具の若手たちはわずかな隙間から中の様子を覗いている。

「また揉めてるの？」

横にいるピエールに訊いた。

「気にいらないみたいで」

「何が？」

「何もかも。みんなピリピリ」

セットの入り口に近づき、装飾部の子たちの間から中を覗き込んだ。カメラの横に立つルメール監督が険しい表情で俳優たちの演技を睨んでいる。

台本には「変哲のない室内」と書かれてあるが、少し引いた場所から見ると変哲だらけなセットでもあった。天井には照明セットがぶら下がっているし、カメラ位置を確保するために壁や家具がどけられぽっかりと穴があいている上に、カメラを移動させるためのレールが床を這《は》っている。

夜の場面なので、窓の外は暗く、でも、川面に跳ね返っている月光という設定だから、うっすらと窓ガラスに光りの帯が映っている。よく出来たセットではあるが、気になりだすと細部のあちこちが気になるのは、職業病かもしれない。光りも、壁にかかった額縁の絵も、俳優たちの衣装も、それを言えばわざとらしい演技だって、すべてが気になって仕方ない。

でも、予算にも費やせる時間にも限りがあるので、細かいことを言いだすときりがない。監督がストレスを抱えるのも無理はない。とくにちょっと年配のルメール監督のようなキャリアのある人には、今の時代の速度を必要とする映画作りは向いてないのかもしれない。

それでも私がルメール監督を起用するのは、大衆的であることの難しさを誰よりも心得ていながら、そこに許される限りの時間を費やし、妥協をせず、芸術作品に仕上げるために、深く人間の機微を描き切る手腕があるからだ。

撮影の合間に、私はルメール監督に呼び止められた。

「少し分からないことがある。この主人公は、前の結婚についてはかなり主体性のない人物であるような印象を受ける。でも、離婚後の部分、この後描かれている仕事が出来、キャリアを築き上げてゆく部分とは相容れない感じがするんだけど……」

監督が私の顔を覗き込んでそう告げた。

「あの、キャリアがあるから女性として愛も完璧という発想は、違うのじゃないか、と。キャリアがあればあるほどに実は愛が遠のき、愛に欠落が生じる。キャリアのせいで、恋が出来ない人も案外いるんじゃないか、と。だからこそ、主人公に魅力が備わるのじゃないでしょうか」

ルメール監督が怖い目で私の目を覗き込んでくる。眉根に力が籠り、何かを疑うような、険しい表情であった。

「変な言い方ですけど、キャリアのない人の方が愛はうまくいくんじゃないでしょうか。ヘタにキャリアがあって中間管理職で、周囲に期待され、それを裏切れないような場合、冒険が出来ないし、だから、その素直に、恋愛に飛び込めない。キャリアのある人がつねにハードボイルドな恋愛をするわけではない。その欠けた部分、満足出来ない負の感情を殺していつも遅くまで仕事をし続けている」

「なるほど、君は今、そういう恋でもしているというのかね」

「すいませんが、おっしゃってる意味が分かりません。ただ、この作品に共感する女性の観客は大勢いると思います」

監督は視線を逸《そ》らし、遠くを見つめた。

「この主人公はたしかにキャリアがある人間ですが、離婚をして自立を目指す中で真のキャリアを築いた人かもしれません。離婚、その後の自立への苦労、子育て、復讐心《ふくしゆうしん》、何もかも、一人で抱えて頑張った。気が付くと十年という歳月が流れていました。本人にとっては、生きること自体が大変過ぎ、あっという間の十年であり、がむしゃらな十年だったと思います。彼女の本当のキャリアは離婚後に出来たもの。するとそこに一人の男性が出現する。人生の岐路に立った主人公がその人から、生き方を問われるわけです。ところが二人の関係はなかなか進展しない。ここがこれまでのジェットコースターのような作品と違うところ……。二人の静かな関係を通して、すべての人の人生と重ね合わせられるような幸福感を切々と描ければと思っています」

ルメール監督は再び、私に視線を戻した。

「なるほど、よく分かった。じゃあ、ついでに、もう一つ訊きたい。この主人公の女性は君かね？」

「いいえ」

「でも、君にもキャリアがあり、離婚してから十年の時が経《た》っている。この男性というのはどういう人物なのだろうね。独りよがりな演技をする俳優たちにそのことを説明してやりたいんだが、僕が台本を読み違えてないか確認したかった」

ルメール監督の視線に耐えられず、監督の思う通りの解釈でいいんじゃないでしょうか、と私は答えた。

「よく分かった。僕はこの作品を今までで一番力を込めて撮り切りたいと思う。それは約束させてもらうよ。長い信頼関係の上で」

「ありがとうございます」

ルメール監督は口元に笑みを浮かべながら、足でタバコを踏んで揉み消した。

5

誰かに言われたことだが、私は世間一般の女性に比べ、ちょっととっつきにくい性格をしているらしい。大学時代に交際していた彼氏にも言われたことがあった。

「君の周りには人を遠ざける高い壁が取り囲んでいる。ツンとしているように見えるし、欠点がないし、人を見下しているような知性で囲まれている。本当の君はそうじゃないけど、本当の君を知るまで、きっとみんな誤解し続けるんだ。手の届かない才女みたいなイメージがあって、迂闊に声をかけられない」

周りの人たちはきっと近づき難《がた》いと感じていたのじゃないかと思う。だから、私は孤独であった。そこに精神科医になりたての、弁が立ち、向こう見ずなジャン＝ユーグ・フールニエが突っ込んできて、かっさらった感じ。もしかしたら、どこかでそういう人を待ち望んでいたのかもしれない。だから、この人だと、錯覚を起こしてしまった。

けれども、長女ナオミが生まれた直後のあの時期、ジャン＝ユーグを愛していたことは認めないとならない。でも、それは愛という名の誤解の上での、重たい仕打ちでもあった。ジャン＝ユーグは「愛」という言葉をよく持ち出してきて、私に我儘《わがまま》を言うようになる。

俺のこと愛してないのか、と言われた。男性経験が少ない、男の人たちにお高く見える私にとって、ちょっとだけ不良っぽかったジャン＝ユーグは、貧しい地区で生まれ育ち、今時珍しい苦学生で、だからこその現実主義者で、皮肉屋で、それまで知っていた育ちのいいその辺の男子たちとは異なって、その強引さゆえ、新鮮だったことは認めないわけにはいかない。

しかも彼との間に二人も子供が出来たことで、この人は私が面倒をみないとならない、と思い込んでしまったのも事実。そのことで母からも、亡くなった父からも、心配されていた。でも、これこそが無償の愛なんだと私は誤解していた。だから、それ以降、私は愛というイメージにアレルギーを覚えるようになる。

私にとって愛は許してしまうこと。私にとって恋は許してもらうことだ。

もしも、こう言って差し支えないのであれば、アンリとは愛ではなく、恋をしたいと思っていた。その先にあるものが愛なのか、死なのか、なんであろうと、どうでもいい。

なんの約束もない、取引もない、お互いを束縛しない、焦がれるだけの恋が出来たらいいのに、と願っていた。それ以上でも以下でもなく、そこに何も損得も未来も永遠もない。瞬間だけの焦がれるものが横たわっている。

もちろん、その時点ではまだ、恋をしているという実感はない。アンリはジャン＝ユーグみたいに自分をはっきりと見せることはしないし、強引でもないし、むしろあやふやで、私のことを必要以上にやきもきさせる存在……。

でも、それが作戦だったのかもしれない。私がアンリに心を寄せ始めていることは気が付いていたはずだから……。ええ、素敵だな、と思っていた。それまで出会って来た男性たちとは決定的に違う何かを醸し出していたし、少なくともジャン＝ユーグ・フールニエとは真逆の安心感、安定感のある大人であった。

私は白状すると、今日まで、一度も、愛されたいと思ったことはない。でも、出来るならば誰かと燃え上がるような恋をしてみたいとほんの少しどこかで思っていた。

母、サワダ・トモコはそういう私のことを一番観察している人間の一人であった。母はことあるごとに、新しい人を探しなさい、過去を吹っ切って、と言う。吹っ切るも何も、もう関係ない、と私は言い続けてきた。

「でも、人間は一人じゃ生きていけない生き物なのよ」

「分かってるけど、相手のあることだし、ちょっと懲りてるし。愛されたいとか、愛したいとも思わない」

「でも、ずっと一人でこの先もってわけにはいかないでしょ？」
そうね、と呟き、私はぼんやりアンリとの生活を想像してしまう。でも、それは違う、そういう愛を望んでいるわけではないのだ。愛ではなく、恋がしたかった。

6

それ以前の世界で私が当初愛を求め過ぎたのは、私がこの世界に自分の確固たる居場所を築きたかったからで、けれども、それが間違いだと気付いた時に、私は愛という幻想に余計な期待を寄せなくなった。

あの頃の私にとって、もっとも大事なことは「遠さ」と「近さ」であった。アンリとの距離を取りあぐねていた。彼に対するスタンスを考えあぐねていた。近づくべきか、一定の距離を保つべきか。離れることで人は近づきたくなる生き物だが、しつこく近づこうとすると嫌われ離れられてしまう。この距離の取り方を悩んでいたのだ。連絡をしたいのだけど、し過ぎると嫌われる。しなさ過ぎると忘れ去られてしまう。近づき過ぎず遠過ぎない距離にいて、あぐね続ける私であった。

アンリとの距離について悩みながら、同時に私は二人の間にある「重さ」と「軽さ」、「深さ」と「浅さ」についても考えていた。近くて軽くて浅かったのがジャン＝ユーグ・

フールニエとの関係だった。同じ轍《てつ》を踏まないためにも、私は遠くて重くて深い関係をアンリとの間に築かなければならなかった。それは急がず慎重で慌てない関係を意味していた。

子供を学校に送り出し、家のことは母に任せて、私は毎日、土日もなく、現場と自宅を行き来する日々の中にいた。アンリとの関係は相変わらずで、忙しさも手伝って、なかなか会えないことが逆に不思議な空想力を掻《か》き立て、彼の存在が仕事の励みにもなっていた。家事、育児、仕事、恋愛がある意味、バランスよく、私の中で回っていた時期でもあった。恋愛というより、片想いのような感じかな……。

十一月のパリは、今から思うと、まだ何も始まっていない、つまり以前の世界の、呑気《のんき》な日常の中にあった。撮影隊は夕景の撮影のための準備に追われていた。幸い快晴で、沈む美しい夕陽を記録出来そうであった。時間に追われる撮影において、天候を味方につけることが、それは現実問題として不可能なことなのだけれど、誰もが一番気にすることでもあった。芝居部分はすでに撮影が終わり、私たちは夕陽待ちをしていた。するとそこに、アンリからメッセージが飛び込んで来た。

『明日、晴れそうなので、もし可能だったら、一緒に旅行に行かない?』

わずか、これだけの情報だったが、そこにはこれまでにない大いなる進展が含まれていた。しかし、明日と言われて、いくら週末でも、仕事柄、はい行きます、とすぐに決められるものではない。今日、天気もいいので、この調子ならば間違いなく夕景は撮り切れる。週末は撮休でちょうどいいのだけど、でも、週明け、月曜日からの撮影再開の準備など、やらなければならない仕事が残っていた。

もちろん、私がいなければ絶対にダメだという仕事ではない。ただ、一番の気がかりは、ルメール監督との後半の撮影についての打ち合わせであった。まだいつ打ち合わせするか決まってはいなかったが、土曜日のどこかでという暫定的な約束があった。

編集マンが粗く繋いだ映像を確認してから、次の撮影の手順を決めていくのがこれまでの私たちのやり方で、明日は、通常であれば、二、三時間の時間を割いて、方向性のすり合わせをやることになる。

同時に、中盤に撮りこぼした場面の扱いについての話し合いも含まれていた。全員疲れ切っているので、明日の打ち合わせは午後か夜がベストであろう。打ち合わせを早朝に設定するのも申し訳ない。スケジュールは押していたし、打ち合わせをこちらの都合に合わせてほしいとは言い難い実情もあった。

でも、アンリとの旅行には行きたい。何とかしようと思えば、良心の呵責《かしやく》は覚えるが、強引になんとか出来る、そういう状況にあった。私の心は複雑に揺れた。

撮影隊は、根を詰めた撮影から解放され、トロカデロ庭園の天空テラスに座り込み、疲れを癒している。監督は一人、少し離れた欄干に背を凭《もた》せてタバコを吸っていた。太陽がセーヌ川の下流に沈みかけている。左手に聳《そび》えるエッフェル塔の背後に広がる空が次第に赤く染まり始めていた。

カメラは太陽が沈むポイントに合わせてすでにセッティングを終えている。テストを含めて、三、四回、カメラを回せば今日の撮影は終わり、という段階であった。夕刻の太陽の光りが私の目を射た。目が眩《くら》み、一瞬、ぼうっとしてしまった。

正面に、ルメール監督がいた。私は後ろめたさを隠しながら、ゆっくりと監督に近づき、向かいあった。どのように切りだそうか、悩んでいると、

「明日の打ち合わせなんだけどね、出来れば、月曜日の朝一にしてもらえないか」

と監督から逆に提案を受けてしまう。願ってもないことだったので、

「助かります、週末はちょっと考え事をしたかったので」

と同意した。

「まだ、全体の編集プランというのかアイデアがまとまってないんだ。ちょっと、週末はゆっくりして、頭を休めたい」

「そうしましょう」

私がそこを離れるために踵《きびす》を返すと、

「マリエはどうして、この作品を撮りたいと思ったの?」

と後ろから声をぶつけられてしまう。

今の会社に就職してから今日まで、ルメール監督とは長い付き合いが続いてきた。ジャン＝ユーグ・フールニエとの結婚式にも出席してくれたし、離婚の時には親身になって相

談に乗ってくれた、いわば私のこの世界での父親代わりのような存在でもある。実際、ルメール監督も私のことを、娘みたいな存在だ、と周囲に漏らしていたこともある。もちろん、私の急逝した父よりはずっと年下なのだが、でも、父親でもおかしくない年齢であった。

「なんとなく、自分自身を見つめ直してみたくて」

と振り返って告げた。

「恋でもしているの？」

「それ、答えないといけませんか？」

「知りたいなぁ」

監督が小さな声で告げた。

「はい、しています」

なので、正直に、そう告げたのだ。喜んでもらえると思っていたから、喜ばせたかったというのか、父には報告出来なかったので、彼に代わりに聞いてもらいたくて、勇気を出して言ったのに、ルメール監督はちょっと表情を強張らせてから、そうなんだ、とだけ言った。

「何か、気になることでも」

私が訊き返すと、

「裏切られた気がする」

と返事が戻って来たので、私は驚いてしまった。どういう意味ですか？

「別に」

ルメール監督はそう告げて、少し咳をしてから、撮影隊が休憩しているその輪の中へと戻って行った。その後ろ姿が私を拒絶していた。

十一月初旬の週末、子供たちを母に預け、私はアンリと旅に出かけることになる。ルメール監督の残した言葉と態度は気になったが、アンリと旅行が出来ることの素晴らしさの前で、それはもはやどうでもいいことであった。

「すまないね、急にこんなことになって」

とアンリはトゥルーヴィルに向かう電車の中で謝った。

意外だったのはトゥルーヴィルまで電車で移動したことだった。もちろん、電車の方が運転しないでいい分、楽なのは分かる。しかし、車だったら二時間で着くところを、思った以上の時間を費やして向かうことになった。

私たちはサン・ラザール駅で待ち合わせ、急行でノルマンディの双子の街、ドーヴィル、トゥルーヴィルを目指した。駅からは徒歩での移動となった。

その別荘はアンリの知り合いの持ち物だそうで、ノルマンディ様式の古い一軒家であった。私が想像していた別荘よりもうんと大きくて、たぶん、普段は会社の保養所のような役割を担っているのかもしれない。そこには常駐の老夫婦がいて、私たちの世話をしてくれた。

　もちろん、宿泊者は私たちだけ。必要な時にベルを鳴らせば、マダムかムッシュのどちらかがやって来てくれる。食事も彼らが手配し、配膳から片付けまで、やってくれた。プライベートホテルのような別荘であった。

「どういう関係の方の別荘なの？」

　なんとなく知っておきたかったので訊いてみると、

「弟分のような奴の持ち物だから、時々、考え事をしたい時とかに借りている」

　とまたはぐらかされてしまった。

「ガスパールさんといい、たくさん、弟分がいらっしゃるのね」

「ガスは弟分じゃないよ、対等な関係。でも、なんでもやってくれる人は多いかな、まあ、人気があるということで」

　と言ってまたあの微笑み。どこまで話しをちゃんと聞いていいのか分からなくなる。でも、嘘をつくことはないし、ジャン＝ユーグのように見栄も張らないので、私はそういう背伸びをしないアンリにどこかで安心を覚えてもいた。

　トゥルーヴィルまで電車で行くことが出来たこともまた新鮮で、というのは仕事柄、普段ロケバスでの移動が多く、車窓からの眺めが修学旅行のようで、これもまた心躍らされるものがあった。

　サロンは部屋というより、パレスのようにだだっ広く、グランドピアノまで置いてある。

その奥にある寝室にはキングサイズのベッドが一つあった。私は夜のことを想像してしまった。それははじめてアンリと過ごす夜になるわけだから、そわそわするのも当然だ。

アンリは旅行カバンをソファに放り投げ、そのままサロンの先に広がるガラス戸を開けてテラスへと出てしまった。イギリス海峡が目の前に広がっている。

「景色が素晴らしいよ」

遮るものの何もない広大な海が出迎えた。そして、眼下には延々と続く浜辺、建物のラインと浜辺の間にボードウォークが続いている。十一月なので、人はそれほど多くなく、疎《まば》らであった。犬の散歩をする老人たちが浜辺をのんびりと歩いていた。私は深々と深呼吸をしてから、ゆっくりと、息を吐きだした。アンリが隣の大きな建物を指差した。

「有名なレ・ロッシュ・ノワール。マルグリット・デュラスが暮らしていた建物だ」

デュラスの伝記映画で見た。その隣に位置していたのだ。

「夕食まで時間があるから、その辺を二人で、歩いてみない？」

アンリが言い終える前に、ぜひ、と私は同意していた。自分の弾む声のその若々しさに恥ずかしさを覚えながら……。

夜がどうなるのか、不安もあったが、とりあえず子供を二人も育てている女性が心配することでもないだろう、と自分を宥《なだ》め、私はアンリに寄り添って歩くことになる。

ただそれだけのことだったが、幸せだった。ジャン＝ユーグとも、こういう時期があったけど、なぜ、記憶に残ってないのだろう。私が薄情なのか、彼の愛が薄かったのか……。好きだった時期をどうして思い出せないのだろう。

彼はいつも、心理療法の研究についてばかり話していた。患者の精神的健康の快復を専門とするサイコセラピストであった。その分野ではそこそこ名のあるドクターで、学会にも引っ張りだこだったし、多くの患者やその家族に尊敬されていたけれど、私は彼と結婚したことで、一時精神を病んだことがあった。

サン・ラザール駅で待ち合わせてからここまで来る間に、なぜだろう、今までのバーやレストランで会うだけの関係から一歩踏み出し、私はぐんとアンリに近づけた気がしてならなかった。

何か特別なことをしたわけではないのに、私たちはトゥルーヴィルへ行くという任務を遂行する同志でもあった。

つねに変わらない紳士的な態度とか、どっしりと私の横にいてくれる安心感だとか、何かを思い出すように木々を見上げる哲学的な佇まいなんかに、私は彼の人柄を再確認するのだった。

手入れの行き届いた芝生を抜けてそのまま、浜辺に出ることが出来た。力の残った夕刻の光りが海の方角から差し込んで眩《まばゆ》かった。波打ち際まで百メートル、いやもっとあるのかもしれない。白い砂地を私たちは並んで歩いた。ついにここまで辿り着いたのだ、という喜びに包まれた。当然のことだが、仕事で赴くロケ先の風景とは全く異なっていた。

快晴だったが、肌寒く、打ち寄せる波は穏やかで、透き通っていて、青と緑とグレーとマゼンタが絶妙に混ざり合うような夕景で、しかも、そこはアンリが愛する秘密の場所でもあった。

私たちは黙って浜辺を歩き続けた。吹き抜けていく海辺の風が、冷たいのだけど、私の心を癒していく。背が高く大きな体軀《たいく》のアンリは、いつもパリで会う時のカチッとしたスーツ姿ではなく、スニーカーを履いて、セーターと分厚いコートを羽織った週末の男であった。

まだ手を握ったことがなかった、と考え、不意に私はドキドキしてしまう。すぐ横に彼の逞しい腕があった。そこに手を回したいという衝動にかられた。

そんなことをしていいのだろうか？　でも、してみたいの。この十年、いえ、それよりももっと前から私にはそういう浮いた、というのか、普通の幸福のカタチがなかった。腕を回したら、もっとアンリに近づける……。そう思うと今度は途端に現実感に包囲され、空気が重くなり、胸が苦しくなってしまった。

私はやっと自分の気持ちに気が付くことが出来たのだ。これが恋なのだ、と思った。ドキドキしているこの高鳴る胸が恋の証《あかし》である。

波打ち際を歩きながら、私は逡巡《しゅんじゅん》を繰り返す。こういう場合、女性から手を回してもいいものか、悩むところだ。そういうことをして、彼がすんなり受け入れてくれるかどうかもちょっと分からなかった。驚かせ、引かれても困るし……。

大きく息を吸い込み、ため息をつくように肺に溜まった空気を吐き出してみた。

「どうかしたの？」

アンリが私を振り返って告げた。

「なんでもない。あまりに空が綺麗だから」

と私は慌ててごまかさなければならなかった。

「ここは僕が一番心を許せる場所なんだ。実はね、あの別荘は」

そう言うとアンリは来た道を振り返り、あのレ・ロッシュ・ノワールの横に聳える古い建物を見つめた。

「昔、僕の父のものだった。当時は、えっと、僕が、すくなくとも小学校の頃までは、祖母とここで過ごしていた」

「おばあちゃんと？」

口を真一文字に結び直してから、アンリは続けた。

「いろいろとあって、父がここを売却することになるのだけど、面白い縁でね、ここの管理をやっている不動産屋のオーナーと全然関係ない場所で知り合って、その後、ひょんなことから、本当に偶然に偶然が重なって、彼が所有する別荘が僕の昔の家だったことを知り、それでたまにここを使わせてもらうことになった」

そう言い終わると、アンリは再び浜辺を歩き始めた。その後ろ姿、とくに背中だと思うが、広々とした大きな背中の中央で私の視線は止まり、動かなくなる。安心感のある丸まった丘のような背中……。アンリのお母様はどんな方だったのだろう、と想像した。どんな少年だったのかしら……。

気が付くと、アンリがどんどん遠ざかっていく。その姿が幼い頃の彼と重なった。きっとこうやって少年は浜辺を一人で歩いたに違いない。私は砂地に足を奪われながら、小走りで少年の影を追いかける。

そして追いつくと、自分でも驚くくらい自然に、すっと彼の腕に自分の手を回すことになった。毛皮のコートの向こう側にセーターのもわもわとした感触があり、さらにその向こう側に彼の筋肉を感じた。

アンリは微笑んでいた。私は少女のように嬉しくなって、ちょっと大胆にも、アンリの肩に自分の側頭部を預けてしまうのだ。そんなことをしたのは何年ぶりのことだったろう。ジャン＝ユーグの肩に自分の頭を預けた記憶がない。なぜ、こんな大胆なことが出来るのかも分からない。自分、どうしちゃったの？

私たちは少し速度を落として歩き続けた。目的もなく、時間に追われることもなく、彷徨《さまよ》うように、並んで波打ち際を歩き続けた。

今まで長いこと、というか、一度も味わったことのない幸福感に包まれながら……。これはなんだろう、と歩きながら何度も自問した。しかし、それも次第にどうでもよくなって、私は無抵抗な状態でこの幸せを受け止め、その幸福に酔うことになる。

恋する気持ちがこんなに自分を変えていくのだ、と思うと不思議であったし、感動もあった。自分はまだ人間らしく生きてるじゃないか。これは映画じゃない。ここには現実の幸せが無限にあるんだ、と思えば思うほど、どこからともなく温かい気持ちが溢れてきた。だから、怖くなる前に、私はアンリの腕を何度もぎゅっと摑んでしまう。強くしがみ付くように、その逞しい腕に縋《すが》った。

その時に、いっそう強く私の中に潜り込んできて、その存在を顕示してきたのが、彼の香りであった。正確にはアンリが選んだコロンの、グレープフルーツのような切なくて仄かに酸っぱい柑橘《かんきつ》の香りである。それはこの対岸のような以降の世界までずっと刻まれて離れない彼の以前の匂いであった。

鼻を寄せ、嗅いだ。その香りの向こうに彼の本来の体臭が隠されていた。それらが混ざって、私を唆《そそのか》してくる。香りと匂いが象《かたど》るアンリの気配であった。吸い込むと、切なくなった。

こういう尊い気持ちを失っていた。この頃には自分の不可思議な行動を恋と認めることが出来るようになっていた。恋心が人間をこんなに変えるのだと思うと新鮮な喜びを覚えた。私のことを、鉄の女、と決めつけた同僚たちにアンリと腕を組んで歩く写真を送りつけたいという衝動にかられた。

「なんで笑ってる?」

「ごめんなさい。その、あまりに幸せで、つい口角が上がってしまうの」

「それは良かった。幸せが一番だね」

私たちは誰もいない、十一月の浜辺に並んで座ることになる。太陽が水平線に沈もうとしている。とっても寒いのだけど、我慢することが苦痛じゃなかった。この幸せな時間がもうすぐ夜と入れ替わるのだと思うと今度はちょっと寂しい気分に支配された。だから、私は寄り添うように、凭れ掛かるように、アンリにぴったりとくっついた。

「アンリのお母様はどんな方?」

訊ねると、アンリは暫く考え込んでから、

「あまりよくは覚えてない」

と言った。

「でも、母の母、つまり祖母はロシア人だ」

なるほど。言われてみれば、ロシア系の顔立ちだ、と思った。でも、言われなければ分からない。

「一九一七年に起こった革命のせいで祖母の一族はロシアを追われている。当時十二歳だった祖母アナスターシャは曾祖父セルゲイ・ヴィアゼムスキーと共にフランスに渡って来た。生きていれば、ええと」

アンリは目を細め、彼方を見つめながら計算した。

「百十四歳。彼女は移り住んだパリでやはりポーランド系フランス人の貿易商である祖父ラヴィンツキーに見初められて恋に落ち、間もなく結婚している。アナスターシャは帰化し、母を産んだ」

アナスターシャの家系はロシア帝国時代に遡れば貴族だった。セルゲイは三人兄弟の次男で革命以前はインドからアジア全域にまたがる広い地域を統括するロシア国営貿易会社の提督だった。一族は最後の皇帝ニコライ二世とも関係が深いロマノフ家の末裔《まつえい》にあたる、と説明を受けたが、その辺の話しはとっても複雑で、よく分からなかった。

アンリの携帯に保存されていた祖父母の古いモノクロの写真を見せてもらった。アナスターシャは美しく、まるで有名な画家が描いた肖像画のように光り輝いていた。その隣に立つアンリの祖父はカイゼル髭を生やしており、一枚の写真からの判断でしかないが、矍《かく》鑠《しやく》と生きていたことが窺える。

「僕の母、マリ・アンヌ・ヴィアゼムスキーはダニエル・フィリップというノルマンディの地主と結婚をする。僕の父だね。ダニエルが生まれ育った館があの建物になる。そこで僕も生まれている。マリ・アンヌは夫に先立たれた母、つまりアナスターシャをここに引き取っている。残念ながら、母は僕を産んですぐに他界しているが、母のかわりに僕を育てたのが老いたアナスターシャだった」

アンリは海を静かに眺めながら、遠い記憶を懐かしむような感じで、目を細めてみせた。私を振り返った時のアンリの目が少し赤いことに気が付いた。記憶を辿っているのだな、と思ったので、それ以上のことは訊くのを控えた。

太陽が水平線に沈みかけていた。赤く染まった夕焼けが私の心に古いアンリの一族の歴史と共に焼き付いた。アンリ・フィリップの母、マリ・アンヌも、そして祖母のアナスターシャもこの赤い空をこの浜辺から眺めていたのだろう、と想像した。あまりに切なく悲しい夕陽……。

「でも、僕が中学に上がる前にあの家は人手に渡っている。トゥルーヴィル、ドーヴィル周辺の不動産物件のほとんどを手放している。四十五年以上も前のことで……」

アンリは再び正面を見つめて、小さく嘆息を零《こぼ》すと、続けた。

「この海と空の境目の、あの赤い輝きだけが昔も今も変わらない僕の大切な原風景となっている」

そう言い終わると、すごく冷たい海風が吹いて、それはまるで何かの意思のような感じで私の心に潜り込んできた。その時、不意にアンリの手が私の肩に回り、私をぎゅっと引き寄せた。冷たい風から、長い歴史から、私を包み込むように……。

「戻ろうか？」

「うん」

戻るという響きがなぜか、嬉しかった。戻る場所があるというこの瞬間の幸福感を大事に持っていきたいと思った。


別荘を管理するご夫妻が拵《こしら》えた料理を一階の食堂で向かい合って頂いた。運ばれてきたメイン料理はご主人が腕を振るったこの辺で水揚げされた魚介のプレートであった。オリーブオイルと塩胡椒《こしょう》、そしてハーブを少々使ったお料理で、鱸《すずき》のグリエは皮がパリパリで香ばしく美味しい一品であった。

けれども、夜のことを思うとガツガツ食べることが出来ない。同じ屋根の下で一晩を過ごすわけだから、どんなに美味しい料理であろうと思うように喉を通らない。

食後、私はお風呂を頂いた。身体を洗いながら、漠然と夜のことを想像しては顔を赤らめた。いつもよりも丁寧に身体を洗っていることに恥じらいと躊躇《ためら》いを覚えた。朝、出がけに洗ったのに、もう一度髪を洗ったりした。

ドライヤーで髪を乾かしながら、鏡に映った自分の顔を見つめた。それから、胸の谷間をしげしげと眺めた。ドライヤーを一度止めて、裸を姿見に映して確認した。右手で自分の左胸に触れてみる。どうやったらいいのか、思い出せなかった。古傷のような記憶はほとんどがジャン＝ユーグとのもの。思わず、嘆息を漏らしてしまう。

鏡に近づき、化粧を落とした顔を覗き込んだ。この無防備な顔をアンリはなんと思うだろう、と悩んでしまった。でも、通過しなければならない儀礼である。化粧をしたまま眠ることは出来ない。

化粧水をいつもより多めに顔につけ、唇にはリップクリームを塗った。素顔で嫌われるならそれはしょうがない、と自分に言い聞かせた。子供を二人産んだこの肉体に自信などない。思わず笑ってしまった。私ったら、何を期待しているのかしら……。

常備されているゲスト用のガウンを羽織り、ドライヤーで生乾きの髪を再び乾かした。

部屋に戻ると、アンリはテレビの前のソファに腰かけてウイスキーに口を付けていた。

どうぞ、と横を勧められたので私は萎縮しつつもどこかで心を震わせながら腰を下ろした。

アンリは私に日本のお茶を淹《い》れてくれた。

「センチャ、好きなんだよ」

「あ、煎茶ね。ありがとう、嬉しい」

「マリエは日本語喋れるの？」

「うん。アンリはロシア語喋れるの？」

「一応ね、日常会話程度だけど」

「アンリはロシアの国籍も持ってるの？」

「フィリップ家は元々ポーランド出身だから、フランスとロシア以外にポーランドの国籍も持ってる」

アンリは私の顔を見ずに言った。化粧をしてないので、それは都合がいいのだけど、気付かれないというのも気になる。淹れてくれたお茶に手を伸ばし、口を湿らせた。

「記憶の中で、アナスターシャとマリ・アンヌが混ざって出てくることもある。でも、だいたいはまず祖母を思い出す」

アンリはお母さんのことを知らないのだ。その面影をいつもお祖母様《ばあ》から感じ取っていたのだろう。二人がこの屋敷でどういう生活をしていたのか想像してみた。

「今日はちょっと疲れた。マリエ、そろそろ休もうか？」

不意にアンリが宣言したので、私は時計を見て、そろそろだ、と思い、緊張した。

「僕は上の階の部屋で寝る。マリエはゆっくりとここで寝たらいい。明日の朝、朝食の前に一緒に浜辺を散歩しよう。いい時間になったら、起こしに来るからね」

アンリはそう言い残して、笑顔を浮かべながら、呆気《あっけ》なく部屋を出て行った。何か、いろいろなことを投げかけられて、考えさせられ、心を揺さぶられた挙句に、海の中に放り出されたような気持ちになってしまった。

ドアが閉まった時に、思わず、「えっ、そういうこと？」と言葉が勝手に飛び出していた。そして、緊張がほぐれ、私は笑い出した。でも、それがとってもアンリらしくて、私はますます彼のことが好きになってしまう。

それは愛じゃなく、恋であった。愛の手前の恋。でも、愛は重過ぎるが、恋は私を生き生きと自在に彩る。恋をしている自分に恋しているに違いなかった。

7

アンリへの恋心はトゥルーヴィル小旅行を通して強くなった。

「大丈夫？　あんたちょっと普通じゃないと思う」

アンリのことばかり話す私に脚本家のソフィー・メルシエが釘を刺した。

「どう普通じゃないの？」

「なんか、いつもムッシュ・フィリップのことばかりで。昔のマリエを知ってるだけに、心配になってしまう。そんなんで、撮影、大丈夫なの？　ルメール監督、怒らせると怖いよ」

「でも、どうしようもないんだもの。考えちゃうし、会いたいって思うし」

ソフィーが笑い出した。私もつられて笑ってしまった。ソフィーは離婚後の悲惨な私を長く見てきたので、たぶん、自分のことのように嬉しいのだろう。二人はシングル同盟と名付けた飲み会を、もちろん仕事の打ち合わせ、情報交換も兼ねてだけれど、長らく続けてきた。彼女がどうしようもない俳優と不倫をしていた時、私がしゃしゃり出て、強引に別れさせたこともあった。ソフィーをこれ以上傷つけるなら私が許さないわよ、と私は俳優の車の前で待ち伏せて言ってやった。名のある俳優だったし、揉めるとバンジャマンに迷惑をかけてしまいかねなかったが、大事な友達が傷つくのを黙って見ているわけにはいかなかった。

結局、ソフィーは妻子ある俳優と別れることになる。でも、それから半年もしないうちに、その俳優の二股不倫が発覚して世の中は大騒ぎに……。しかも、隠し子までいた。私はソフィーに感謝をされた。

そのソフィーをアンリに紹介することになった。ソフィーも「顔を拝んでみたい」と言うし、アンリも「ぜひ」と言うので、三人でご飯を食べることになった。アンリが予約してくれたブーローニュの森のレストランで三人は向かい合った。私は撮影を抜ける恰好で、途中参加した。食事が終わったら、再び撮影現場に戻らないとならない。すでに作業が終わっている可能性もあるが、その場合はアシスタントのピエールから連絡が入る手はずであった。どうしても断れない急な仕事が入り、スタジオに戻るのが遅くなる、とルメール監督とピエールには伝え了承をとっている。なので、私は酔うことが出来ない。そこはプロとして、我慢をしないとならない。私から誘ったのに、いつも通り、予約から支払いまでアンリが受け持ってくれた。そういうことの一つ一つが私には自慢でもあった。

「目の前がブーローニュの森だなんて、素敵ね。こんなところにこんなおしゃれなお店があるの、知らなかった」とソフィーが私に耳打ちした。自分が褒められたように嬉しくなった。しかも、料理も美味しいし、フレンチなのに味噌や醬油、マツタケや海苔《のり》など和食材がさりげなく使われていて、そういう店を選んでくれた私への気遣いも嬉しいし、アンリの店選びのセンスの良さに感動も覚える。

「もう、この子、おかしいんですよ。フィリップさんの自慢ばかりで、一日中、あなたのことについてメッセージが来るんだから。あ、だからこそ、一度会っておかないと心配になりまして」

ソフィーがいきなりそんなことを言いだすものだから、私は面食らってしまった。

「今のマリエには何を言ってもダメだから、私がちゃんとチェックさせて貰いますね。だってもしフィリップさんが詐欺師だったら、大変なことになるでしょ?」

「詐欺師?」

アンリはふき出してしまった。じゃあ、とくにマダム・メルシエには嫌われないようにしなきゃ、の一言で、私たちもまたふき出してしまうのだった。

「気に入ってもらうためにシャンパンを頼もう。美味しい泡で酔えばきっと打ち解けることが出来る」

「わ、いいんですか? シャンパン、大好き!」

ソフィーは最初からアンリに搦《から》めとられている感じであった。相変わらずアンリの話しは面白く、ソフィーは前のめりになって彼の話しに聞き入った。その日はアンリが最近一番注力している新事業に関する話しからはじまった。スイスに近い山岳地、シャモニーで採掘される特別な化石について……。

「知り合いの研究チームが発見した特別な貝化石肥料なんだけど、主成分は千二百万年前の地殻変動で生じた化石、それは苔虫《こけむし》類、貝類、海藻、プランクトンなどが堆積して出来たもの。栄養分の高い肥料なんだけど、僕らはこれを特別な精製方法で粉末にし、アースレニアと名付けて全世界で販売し始めているんだよ。飼料や肥料として開発したんだけど、アースレニアにはものすごいパワーがあることが最近分かって来た。あ、ちょっと待って、論より証拠だな」

そう言うと、アンリはギャルソンを呼びつけ、自分が持っていたミネラルウォーターのペットボトルを手渡し、その中に目の前に広がる森の土を入れて持ってくるようにと言いつけた。奇妙なオーダーに首を傾《かし》げながらもギャルソンは常連のアンリの依頼に従った。間もなく、土を採取し即席の泥水を拵えて戻って来た。泥水というよりもいろいろなものが混ざった真っ黒な水であった。いいね、いいね、これは完璧だ、と嬉しそうにそれを受け取りながらアンリは言った。

「このボトルの中にアースレニアを大匙《おおさじ》一程度、こんな感じで投入し、蓋をする。そしてだ、カクテルを作るみたいにシェイクすると」

アンリはペットボトルを器用に振り回し、最後に私たちの目の前にぽんと置いた。すると数十秒後、その泥水が分離して綺麗な水と元の泥とに分かれてしまった。泥がペットボトルの底に溜まっている。でも、上部は透明で綺麗な水であった。すごい、とソフィーが声を張り上げた。

「ね、すごいよね。この発見はすごいと思う。僕らはこれの可能性を今全世界に広げようとしているんだよ」

「どんな風に?」

ソフィーが訊いた。アンリは前傾姿勢になり、声を潜めてソフィーに話しを始めた。

「イギリス政府と交渉している。ほら、テムズ川は汚染が酷いし、真っ黒だからね。あの川の水質がシベリアの真珠と呼ばれるバイカル湖並みになったらどうなると思う?」

「ええ、それすごい!」

アンリは私たちの顔を交互に見比べながら微笑んだ。

「もういいかな」

そう言うと、目の前のペットボトルの蓋を開けて、驚くべきことに私たちの前で上澄みの水を飲んでみせた。今度は私が叫んでしまった。

「やめて。病気になっちゃう！」

「大丈夫。水道水よりも綺麗な水になっている。どんな浄水器よりも雑物を除去してしまうんだ。科学的にもちゃんと証明されている。特許も申請中だ」

アンリはいつもの余裕のある、どこか年少の者を諭すような微笑みを口元に浮かべてみせた。

「フィリップさんの会社で開発されたんですか？　間違いなく億万長者じゃないですか？」

矢継ぎ早にソフィーが質問をした。アンリは微笑みながら、いや、僕の会社じゃないけど、昔からとっても仲良くしている弟分がいてね、と言った。

「アンリ、あちこちに優秀な弟分がいるのね」

「年が年だから、上よりも下が増えちゃって」

いつも私を驚かせるアンリのこの摑みどころのない不思議な存在感に私は嬉しくなるのだ。横にいるソフィーまでが魔法をかけられ、二人で少女のような目でアンリを見つめてしまった。何か、不思議な説得力があり、その謎めいた存在感と相まって、人々を巻き込んでいく……。

「これすごい発見だと思う。地球を救うような発明じゃないかしらね」

「そうだといいけど」

「ぜったい、大丈夫よ。広まるわよ」

アンリが私の方を見ないで、

「テレビ番組なんかで取り上げられたら早いんだけどなぁ」

と言った。ソフィーが私を振り返る。

「マリエ、なんか、そういう伝手《つて》ないの？」

「え、思いつかないけど、私、映画屋だから」

と返した。するとアンリが私を見て、また、微笑んでみせたのだ。

「もし、どこかに関心持ちそうなメディアの人がいたら紹介してくれないか」

「うん、心の片隅に置いとく」

魔法にかかっているようであった。普段、娘の学校でも自分の仕事の話しはしないのに、私はアンリを応援したくて、いろいろと知り合いがいないか頭の中を探っていたのだから……。

そんな風に私たちの会話は白熱し、私は自分が褒められているみたいに有頂天になった。シャモニーの貝化石肥料の話題から、私とソフィーが手掛けた前作の映画のことに移り、最後はソフィーにバトンが手渡され、脚本の書き方にまで話しが及んだ。そして、デザートを食べ終わり、宴もたけなわというタイミングで、不意にアンリがカバンから分厚い書類を取り出した。

「実は、お二人に読んでもらいたいシナリオがあって持ってきた。プロのお二人にお見せしていいものか悩んだけど、脚本家のマダム・ソフィーから適切なアドバイスを貰いたいし、ここは勇気を出して提出することにするよ」

微笑んでいた自分の顔が不意に強張っていくのを覚えた。そのシナリオはA4の紙に印刷されていたが、その厚さから長編映画のものと思えた。表紙には「始まりも終わりもないゆくえ」というタイトルが記されていて、横に作／アンリ・フィリップとあった。

「見ていいですか？」

ソフィーが小さな声で言った。

「どうぞどうぞ。自分でもこの図々しさには驚いてしまいますが、でも、せっかく書いたのだから」

「すごい、本当に？　これ、フィリップさんが書いたの？」

ソフィーが脚本を捲《めく》りながら興奮気味に言った。ソフィーが開いた最初のページを覗き込むときちんと台本形式になっていた。

「大学時代、僕はシナリオを書いていた。もともと作家を目指していて、気の向くままに書いては仲間たちに読ませていた。そしたら、その中に映画監督志望の奴がいてね、今も映画業界の隅っこで働いているんだけど、そいつに何か書けと言われたのがきっかけで……」

「マリエ、あんた知ってたの?」

私は静かにかぶりを振るのが精一杯であった。この人はいったい何者なんだろう、と会う度に思わせるものがある。そしてその分厚い台本に何が書かれてあるのか興味があった。同時に、なぜかページを捲るのが怖くもあった。たぶん、それはこのタイトル「始まりも終わりもないゆくえ」からくるイメージのせいかもしれない。

「あの、まず、私が読む。それから、ソフィーに回す。いい?」

「ああ、それがいいね。まずはプロデューサーがチェックをする。ものになると思ったら、ものになる、という言葉が心に残った。出会った当初から、アンリが時々、私の心をひっかいてくるものは、出来れば私が見たくない、知りたくない彼の一面だったように思う。ものになる、という言葉が実に不快な感情を私の中に巻き起こしていた。それはどういうことなのだろう、と考えてしまった。台本は重みがあった。それを抱えて私は現場に戻ることになる。


ソフィーさんにも読んでもらい、二人から、意見を貰えたら」

8

その夜、私はアンリが書いた脚本を一気に読み切った。撮影の疲れが出ていて、眠かったが、最初の行に目を落としたら続きが気になり眠れなくなった。

経験上、最初の数枚で、それがどのレベルの作品なのかがだいたい分かる。シーン1から私の心は摑まれてしまった。それはアンリの祖母、アナスターシャについて書かれた一代記でもあった。トゥルーヴィルで聞かされた話がそのまま、いや、さらにドラマティックに描かれており、とても素人がサッと書いたような代物とは思えない。

壮大な歴史を描いたものであり、大陸を横断する冒険物でもあり、運命に翻弄される人たちの恋愛作品でもあった。それはアンリの息吹であり、存在そのものでもあった。それは彼の呼吸であり、彼の匂いであり、彼の思想であった。一字一字に込められた想いを私は目でなぞり、心で反芻《はんすう》し、自分の血肉に移し替えた。

不覚にも私は何度か目頭が熱くなり、最後のページを閉じた時に、泣いてしまったのだ。アンリと重なる少年が登場人物の一人だったせいもあり、強く感情移入してしまった。そういう意味では客観的な読者とは言えなかったかもしれない。

明け方、カーテンの隙間から差し込む光りをぼんやりと眺めながら、さあ、いったいどうしたものだろう、と悩んでしまう。アンリが書いたということは別として、これは力作であった。舞台はモスクワから始まり、欧州全域に及んだ挙句、中盤からパリに舞台が移り、最後はトゥルーヴィルで終わる。だからこそ、撮影するとなれば莫大な予算もかかり、それなりの製作期間も必要だし、多くの人を巻き込まないとならず、観客のニーズを生むための大がかりな仕掛けや宣伝も必要で、素晴らしいけど手ごわい脚本であることだけは確かであった。少女アナスターシャが成人し、恋をして女になり、子供を産んで母になり、異国で死ぬまでの壮大な大河ドラマ……。

ソフィーにも読ませたが、自分には書けない男っぽい作品だ、と褒めちぎっていた。

「でも、これ、映像化難しそうね？　あまりに壮大過ぎて」

そこで私は上司のバンジャマンに相談をすることになる。まずは読んでもらい、感想を聞くことになる。

「この人、新人なの？　いくつくらいの人？　いや、あまりに話しが大きいからさ、どうしたらいいのか、すぐには思いつかないけど、でも、面白かった。読み終わった後、アナスターシャは誰が演じたらいいだろうって真剣に考えていたよ。そういう意味じゃすごくいい台本《ほん》だよね。実話？　創作？　それと、この人が何をベースにこれを書いたのかが気になるなぁ。ただ、とても一言では言えない」

私とだいたい同じ感想であった。そして、うちの会社では無理だろう、という意見も一緒であった。

「ドキュメンタリーみたいなものを先に作るとか、そういうことですよね？」

「或いは、この人、ここまで書けるんだから、まず小説にしてはどうかな。映像には多くのお金とスタッフが必要だけど、小説は違う。それに最初に小説がある方が、映画化に持っていくのに説得力が増すからね」

バンジャマンの伝手で、映画の製作なども手掛けている大手出版社の編集者を紹介して貰った。アンリの了解を得て、コピーした台本をその編集者に送った。二週間ほどの時間が欲しい、と言われた。もちろん、時間はいくらでもありますので、じっくりとご検討ください、と私は伝えた。

「小説ですか、なるほど。それは思いつかなかった」

ホテルのバーで私はアンリと向かい合っていた。まだ早い時間だったので、アンリは珍しくビールに口を付けていた。私はコーヒー。

「小説にしてみようとは思いつかなかったの？　どうしていきなり台本にしたの？　どういうところで映像化したいとかって、希望とかあるの？」

「何も希望はない。昔、台本を書いていたから、その方が早いかなと思ったに過ぎなくて」

「これだけの大作だとなかなか予算を集めるのが難しいのよ。まず小説があった方が、話しを進めやすいかも」

「なんとなく、分かるよ。そういうこと何も考えないで書いてしまった。漠然と前から書きたいとは思っていたんだけど、マリエと出会って、いろいろと話しを聞いているうちに、シナリオなら書けるかもしれないなと思いついて」

私は驚いた。

「ちょっと待って。私と出会ってから、これ書いたの？　だって、出会ってまだ半年も経ってない」

「いや、書きだしたのは先月からだから、正確には一か月ちょっと……」

「一か月?」

「どういうこと?」

「集中して書く時間、あったの? アンリ、とっても忙しいのに」

アンリは笑って、残っていたビールを飲み干してしまった。

「時間は作るものだ。ほら、トゥルーヴィルでも書いていたんだよ。君が寝た後に、少し」

私は思わず口元が緩んでしまった。あの後に、上の部屋かどこかで書いていたということ?

何かすべてが嘘くさく、意外なことばかりで、どこまでが本当なのか、私は時々分からなくなった。でも、全部が嘘かというと、どうやらすべてが本当のようでもあった。実際に私の手元には彼にしか書けない台本がある。

そして、十一月の中旬、大手出版社の編集者から、ぜひ小説化をうちで進めさせてほしい、と電話がかかってきた。


以前の世界が、今、この新たな世界にいる自分には懐かしい。とくにあの頃の私は有頂天であった。こうやって当時を思い返していると、まるで古い恋愛映画を観ているような不思議な高揚感に包まれる。

もうそこには戻れないけれど、好きな人のことを考えていられたあの瞬間が私にとっては幸福な時代そのものであった。あの時の私はそれ以降の自分を含むこの世界の変容を想像することさえ出来なかった。当たり前の質が変わり、違った当たり前が私たちの日常に押し寄せて、ある日、私は止まった。

第二次世界大戦が起こる直前の欧州もきっと、誰もが当たり前の日常の中にいたはずだ。不意に戦争が始まり、あれよあれよという間に、日常が変異し、人々はことの重大さに気が付くのだけど、気が付かなかった時のあの普通の日々こそが実は幸福なのであった。幸せというものは失ってはじめて、あれが幸せだったのか、と気付くものかもしれない。

なんでもない普通の出来事、誰かとのビズやハグや愛し合うことが、それが難しくなる時代から振り返ると、それこそが何ものにもかえられない幸福だったと悟られる。幸福とは、その時には気付き難いもので、失ってからその価値を知るものかもしれない。いいや、まだ分からない。まだ、何も終わってはいないのだから……。

実は私たちはものすごく脆《もろ》い現実の上で生きていることを忘れがちだが、これまで信じていたものが消えかかってはじめて、それがどんなに尊いものであったかを思い知らされる。私は注意深く静かに息を吸い込み、あの日のアンリの横顔を思い出す。そこに彼がいた。そうだ、そこに彼はいた。以前の世界の真っただ中に間違いなく私たち二人はいた。

9

けれども、不思議なことに、アンリ・フィリップという人間が何を生業《なりわい》として生きていたのか、あれほどいつも一緒にいながら、当時の私には、一向に分からなかった。

アンリにそのことを訊いても、シャモニーの貝化石肥料のことや、エジプトの都市開発計画、インドの企業と共同開発しているという電動垂直離着陸型無人航空機についての考察や、ビットコインに代わる新しい電子貨幣システムの可能性について話すばかりで、じゃあ、どれか一つでも調べればすぐにネットで検索出来るようなものがあるかと言えば、調べてみてもそれらしきものの情報は出てこない。

でも、全く実体がないかというとペットボトルの泥水を一瞬で真水に変える貝化石肥料などは実際現物があったし、プロ顔負けの台本があるわけだから、説得力もある。

何より、毎回、高級レストランでの食事はほぼアンリが支払ってくれていた。私とソフィーを連れて行ってくれたブーローニュのレストランも星付きで、後でネットで調べたところ、客単価百八十ユーロと出ていた。

キャプテン・アンリのソワレでは、時々、ガスパールやマーガレットが支払うこともあったが、しかしほとんどはアンリの支払いじゃなかったかと記憶している。身なりや風情からの勝手な推測だが、自炊をしているようには見受けられないので、毎晩、どこかでそれなりの食事をしていることになり、それを月単位で計算するととても私が出せるような額ではないことは想像にたやすかった。

資産家なのかもしれないが、トゥルーヴィルの物件はすべて手放したということだったから、現在それほどの資産があるとも思えない。そもそも自分の車を持っているわけでも、運転手がいるわけでもない。何もかもが謎であった。

『書いているの？』

と私がメッセージを送ると、

『集中してるよ』

とメッセージが戻って来る。

『今日、会えますか？』

と訊いたら、『ウイ』と戻って来た。あまり、執筆の邪魔をしてはいけないと思うのだが、会いたい、という気持ちに抗《あらが》うことが出来ない。思いはますます強くなっていくばかりで、アンリに振り回されている自分がちょっと怖くもあった。

『たまには私にご馳走させてください』というメッセージを送り、私は彼を誘いだすことに成功した。高級レストランには連れて行けないが、オペラ地区にある私の行きつけのダイニング・バーに連れて行った。

同世代の日本人、前園久美がオーナー兼シェフのこぢんまりとしたカジュアルなフュージョン系レストランである。この十年、孤独を紛らわすために立ち寄る行きつけのダイニング・バー。実はあんなに仲良しのソフィーも一度しか連れて来たことがない。もともとはジャン＝ユーグとよく通っていた店だった。二人で見つけて通いつめ、久美がジャン＝ユーグを怒鳴りつけてからは、私一人で、だいたい落ち込んだ時とか仕事で疲れた時なんかにふらっと顔を出すようになった。彼女は東京生まれの日本人だから、客に聞かれたくない話題の時は、日本語で意思を伝達しあった。

久美が明るいので、元気がない時に顔を出すと寂しさも紛れたし、彼女の人柄もあって、客同士は家族のように仲が良く、居心地のいい隠れ家的な店でもあった。

ジャン＝ユーグとの思い出の店だったので、ちょっと悩んだが、十年もの歳月が経っていたし、アンリを久美に紹介したかったので、連れて行くことにした。私を見つけた久美はいつものように目をクリクリッと大きく見開き笑顔を向けたのだけど、後ろにいるアンリを確認するや、不意に笑みが固まってしまった。

「今日は一人連れて来た。アンリ・フィリップ」

と私が紹介すると、タオルで手を拭きながらカウンターの奥にある小さな厨房から飛び出してきて、いやぁ、驚いた、驚いたぁ〜、マジですか、ようこそ、ようこそ、よく来てくれました、うちみたいなつまらない店に、と言って、いきなりアンリとホールの真ん中で握手をし、続いてハグをした。

久美にはアンリが私にとって大切な人だということが分かったようだった。十年もの長きにわたり一人で通い詰めた常連客が男性をはじめて連れて来たわけだから、彼女の想像は激しく膨らんだ。大きな笑みを浮かべて、それにしても、めでたいですねぇ、私も早く彼氏作らなきゃ、と周囲の客に聞こえるような声でおどけてみせた。

カウンターのやはり常連のご婦人方がワイングラスを高々と掲げて私たちに笑顔を向けてくれた。私は小さなお辞儀を皆さんに返しながらも、その知人でもない方々からの祝福を快く受け止めることになる。

「感じのいい店だね」

アンリが言った。私たちは通りに面した窓際の席に並んで陣取った。

「ここ、絶対寂しくならないダイニング・バー」

「そういうの大事だね。僕が知らない時代の君の日々を想像することが出来る」

「ええ、ここには一人で通ってた」

「僕でよかったの?」

「もちろん。アンリを久美シェフに紹介したかった」

「ありがとう」

「よ~し、私、頑張らなきゃ」

と久美がカウンターの向こうから大きな声で私たちの会話に割り込んできた。振り返ると、めぼしい食材がすでに皿の上に並べられてある。

「今日のお勧めは、コート・ダニョーね。あ、豚もあります。フィレ・ミニョン。それから魚ならば鯛、ドラードが入荷した。カルパッチョがお勧め。野菜もいろいろ、っていうか、ちょっとずつお任せでいいですね。フィリップさんだっけ、身体が大きくていらっしゃるからたくさん食べられそうですものね。美味しいワインと美味しい料理、美人シェフと、適当に少しずつ、出します。はい、久美に任せて」

店中に聞こえるような大きな声で久美さんが訛《なま》ったフランス語で一方的にそう宣言して奥に消えた。こういう店なんです、と私が説明をすると、アンリは優しい笑顔で頷いた。

執筆が思いのほか捗《はかど》っていて、この調子だとあとひと月ほどで形が見えそうだ、とアンリはまるで書くのが速い売れっ子作家のようなことを言った。どんな感じで原稿に向かっているのか、台本との違いや、小説としての工夫など、彼はいちいち細かく私に説明をしてくれた。きっと、言葉にすることで安心したいのだと推測した。

書くことは孤独だから、ソフィーも煮詰まるといつも私に相談してくる。で、ソフィーは必ず、他社の仕事であろうと、途中まででいいから読んで、と言ってくる。アンリも料理を食べ終わる頃に、

「今度、出来たところまで、一度読んで貰ってもいいかな。出来れば感想が聞きたい」

と全く同じようなことを言ったので、私はふき出してしまった。

「何か、変なこと言ったかな?」

「そう来るかな、と思っていたから。もちろん、喜んで読むね」

ありがとう、と呟くとアンリは照れ笑いを浮かべた。

夕食後、私たちはオペラ座界隈《かいわい》を、腕を組んで並んで歩くことになる。冬の夜風は冷たかったけど、私は幸せだった。腕を組んで歩くことにもずいぶん慣れてきていた。最初はあんなに緊張したというのに、ごく普通になりはじめていた。時には、まるで甘えるような感じでアンリの肩に頭を凭《もた》せかけたりもした。言葉も何も必要じゃなく、そうやって三十分ただ寄り添って歩くのだ。

離婚後のこの十年、このような甘いひと時は一度もなかった。自分の中にまだこんな気持ちが残っていたのだと思うとおかしくもあり、嬉しくもあった。仕事と子育てに明け暮れた過酷な十年間を一気に取り戻すような私の駆け足の恋でもあった。

ふと、アンリが立ち止まったので、私も従った。彼が見上げる夜空の先に美しい満月が皓々《こうこう》と輝いていた。アンリの腕に手を回したまま、私は黙って夜空を見上げた。

すると不意にアンリが私の方を振り返り、驚く私の両肩を掴んで自分の方へと引き寄せたのだ。そのまま、私たちは唇を重ね合わせていた。一瞬の出来事だったので、閉じた瞼《まぶた》の内側にはまだ満月の残像があった。

何が起こったのかちゃんと理解出来た時にはアンリの唇が私から離れていこうとしていた。私は慌てて、もう一度、今度は自分から離れていくアンリの唇を追いかけ口づけた。アンリの肩に手を回し、自分に強く引き寄せた。私の目の芯に月光の光りがいつまでも残っていた。

10

以前の世界でのあの十年、私は娘たちを除いて、誰ともキスをしなかった。十年どころか、もっとである。もともと私は濃厚接触の少ない人間関係の中にいた。つねに適切な距離を保った整然とした人間関係の中に在った。だからアンリとのキスが、衝撃を持ち込み、まるで病のように私を侵すことになった。目を瞑《つむ》る度、いや、呼吸をする度に網膜の裏側であの一瞬がフラッシュバックする。そして、口づけの感触やいつもの柑橘系の香りやその時の空気感なんかを思い出し、一日に何度も時間が止まってしまうのだった。

「サヴァ?」

今後の撮影や編集手順などを決める会議の最中、アシスタントのピエールに言われた。

「マリエ、なんか顔色悪いよ。風邪の季節だからね、注意して」

「疲れが出たのかしら」

「休んでください。今日の撮影は僕らで何とか出来るから、大きな場面はないし。たまに手抜きしなきゃ、本当に倒れちゃうよ。優秀な部下を信じて」

普段だったら、大丈夫よ、と返すところだが、私はその申し出を有難く受け止め、早退することにする。たしかに、ちょっと熱っぽかった。

そんないい加減な自分と向き合うのは生まれてはじめての経験でもあった。撮影を続ける仲間たちを置き去りにして、あっさり現場から立ち去る無責任な自分に呆《あき》れながらも……。

だからといって、家に帰るわけじゃなく、アンリを呼び出すには時間が早いので、彼から送られてきたワッツアップのメッセージを遡って読んだり、アンリのことを考えながら、シャンゼリゼ周辺をただ当てもなく歩いた。

大勢の中国人観光客とすれ違った。全員、黒マスクをして、ブランド品の詰まった袋を抱えていた。そこはパリなのだけど、フランス人の方が圧倒的に少ない。アジアから来た観光客、中東やアフリカ諸国から来たお金持ちたちで、溢れかえっていた。気が付くと、私は中国人の集団の中心にいた。各人がそれぞれブランドの紙袋を幾つも抱えている。もしかすると、中国人ではなく韓国人かもしれない。いや、日本人？　最近は区別が付き難くなった。昔はなんとなく区別出来たのだが、文化の共有が進み、同じテレビドラマを観て、同じポップスを聴いて、同じ漫画の影響を受け、同じような髪型になり、同じような服を選び、同じような仕草をしはじめ、外見だけでは区別が付き難くなった。その中の一人と目が合った。同胞だと思われたのかもしれない。すれ違いざまに何か素早く言葉を投げかけられた。中国の言葉のようだ。私は日本人よ、と英語で返した。その人は笑顔になり、知っている人に似てたから、中国人かと思った。流暢《りゅうちょう》な英語が戻って来た。私も思った。知り合いの誰かに似ている。優しい笑顔だった。私も笑顔を浮かべてから、彼らとは違う路地へと曲がった。

人の気配から離れたかった。シャンゼリゼ大通りから逸れて裏路地に逃げ、ビルとビルの隙間に潜り込み、小さく深呼吸をした。落ち着かなきゃ、と自分に言い聞かせながら……。でも、頭の中はアンリのことでいっぱいだった。深呼吸を繰り返しながらも、あの時の私はきっと幸福のただ中にいた。ただ、そのことに気が付いていなかった。ただ、繋がりたくて必死だった。ただ、アンリのことばかりを考えていた。

「フィルム・デリプスのサワダと申します。第一出版部のムッシュ・フォンテーヌをお願いします」

自分の仕事のことよりも、アンリのことばかりが気になって仕方ない。

「ええ、フィリップさんはずいぶん捗《はかど》っているということで……。打ち合わせは作品が出来てからでもよろしいですか？　それとも一度、三人で会って、具体的な今後の道筋などを話し合いますか？　余計なことかと思いましたが、お二人をきちんとお繫ぎするのが今の自分の役目かな、と……」

息子のことを心配する母親のような心境であった。自分の行動に思わず苦笑が零れた。

ムッシュ・フォンテーヌはバンジャマンが十年前に映画化した作品の版元の担当者で、バンジャマンとだいたい同世代、長いキャリアのある優秀な編集者だということだった。

そのムッシュ・フォンテーヌが台本を読んだだけで、関心を示すのだから、ある意味、すごいことだと思った。台本と小説は根本から違うので、いい台本だからといっていい小説になるとは限らない。でも、経験のあるムッシュ・フォンテーヌが一読して小説の可能性を見つけることが出来るほど、アンリの台本には何かがあったということ。それが自分のことのように私には嬉しかった。

「今日ですか？　急ですね」

ムッシュ・フォンテーヌとのやりとりがまとまった勢いで私はすぐさまアンリに電話を入れた。彼の声を聞くと、唇の先がじんじん痺れた。ぎゅっと抱きしめられた時に感じた、彼が使っている香水の香り、その中心にある彼自身の匂いを思い出してしまった。

「ええ、さっき、編集者の方と話し合ったら、一度ご挨拶だけはしたいというので」

「僕は大丈夫だけど、でも、マリエは今日、仕事でしょ？　会議じゃなかった？」

「それは終わったわ。大丈夫」

恋は盲目とはよく言ったものだ。誰よりも厳しく仕事に向かって来た鉄の女が、こうも柔らかな絹の女に変貌してしまうのだから……。

夕方、ムッシュ・フォンテーヌが指定してきた六区のホテル・ルテシアのラウンジの窓際の席で三人でのはじめての顔合わせをすることにした。時間に余裕のある私が先に赴き窓際の落ち着いたソファ席を確保した。そこにムッシュ・フォンテーヌが現れ、彼は約束通り出版社の紙袋に入った自身が手掛けた作品を数冊持って来ていた。側面に老舗出版社の名前が印刷されてあったのですぐに分かった。

私たちが名刺交換をし、バンジャマンについて話しているところに、アンリがギャルソンに案内されてやって来た。ラウンジの入り口にアンリを見つけた瞬間、私は彼との口づけを再び思い出してしまい、一人顔を赤らめてしまう。

「遅くなり、すいません」

「いえ、急にお呼び出ししてしまい申し訳ない」

ムッシュ・フォンテーヌが名刺を取り出しながら、そう告げた。アンリはいつも通り仕立てのいいジャケットを着ており、聳えるような存在感で私たちを圧倒してくる。新人作家という感じではなく、もはや何冊も本を出し続けてきたベテランの貫禄《かんろく》で、ムッシュ・フォンテーヌは台本からイメージしていた人物像とは違うせいか、ほ〜、と微笑みながら小さく言った。そして、あのグレープフルーツのさわやかな香り、あ、アンリだ、と私は彼の匂いを鼻先で摑まえながら一人微笑んでしまった。

「いや、なんだか……。あの台本にも、それからご本人にも、共通するものを感じますね。実はとても楽しみにしていたんですよ。どういう方があのような物語をお書きになられたのか……。でも、それが今、合致した」

アンリは照れるような笑顔を浮かべ、何枚か自身の名刺を取り出し、差し出した。そういえば、私は一枚も貰ったことがなかった。

「いろいろな事業に関わっているので、こんなに名刺があるんだけど、実は、電話番号とアドレスは一緒なんです。アンリ・フィリップといいます。はじめまして」

そう告げると屈託なく笑ってみせたのだ。

「アンリ、私にも名刺頂戴」

「あ、失礼。渡してなかったっけ？」

目が合った。私は一昨日の夜のことを思い出してしまい、不意に胸の中心で早鐘が鳴り出した。口元を引き攣《つ》らせたまま、アンリが差し出す名刺を受け取ることになる。

アンリは私が無表情なので、声には出さず、どうしたの、という表情を投げつけてきた。慌てて、私は笑みを拵え、ごまかすために一番最初に着席してしまう。

ムッシュ・フォンテーヌは編集者としてあの作品に関心を持った点について、次に感想を、それから小説にした場合の可能性について持論を展開した。編集者らしい分析で、私が普段使い慣れていない表現や単語、文体とか構成とか隠喩などという響きが新鮮であった。

「シナリオはこれまでにも何十作と読んできたつもりですけど、この作品の文体がそれまでのシナリオとはずいぶん違うことにまず驚きを持ちました。すでに文学の要素があって」

そこに小説化するための可能性が秘められているということであった。

次にムッシュ・フォンテーヌが言ったのは構成についてであった。入れ子状に物語が交差し、現代と過去が綴《つづ》れ織りのように混ざり合いながらの展開が面白かった、と。小説になったら、そこがどう表現されるのか気になる、と付け加えた。

「しかし一番気になったのは着想です」

次の質問の先に私を驚かせるアンリの回答が待ち受けていた。

「あの作品はどこまでが創作なんですか？」

「どこまで？　それはすべてです」

私の目は見開き、動かなくなった。そして、じっとアンリの横顔を見つめることになる。目の前で何が起こっているのか分からなかったので、様子を見守ることになった。

「なるほど、そうでしたか。着想はどこから？」

アンリが一度私を見遣《みや》った。笑ってはいなかったけど、ゆっくりと目元を撓《しな》らせた後、いろいろと調べて書いたんですよ、と淡々と告げた。

「全くの空想？」

「そういうことになりますね」

ムッシュ・フォンテーヌは、そうですか、と一人納得していた。アンリがなぜ嘘をつかなければならなかったのか、それが分からなかった。ただ、瞬時にアンリは何かの理由でその方が無難だと判断したに違いない。一族の歴史を書いたものだと言えない事情が何かあるのかな、と考えた。たとえば、アナスターシャに問題があるとか、公になると困る人たちがいる、とか……。

「実は、書いたところまでの原稿をプリントして持ってきています。全部書き上げてから渡そうか悩みましたが、文体のことなども気になったので、一度、出来たところまでざっと読んで頂き、ご意見を頂く方がいいのかな、と」

アンリは手提げカバンから印字した原稿を二部取り出し、ムッシュ・フォンテーヌと私の前に置いた。私は空腹を我慢出来ない子供のような勢いでそれを摑むと最初のページを捲った。そこには静謐《せいひつ》な書き出しが待ち受けていた。

ムッシュ・フォンテーヌと別れた後、私たちはルテシアのバーへと場所を移し、グラスを傾けあった。あの、どうして実話をもとにして書かれた作品だと言わなかったの？　と私はアンリに問いかけることになる。

「暴かれたくない過去が絡んでいるから。実話小説の方が反響はあるだろうけど、そうなると封印していた過去の蓋がこじ開けられ、今更明るみにしたくないことが外に出てしまう可能性があるからだよ」

やはり、と思った。

「実は、母の死が謎に包まれたままで……。病死として処理されているが、当時、異論を唱えた人がいた」

私は息を呑んでアンリの話に耳を澄ませた。近くにバーマンがいたので、アンリはグラスを持ち上げ、同じものを、と注文し、彼を遠ざけた。

「アナスターシャは父が母を殺したのだと言った」

私は言葉を失った。

「僕はそれを信じたくなかったし、そんなことあるわけはないし、何より、騒がれると大変なことになる、と子供ながらに思ったんだ」

私の目は見開いたまま、アンリの横顔から動かなくなってしまう。バーマンがウイスキーの入ったグラスを持ってきて、アンリの前に置いた。彼はそれをちょっと舐めてから、私を振り返った。

薄暗いバーの中の微かな光りがすべてアンリの目の中に吸い込まれていくのが分かった。時間がゆっくりとうねるようにしながら、逆行していく。長い沈黙の中に私たちはいた。

「この話しはまた今度にしようかな。思い出したくない過去の深い傷だから。そうじゃなくても、そうであっても、祖母が正しくても、父が正しくても、僕の心は痛むから」

私は何も言えず、そのかわりにアンリの手をその上から静かに握りしめることになる。

11

以降の世界にいる私には、あの当時の私の滑稽さがよく分かる。いまだ古い価値観の中にいた。第二次世界大戦後の価値観だ。経済発展を重視し、民主主義という言葉の隠れ蓑《みの》を着て好き勝手に生きてしまった人類の思いあがった価値観の中で、距離を測りかねながら生きていた以前の私は、不意に訪れた愛の前で漂流しはじめていた。

私はなんとしてもアンリを繋ぎ留めたかった。だから必死だった。誰かに言いたかった。これが私の恋人です、と。私がやっと見つけた人なのよ。

しかし、同時にそれが蜃気楼かもしれないという不安もあった。距離をとれず、重力に苦しみ、愛に翻弄され、私はそれ以前の世界の海原をまだ独りぼっちで漂流していたのだ。

子供たちのベッドに、潜り込んでみた。夜、子供たちが一瞬こちらに荷物を取りに帰ったついでに、予定外であったが、一泊することになったのだ。誰かをぎゅっと抱きしめたくて、私は強引にノエミのベッドに潜り込んだ。ノエミはちょっと嫌がったけれど、でも、最後は私にしがみついて眠りに落ちた。このぬくもり、この息遣い、それはとっても愛《いと》おしいものだった。人と人のあいだにあるもの、人と人を繫ぐもの、人が人を感じるもの、人が人を懐かしむもの、つまり、人と人を引き寄せるものが愛だった。以降の世界で人間は愛し合う前にまずマスクを外さないとならなくなった。だから私は以前のぬくもりを大切にしている。あの日のぬくもりを忘れたくない。

ナオミとノエミを寝かせつけた後、アンリの原稿を捲った。一行目の書き出しから引き込まれ、あっという間に読了した。もう一度最初のページに戻って目を落としたら、再び止まらなくなって、読み通してしまった。

長い物語の導入部に過ぎない、四十ページちょっとの分量であった。にもかかわらず、壮大な物語の序章としての風格がちりばめられていた。その時代のモスクワの空気感、人々の自由への渇望が巨大な映画館で観る壮大な物語の冒頭部分のように、或いは有名な交響曲の出だしみたいな感じで、ダイナミックでありながらも同時に細部は繊細に表現されていた。ため息と、興奮による笑みと、それからその筆致の中へと引きずり込まれる快感が順番に押し寄せ、私をスリリングな物語の中へと引きずり込むのだった。

何度も携帯を摑んで、感想をアンリに届けようと思うのだけど、このことをワッツアップで伝えていいものか悩んで、結局、何も送ることが出来ないまま、夜が明けた。

眠い目を擦《こす》りながら、翌朝、子供たちに朝ご飯を用意してから、もう一度、もう何度目になるのか分からないくらい読み込んだ原稿に、再び目を落とした。

夜の、照明の灯りで読んだ時と、朝の太陽光の差す中で読む印象が違うことに気が付き、改めて不思議な感動を覚えた。夜には何かつっかえるような感じを覚えた箇所が、朝にはなるほどと思うようなすっと流れる水のような印象に変わり、そして新しい喜びを連れてやって来た。

母がやって来て、私がまだ出かけていなかったので、あら、まだいたの？　と言われてしまった。母トモコが忙しい私に代わり、子供たちの面倒をみるだけじゃなく、風呂やトイレなどの手間がかかる場所の掃除、加えて簡単な買い物などを引き受けてくれている。

「今週はちょっと後輩たちに任せて、女王様出勤なの」

「へ～、出世したものね。後輩がきっと優秀なんで、マリエの出番なんてないんでしょうね」

「ひどい。でも、当たってるかも」

とはいえ、そろそろ撮影現場に顔を出さないとならない。今日は気難しい俳優の出番がある日で、彼が現場入りする前には何があろうとそこにいないとならなかった。

私は急いで準備をはじめた。

「これは、新しいシナリオ?」

母がテーブルの上に置かれたアンリの原稿を見つけた。小説よ、と私は返事した。読んでみて。

「今?」

母はページを捲り、目を落とした。母は画家であった父と出会う前、ソルボンヌ大学で文学を学んでいた。若い頃はパリ市の文芸同人誌に参加していた。フランス語が母国語ではないので物書きにはなれなかったが、この国で生まれた私よりも多くのフランス語の小説を読み込んでいる。

なかなか鋭い批評眼があり、忙しくて読めずに積んでおいたシナリオを私よりも先に全部読んでしまい、感想を言ったりする。それが結構的確で、母の下読みに助けられることも多かった。アンリの小説に対する母の感想を聞いてみたいと思った。

「へぇ、古風な文体ね。この方、若くないでしょ」

「あたり。なんで分かったの?」

「今時の書き方じゃないもの。どっちかというとママの時代の文体よね」

「うんうん」

それから母は椅子に座り、黙ってしまった。真剣に読み始めたので、私は準備に没頭した。シャワーを浴び、髪の毛を乾かし、化粧をして、外出着に着替えてサロンに顔を出

すと、

「面白い……」

と母が言った。

「でしょ？」

「導入は硬かったけど、途中からすっと読めるようになった。これを今度、映画にするの？」

「うちではしない。この人、私の恋人なの」

いきなり口をついて出た自分の言葉に驚いてしまう。母も驚いたようで、数秒顔を固まらせ、私のことを見つめ返してくる。

「そうなんだ、ついに」

「いや、まだ、お互い恋人と認め合ってるわけじゃないけど、でも、腕を組んで歩いたりはするから」

「腕を組んで歩く？　それだけ？」

「もうちょっとかな」

「キスとか？」

私は顔を赤らめ、じゃあ、行ってくるね、と言って玄関に向かい、靴を履いた。母が追いかけてきて、そりゃ、恋人かもしれないわね、と言いだした。

「才能あるわ。名のある作家さん？」

「違う。まだ出版経験のない新人」

「若くないのに新人なんだ」

「そうね、今度、紹介するね」

「いくつ?」

「還暦」

あら、と母は頷き、それから笑顔を拵えると、

「大人の恋ね」

と言った。

「もちろん、不倫とかじゃないわよね?」

私は母を睨みつけ、そういうの出来ないこと知ってるでしょ、と慌てて返すと、母が失笑した。私は家を出て、駅までの道をいつものように歩くのだが、どこか地に足がついていないというのか、浮き足立って、今にもスキップをしそうな感じ。アンリのことを母に話したことがそうさせたのだ。自分の心が、アンリで決定しているということが分かり、嬉しくて仕方なかった。

駅前の交差点で、私は立ち止まり、狭い青空を見上げた。自分だけ浮かれているのじゃないか、とちょっと不安になった。彼は私のことをどう思っているのだろう。恋人が出来たと母に宣言したのはいいが、まだ、何も具体的な言葉をアンリから貰ったわけではない。付き合ってください、とか、交際してください、とか、恋人になってください、とか、好

きですという言葉さえ、まだない。一度キスをしただけ……。還暦の男性は若い人のように簡単に気持ちを言葉にはしないのかもしれない。気恥ずかしいだろうし、経験豊富だろうから、言葉に縛られたくないのかもしれない。そういうことがいろいろと頭の中を交差し、ちょっとだけ私を不安にさせた。

アンリにとって私という存在がどのようなものかを、言葉で確認したいという気持ちが生まれた。焦ってはいけないけれど、確かめなさいよ、と自分に命じてから、私は交差点を渡ることになる。

歩こうと思えば歩ける距離だったが、時間が押していたのでタクシーを拾って、パリ中心部にあるロダン美術館へと向かった。撮影車両がブールヴァール沿いにずらりと並んでいる。今日はロダン美術館の広い庭園の一部を使用した撮影がある。木漏れ日の中で繰り広げられる男と女のやりとりを中心にした、じっくりと見せる場面であった。

ルメール監督が設置されたケータリング・テントで温かいお茶を飲みながらカメラマンと笑顔で、きっと撮影に関することじゃなく、気晴らしの雑談をしていた。久しぶりに見る監督の笑顔だった。私が近づくと、監督は笑うのをやめて、私の目を射抜くような強い湿度のある眼差しを向けてきた。柔らかかった表情が仕事モードに一変したのが分かった。こちらも心を切り替える。

「監視人が来た」

ルメール監督が笑わずにそう告げた。

「ええ、嫌われてもそれが私の役目ですから」

そう、返しておいた。撮りこぼしのないようにするのが私の今日の仕事であった。

でも、仲間外れになったような悲しい気持ちにもなる。監督は間違いなく、私を敵視している。カメラマンが私にコーヒーを勧めてくれた。

そういう時、私は現実から逃避して、アンリの顔を思い出すことが多くなった。私の頭の片隅にはつねにアンリがいた。この自分の心や意識のどこかに誰かがいるという感覚はこの十年来ずっとなかったことだ。

ジャン＝ユーグ・フールニエと交際をはじめた当初は彼も私の心の中にいたが、気が付いた時にはもう退出していた。激しく燃えて一緒になったのはいいけれど、その炎は間もなく鎮火し、その後、私はずっと孤独だった。

苦い経験があるからこそ、私は慎重にならないといけないのだが、アンリはジャン＝ユーグとは根本から違うの、という根拠のない自信ばかりが湧く。でも一方で、成功体験のない私は自分のせいで同じような結果になるのじゃないか、という不安に苛《さいな》まれることにもなった。ジャン＝ユーグだって、私に魅力がもっとあったら、態度が豹変することはなかったかもしれない。彼にとって私はきっと期待していたほどの女性じゃなかった、ということかもしれない。期待に応えてくれるイメージはあるのだけど、一緒になってみたら、それほどじゃなかった、ということか？

私は曲がったことが嫌いだし、自分に嘘がつけない。このような頑固一徹の私を満足させてくれるムッシュなんてこの世にはいないと思い込んできたこの十年であった。なので、出現したアンリに対して、期待と不安は同量くらいあった。期待が大きく膨らめば膨らむほど、不安も同じくらいに広がっていった。

携帯を覗くとワッツアップの着信記録があった。アンリかと思い、現場からちょっと抜け出し、開いてみるとジャン＝ユーグ・フールニエからで、『今夜、子供たちに会いに行く』と書かれてあった。これは、夜ご飯の時間に行くのでみんなで食事をしよう、というメッセージでもある。

離婚をして十年にもなるのに、彼はいまだ私に妻に対するような物言いをする。夫婦だった時と何も変わらない。この国の法律に則《のっと》って親権は二人にあるので、当然、会いに来ることは出来る。子供たちはどちらかの親の家を半分ずつ行き来するのが普通だが、彼は病院と大学での多忙な仕事を理由に「自分は面倒をみることが出来ないので、時間が出来たら会いに行く」と勝手に宣言した。私としては、子供たちとずっと一緒にいたいので、それで構わない。でも、自分の都合のいい時、たぶん、寂しくなった時だけ、こちらの予定もお構いなしで会いに来るのは困る。私が撮影で忙しい時であろうと子供の面倒をみることはない。トモコさんがいるだろ、と言って終わりだ。

もちろん、彼のために料理はしたくないので、そういう時はレストランやカフェなどで仕方なく食事をする。子供たちを置いて私だけ帰ろうとすると、

「なぁ、一緒に食べていきなさいよ、たまには家族四人で過ごそう」
などと言いだす始末。家族じゃないわよ、と思わず声を荒らげたこともあるが、娘たちが悲しそうな顔をするので、仕方なく苦痛な時間を同じ空間で持つことになる。しかも、そういう時はどれだけ自分が娘たちのことを愛しているかについての自慢ばかり。開いた口がふさがらない。

アンリと仮に恋人になれたとしても、ジャン＝ユーグはずっと私の人生に付きまとうことになるのだろう。そのことをアンリがどう思うのかも気になる。あんな人でも子供たちの親であることには変わりない。心優しいアンリも拒否はしないだろう。そこにジャン＝ユーグが付け入るのじゃないか、と心配でならない。

同様にアンリと長年寄り添って来た親友のような彼の元の奥さんのことも気がかりであった。憎しみあって縁を切ったわけではないということが逆に私を不安にさせる。離婚をした者同士が付き合い始めるには、こういう問題を切り離すことが出来ない。ジャン＝ユーグ・フールニエは間違いなくその火種の一つになる。

「俺が？　冗談言うなよ。俺が君にどんな迷惑をかけたっていうんだ」
「子供たちの前で大きな声ださないで」
「ちぇ、いきなり、私の人生邪魔しないでねって言うからだろ。月々の慰謝料や養育費も払ってるし、こうやって月に一度は子供たちに会いにくる。いいかい、離婚ってのはどっちかだけのせいじゃない。君は自分が子育て頑張っているって言いたいんだろうが、パパがこうやって元気で働いている姿にも子供は子供なりに愛情を感じているもんなんだ」

思わず、娘たちと目が合ってしまった。

「なんだよ、なんでそんな目でパパのこと見るの？　寂しいなぁ〜」

ジャン＝ユーグは口を緩めながら、顔色を窺うように、娘たちに向き、ちょっとおどけてみせたのだ。するとナオミが、

「パパ、今の発言はちょっと失礼だと思うよ」

と小さく吐き捨てた。私は口元を緩めてしまう。

「ナオミ、どこがだよ」

「パパは、パパらしいことあまりしてないと思うから」

ジャン＝ユーグの眉間がぎゅっと寄った。それは怒った時の彼の癖でもある。すると、長女を守るように今度は次女のノエミが意見をした。

「パパらしいことをされたという記憶ないもん」

ジャン＝ユーグは黙ってしまった。みんな黙ってしまった。でも、私は嬉しかった。いつも娘たちは私の味方なのだから……。

ジャン＝ユーグが携帯を、たぶん、ワッツアップを操作しながら、

「分かった分かった。でも、今日はちょっとみんなに紹介したい人がいるんだ。外で待たせている、いいかな、今、ここに呼んでも、ほんのちょっと」

と言った。嫌な予感がしたので、子供たちに変な刺激与えないでよ、と忠告した。する

と、入り口から背の高いすらっとした女性が入って来て、私に向かって小さく微笑みかけた。ジャン＝ユーグが立ち上がり、

「マノンだよ」

とナオミとノエミに向かって紹介した。二人は驚いたようだったが、何も言わなかった。

「はじめまして、マノン・マニャールです。近くまで来ていたので、ご挨拶をと思って」

マノンと名乗った女性が私を優しい目で見つめた。私と同じ年齢くらいか、或いはもう少し上かもしれない。人を印象で語りたくはないが、いくら近くにいるからといって、こういうプライベートな場所にずけずけと入り込める人なんだ、と思った。気まずい空気が流れた。ジャン＝ユーグが娘たちに女性を引き合わせたということは何か裏があるに違いない、と思った。

「マリエ、今度、いつでもいいんだけど、子供たちがOKならば、僕とマノンとナオミとノエミの四人で食事をしたいんだ。だから、ちょっとその前に、君たちにマノンを紹介しておきたかった」

「やれやれ」

とノエミが嘆息を漏らした。

「ママも早く誰か見つけた方がいいよ。ずっとこういう関係が続くのよくないから」

と今度はナオミが付け足した。私は思わず苦笑してしまった。

「ごめんなさい、マノン。この子たちは警戒しているだけだから、気を悪くしないでくだ

さい。少し時間をかけて、この問題を解決していきましょう」

自分が発した意見とは思えないくらい大人の発言で、驚いてしまった。私にはアンリがいると思えるから、寛大になれたのに違いない。

12

アンリと二人で会いたかったが、その夜は「キャプテン・アンリのソワレ」があり、撮影を抜け出し、冷たい風が吹きすさぶコンコルド広場からほど近いフレンチレストランに、一時間ほど遅れて顔を出すことになる。レストランにタクシーが到着した時、ちょうど、店からガスパールが出てきた。

「あれ、もうお帰り？」

「そうなんだよ。今日はダブルブッキングでこれからモンパルナスに戻らないとならない。ごめんね、食い逃げみたいになって」

私が降りたタクシーにそのまま乗り込み、笑顔で去って行った。人が減るのは悪いことじゃない。皆が食べ終わる時間に駆け付け、解散の後、アンリと二人でいつものヴァンドームのバーに立ち寄るのが、最初からの狙いだったので……。

二人きりの時間が長い方が嬉しいのだ。いろいろ想像しながら、レストランの階段を駆け上がり、ホールの奥まった席に顔を出すと、驚いたことにアンリの隣に、若い女性がいた。他にはラファエル・アルサンだけであった。

「あ、遅かったね。来ないのか、と思っていた。今、ガスパールが帰ったところだよ」

自分の隣の空席、その若い女性とは反対側の隣の椅子をぽんぽんと上機嫌で叩きながら、アンリは言った。

「お食事、どうされます？　たった今、メインが終わったところなんですけど」

とラファエルが言った。

「あ、いえ、現場で軽く摘《つ》まんできたので」

とラファエルに最大限の笑顔を拵えたが、アンリの横にいる女性のことが気になって仕方ない。

「あ、ここに座って」

ラファエルが自分の横を勧めた。私はアンリの隣に座りたかったけれど、仕方なく、ラファエルの横に腰を落ち着けた。きっと不機嫌な顔をしているのだろう、と想像しながら……。

若い女性と一瞬目が合った。

「あ、紹介するね。ミシェル・デュポン。広告代理店で働いている」

アンリが若い子を私に紹介した。

私は、ため息なのか、返事なのか分からないような曖昧な言葉で口先を濁し、それから、小さく自分の名前を伝えた。

「先ほど、ムッシュ・フィリップから詳しく聞きました。映画プロデューサーですってね。私、フィルム・デリプスが製作した作品、すごく、好きなの」

「へー、詳しいねぇ」とアンリ。

「どっちかというと、映画ファンに愛されている、通向けの会社で、インディーズからハリウッドとの合作まで幅広くこなされてるんですよ、知らなかったの？」

若い女性が親しそうな口調でアンリにそう告げたので、絶望的になった。アンリを見ることも出来ず、うつむき加減になり、私の視線は皆が食べ終わった器の上を所在なく移動しはじめる。

「ここのフレンチ、とっても美味しかった。マダム・サワダ、本当に、何も食べなくてよろしいの？」

言い方は丁寧だったが、私はこの子のかわい子ぶる甲高い声が気に入らない。焼きもちを焼いているのだと分かるだけに、この自戒も含めての不快感を自分ではどうすることも出来ないのだ。気のせいか、私が到着した時よりも、ミシェルの身体がアンリに近寄った気がした。私がラファエルの横に座ったせいで、四人のバランスを取ろうとして、近づいただけだろうが、そうじゃない別の理由を想像してしまう。悔しくて目を瞑ってしまった。

「どうした。大丈夫？」

アンリが心配をしてくれた。ウエイターを呼び止め、彼女にお水をください、と告げた。

「ちょっと、今日は忙しくて疲れているのかも」

「そうでしょ。こんな時間に呼び出してすまない」

「あ、ほんとうだ、もう二十三時半ですね」

ラファエルが腕時計を覗き込みながら言った。

「実は僕、この後、別件があって、マリエが来たところなのに、退出してしまうけど……」

と腰を浮かしながら言いだした。私は一度立ち上がり、彼を通さなければならなかった。

ミシェルはどうやら残るようだ。ますます憂鬱になった。

それにしてもこの女性とアンリはどういう関係なのだろう。もちろん、恋愛をしているような関係には見えないけれど、気になって仕方ない。

「デザートだけでもどう？」

アンリが提案した。空腹には勝てないので、はい、と返事をしてしまう。

間もなく、小さなデザートが盛られた大きなプレートが一人一人の前に並んだ。私の分はラファエルのデザートであった。

「シャンパーニュ一本、お願い」

アンリが私のためにシャンパンを頼んでくれた。

「そんなに飲めます？」と私。

「三人いるし、大丈夫でしょう。ミシェル、飲めるよね？」

ミシェル、とその人の名前を呼んだだけなのに、私の心に複雑な影を落とした。私は乾杯も忘れて、注がれたシャンパンに口をつけてしまう。

「あ、乾杯しようよ」

アンリがシャンパングラスを差し出すと、ミシェル・デュポンも笑顔でグラスを持ち上げた。仕方なく、私は持っていたグラスをテーブルの中ほどにそっと差し出す。小さく、グラスのあたる音がした。ガラスが軽くあたる音……。アンリもミシェル・デュポンもほろ酔い加減で微笑みあっている。私は二人に気付かれないよう、そっと、ため息を零《こぼ》した。

シャンパンが空になるまでそれから小一時間ほどを要した。その間、ミシェル・デュポンはまるでテレビの司会者のように私に気遣い、アンリのご機嫌をとって、話しを進めた。映画のことを訊かれる度に、不快な気持ちに支配され、ここから逃げ出したいと何度も思った。

「子供たちを預けている母と交代しないとならないから。私はここで失礼させてもらいますね」

決意して、もちろんジェラシーのせいで、苛立ちに背中を押されながら、私がそう告げると、いや、僕らもそろそろ解散しましょう、とアンリが軽やかに同意した。そうですね、今日は早い時間からお付き合いさせてしまって申し訳ありませんでした、とミシェルが言った。早い時間からって、いつから？

「ああ、そうそう、でも、ガスパールたちの感触だと、君からの提案を実現させるのはちょっと難しいと思うな。僕が関わる企業はどこも広告を必要としないところばかりなので」

私は先に立ち上がり、何も考えないようにそこを離れることになる。クロークに行き、預けていたコートを羽織っていると、アンリが近づいて来て、

「ごめん。ちょっとお願いがある」

と言った。

「実は、今、気が付いたんだが、財布を忘れてしまった。申し訳ないけど、その、すぐに返すから、ここの勘定を立て替えて貰ってもいい？」

出口の外でミシェルが待っている。

「さすがに、初対面の子には借りられなくて」

アンリがクスッと微笑んだので、なぜか、やっと生きた心地を取り戻すことが出来た。つられて私も笑ってしまった。

「帰りのタクシー代もないの？」

「うん、何にも。一ユーロ硬貨が一枚出てきた」

アンリがポケットから一ユーロを取り出し、私の目の前に、差し出した。

「じゃあ、タクシーで送るわ」

「歩いて帰れるから、大丈夫だよ。歩いて来たんだから」

「でも、それくらいさせて。どの辺？」

「サン＝ルイ島だよ」

「ならば、そんなに遠くない」

「だから、歩いて帰れるって」

私は一度、ミシェルを振り返った。

「ミシェルを先に帰しておいてもらえます？　その間に支払いを済ませるから。私が支払っているところ、見られない方がいいし。その後、夜風にふかれながらセーヌ川沿いをサン＝ルイまで散歩しましょう」

「メルシー」

アンリがミシェルを送り出すために、出口の方へと戻った。私はバッグから財布を取り出し、レジへ向かい、お勘定を、とお願いした。

ところが示された請求額を見て、驚いてしまう。レシートに三千三百ユーロと記されている。うちの家賃の倍もする。私は驚きを顔に出さないようにしながら、明細書を精査した。人数は五人、高級シャンパンは一本だったが、ワインが他に三本空いている。払えない額ではないが、払うのが躊躇《ためら》われるほどの大金であった。

いつも彼はこんなに払っていたのか、と驚いてしまった。クレジットカードを差し出しサインをし、領収書を一応貰ってから、店を出た。ミシェルの姿はもうなく、街路樹の傍で、アンリが葉巻を燻《くゆ》らせていた。

私たちは言葉を交わさず、夜の右岸を並んで歩いた。いつになく二人の間を遠く感じた。腕を組んで歩きたいけど、その腕が遠い。早歩きで近づき、ちらちらっと彼の横顔を見つめるのだが、彼が何を考えているのか分からない。私がミシェルに焼きもちを焼いているから、距離を感じるだけのことかもしれないと思い直すのだけど、出てくるのは音にさえならないため息ばかり。

私は会話のきっかけになればと思って、領収書をバッグから取り出し、歩きながらアンリに差し出した。

「払わせてしまってすまない。次に会う時に現金で返すね」

「いつでも結構よ。思い出した時で」

アンリは微笑みながら、金額を確かめもせず領収書をジャケットの内ポケットへと仕舞った。

「ちょっと酔ってしまった。なんか瞼が重くて」

「タクシー拾いましょうか」

アンリが立ち止まり、ちょっと考えこんでから、じゃあ、この際、もうちょっと甘えてしまおうかな、と優しい声で告げた。

「ぜんぜん、どうせ、たいした距離じゃないから」

ちょうどタクシーが後ろからやってきたので、私が手を上げた。アンリが道路に数歩歩み出て、大きく手を振り上げた。赤いライトが点滅し、黒いボックス型のタクシーが私たちの前で停車した。

「サン＝ルイに入って貰って、トゥルネル橋のところで一人降りるよ」

アンリが運転手に行き先を告げた。今は滅多に使わないが、かつてはよく利用していた編集スタジオがそのすぐ近くにあったことを思い出した。だから、どのあたりに住んでいるのか、すぐに分かった。

走り出したタクシーの中で、私はそわそわして、落ち着かなくなった。きっとあと五分ほどでタクシーは目的地に着いてしまう。歩いて帰っていれば三十分は一緒にいられたかもしれないのに……。絶望的な気持ちになり、私はアンリの手を思わず上から摑んでしまった。すると、アンリが私の手を握り返してくれた。よかった、と安堵した。

「ミシェルのことが気になる」

「え？」

と驚き、アンリが私に顔を向けた。

「ごめんなさい。きっと焼きもち焼いているの」

「まさか」

そう言った後、

「びっくりした、眠気が吹き飛んだよ」

と笑いを堪《こら》えながら続けて言った。

「だって」

と私は溢れ出そうになる自分の感情を必死で抑えながら、不満を吐き出した。

「浮き浮きして駆けつけたのに、あなたの横に若いお嬢様がいたから……。いろいろと想像してしまって」

運転手に聞かれないように小さな声で抗議した。するとアンリが私の手をぎゅっと上から握りしめてくれた。その横顔は満足そうに微笑んでいる。なんだか、ちょっと嬉しくなった。その微笑みは私のことを認めた上でのものだと感じたからだ。

どうやら早合点だったかもしれない。目的地に着くまでの間、アンリはずっと私の手を握りしめてくれた。温かく、頼もしく、優しい手であった。

「じゃあ、また連絡する。ちょっと忙しくなるので、通じ難くなるとは思うけど、心配しないで……。執筆もがんがん進めているので、そっちも進捗状況を知らせるね」

「うん、待ってる」

「あ、そこでいい。その建物の前で止めて」

タクシーはサン＝ルイ島から左岸へ抜ける橋の袂《たもと》で止まった。かつて何度か父に連れて行かれたことのある日本人が経営する寿司屋がすぐそこの角にあった。

歴史的な建造物の前でアンリは降りた。橋を渡った左岸側の建物の最上階に編集スタジオがある。アンリは降り際、サッと私にキスをしてくれた。

ドアが閉まり、車が滑り出した。振り返ると、いつものように視界から私が消えるまでずっと歩道に立って見送ってくれた。胸を焦がすような切ない夜であった。

13

人と人を繋ぐものが愛であるならば、人と人を引き離すものは何だろう。愛の反意語を私は探してみた。愛憎という言葉があるので、それを憎しみと言うことが出来るかもしれない。

かつて「愛の反対は憎しみではなく無関心です」と誰かが言った。ジャン＝ユーグに対して私は憎しみを覚えたわけではなかった。たしかに、それは無関心であった。けれども、本当に愛の反意語は無関心だろうか。ジャン＝ユーグ・フールニエも私に対して関心がなくなっていた。しかし、無関心の反意語は愛ではない。

もし、そうならば、関心のあるすべてを愛するということになってしまう。そこで私は、愛という言葉には反意語が存在しないのだ、ということに気が付いた。すべての言葉に反意語が存在しなければならないという理由もない。ましてや愛ほど大きな意味を持つ言葉に対して全く反する言葉を見つけることは難しい。

愛は難しい。以前の世界で私を苦しめたのはこの愛の難しさであった。私をアンリから、まるでペストにかかったように、引き離そうとするものがあった。

アンリから連絡のない日が続いた。撮影が佳境に入ったせいもあり、こちらからも連絡が出来ずにいた。あのミシェル・デュポンという業界ずれした女性の笑顔ばかりが思い出され、私は毎日、捗《はかど》らない撮影と若い女のせいで、暗かった。

「ママ、どうしたの？　ずっと元気ない」

とノエミが言った。週末なので二人が戻って来ていた。

「パパのせい？　恋人、連れて来たから？」

とナオミが言う。

違う違う、と私は心配させないよう、おどけてみせなければならなかった。

「そうじゃないのよ。ママも好きな人が出来たんだけどね、その人も本当にママのことが好きなのか、分からないの」

娘たちは素早くお互いの顔を覗き合い、その視線で意思の交換をやった。

「どんな人？」

「恰幅《かっぷく》のいいジェントルマンで、六十歳」

ナオミがノエミの目を覗き見た。

「いいんじゃない。パパとはもう無理だって私たちは諦めていたから」

「その人、何ていうの？」

「名前？　アンリ。アンリ・フィリップよ」

アンリ……。二人は口を動かして新しい登場人物の情報を頭の中に納めた。ジェントルマン、六十歳。おじいちゃんだね。私はふき出してしまった。

「まだ、おじいちゃんみたいじゃないわよ。背筋もピンとして大きな人。優しいし、いつも笑顔なのよ」

「そのおじさん、ママと再婚するの?」

私は狼狽《うろた》えてしまった。まだ、恋人宣言をしたわけでもないのに、しかも、ミシェルの存在も気になるし、何一つ確定事項がないというのに、母のトモコにも、この子たちにも、恋人がいると打ち明けている自分が、もしかするとちょっとどうかしているのではないだろうか、と心配になった。早く、自分の居場所を確保したいという焦りによる行動かもしれない。あの元亭主の精神科医はなんと言うかしら。

「君には少し、倫理観の欠如が見受けられるね」

とお決まりの台詞で片づけられるに決まっている。ノエミが、ママは、どうなの? 再婚したいの? としつこく訊いてきた。

「再婚してもいいの?」

私は用心深く訊き返した。

うーん、とノエミ。

「分からない。ちょっと複雑な気もする」

今度はナオミが、

「ムッシュは私たちのことをどう思うかな?」

と言った。

「だって、こぶつき？　私たちのような子供が二人もいるって知ってるの？　こんな大きな子がいることを知ったら、印象変わるかもしれないよ。なんなら、私たち二人はグランマ《おばあちゃん》のとこの子になってもいいよ。グランマも一人で寂しがっているし。それに、ママ、フリーになった方が再婚しやすくない？」

「あ、やだ。変なこと想像しないで。その人にもお子さんいるし、まだ会ったことはないけど、アンリの子供たちは成人して子供までいるのよ。だいたい、そんなことお互い気にする年齢じゃないし、大人の恋よ。安心して」

ノエミが、よかった、と言った。

ナオミが、パパがどんな顔をするか、楽しみだな、と苦笑しながら付け足した。

「でも、パパにも恋人がいるしね」

「おあいこだね」

と子供たちは笑い合った。

「いつ会わせてもらえるの？」

「会ってみたい」

「分かった。今度、訊いてみるね。四人でご飯出来ないかって」

「もうすぐクリスマスだし、じゃあ、ママはその人と二人で？」

「すごい、まるで映画みたい」

子供たちは笑顔で騒いでいたが、その緩んだ口角が少しずつ少しずつ冷静な感じで元へ戻っていくのを、私は見逃さなかった。なんだかんだ言っても、ジャン＝ユーグが彼女たちの父親であることに変わりはないのだから。

そして、二〇一九年のクリスマス・イブを私は撮影現場で迎えることになる。これは本当に珍しいことで、映画業界で十五年以上も働いてきたが、クリスマス・イブまで働かなければならなかったのははじめてのことだった。それくらい撮影日程がずれ込んでおり、不眠不休の厳しい撮影が続いていた。同じ頃、アンリはパリを離れて南仏に滞在していた。その時、はじめて知ることになるのだけど、アンリは息子たちとその子供たち、つまりアンリの孫たちと、南仏にある別れた奥さんの別荘で、クリスマスを祝っていたのだ。私には時間がなかったし、お互いちょうどよかったのだけど、そのことを直前に不意に聞かされ、はじめてのクリスマスを二人で迎えられないことが私を何より悲しくさせた。

14

クリスマスも終わり、世の中は一年を締めくくるムードへと緩やかに傾斜していたが、撮影は続いていた。さすがにクリスマス当日だけは休暇となったが、クリスマス明けから、撮影と編集作業が同時に進行する、よりハードな日々へと突入していった。

編集マンのエリック・バシェと私とで撮影とは別にこれまで撮影した素材をもとにオフ

ライン編集を先行させることになった。監督は撮影が終わった後、編集スタジオに立ち寄り、出来たところまでを日々確認した。もっとも私は現場と編集スタジオを一日に何度も往復しなければならなくなり、これまで以上に多忙を極め、寝る間もなくなってしまった。すべてはカンヌ映画祭ありきの製作進行だったし、映画公開日も決まり宣伝態勢もすでに整え終わっていたのだから、クリスマス・イブや新年を祝うことがなくなっても仕方がなかった。

ジャン＝フランソワ・ルメールほど経験のある監督が手掛ける作品がいい興行成績を上げるためのまず大きな難関がカンヌにセレクションされるか否かであった。監督は過去に四度コンペティションにノミネートされた実績があり、うちの会社も数回、様々な監督の作品で出品実績があり、映画祭運営側との繋がりがあった。バンジャマンはカンヌ映画祭監督週間の審査員を務めた経験もある。けれども、最終的な判断は作品の出来栄えにかかっている。ある程度の遅延は認められるが、今の進行だと編集と撮影を同時に進めたとして、五月開催のカンヌに滑り込ませるためには、フランス国内の他の応募作品とのバランスを考え、ある程度完成に近づけた状態のビデオを三月初旬から中旬までにはディレクターたちに見せるとすると、ぎりぎりのスケジュール感であった。

本来ならば、恋と仕事を掛け持ち出来る状況にはなかった。十二月三十日まで年内の撮影は続き、三十一日と一日だけ休んで、二日から撮影が再開となった。

編集スタジオから撮影現場に向かうタクシーの中に私はいた。中国で始まった謎の感染症についてラジオが報じていた。スピーカーから飛び出す言葉の断片、感染、ウイルス、致死率などの言葉が、パリ中心部に溢れる観光客らの笑顔と不釣り合いで、その乖離《かいり》のせいでか非現実的な疲労感を私の脳に送り込んできた。

車がセーヌに架かる橋の上を右岸から左岸へと渡る時、窓外を流れるパリの景色は間もなく水彩画の絵の具が風で流れていくような淡いものへと変わった。運転手が番組を替えたせいで、ジャズの調べが車内に流れ出した。サックス、ピアノ、ドラムによる絡み合いが、息つく暇もないこの世界をさらに怠惰なものへと切り替えた。世界は二〇二〇年の一月であった。

一日に、ハッピーニューイヤーと英語のメッセージが届いたきり、アンリからの連絡は途絶えていた。スタンプを送っても既読にならない。きっと仕事と執筆に忙しいのだろうが、もしかしてまだ家族と過ごしているのだろうか。まさか、そんなにクリスマス休暇が長いわけがない。それにしても、私のことを特別な存在と思ってくれているのならば、メッセージの一本くらい送ってきてもよさそうなものだが。大事な存在じゃないから、連絡もくれないのだろう、と想像すると自然と嘆息が零れた。

「マリエ、恋は苦しいものよ」と携帯の向こうでソフィーが言った。「でも、苦しすぎてどうにかなっちゃいそうなのよ」と私は愚痴る。とりあえず、会おうか、ということになり、撮影終わりに、久美の店で待ち合わせることになった。明日は撮休日だから、思いっきり飲んでやる、と思って出かけることに……。

「でも、なんで連絡くれないのかしら。前は頻繁にくれたのに」

「そうね、クリスマスも、新年も祝えないってのは、たしかに寂しいわね」

「あの広告代理店の子に気移りしているのかな。あの子が現れてから、何かが変わった。

たしかに、男好きするタイプの可愛い子だったし……」

ソフィーが、やれやれ、と言った。

「まるで初恋ね」

「十年後の恋なのよ。処女みたいなものよ」

ソフィーがふき出した。私も、自分で言っておきながら、笑ってしまった。

「いいなぁ。そこまで好きになれる人がいるって、ある意味羨ましいことだわ。私はそう
いう対象がいないから、焦がれるって感じが全然ない。恋してみたいなぁ、また」

私たちは同時にため息をついてしまった。そして、小さく苦笑しあった。久美が大きな
ワインボトルを抱えて来て、飲も飲も、と言った。どうせ、暇だし、もう店を閉めてもい
いのよ、と言いだしたので、そうしよう、ということになり、通りに面した外のテラス席
に出て宴会を始めてしまう。

久美が惚れ込んでいるという美味しい白ワインが二本ほど空になった時に、ソフィーが、

「マリエ！　携帯、アンリから」と大声を張り上げて指差した。見ると画面が発光してい
る。慌てて摑んで、耳に押し当てた。

「はい!」

「もしもし、連絡出来ずすまない。今大丈夫?」

「大丈夫」

私は酔ってしまったことを一瞬で後悔した。こんな大切な瞬間に酔っ払っている自分が情けなかった。

「今、どちら?」

「なんで?」

私は慌てて、ガラス戸を振り返り、そこに映っている自分の顔を確認した。髪の毛がぼさぼさ、メイクは落ちている、とても会える状況ではなかった。

「いや、小説を書き終わったので、たった今、終わったんだ。ずっと集中していた。でも、書き終わったんだよ。だから、会える?」

「書き終わったの?」

「ああ、見せられるところまでは出来た」

「あの、今、私、時間はあるんだけど、あなたに会えないから寂しくてソフィーと、ほら前に一緒にご飯した久美の店で飲んでしまって、呂律《ろれつ》回ってないでしょ? 泥酔気味なのよ」

笑い声が聞こえてきた。その懐かしい声に私は思わず涙が溢れ出てしまった。小説を書いていたというの? ずっと? それ、本当なの? なんで連絡くれなかったの? 私は心の中で泣き笑いを堪えながら叫んでいた。ソフィーがハンカチを取り出し、私の湿った目元を押さえてくれた。そのせいでますます化粧が落ちてしまう。

「行ってもいいかな？　十五分もあれば顔出せるよ。原稿を印字したので持って行くから、読んで」

「え？　ここに？　今から？」

久美とソフィーが、うんうん、と頷いている。十五分でなんとかすればいい、と私は思った。だって、会いたいんだもの。

「はい、来て。待ってる」

電話を切ると私はふらふらと立ち上がり、メイクを直すため、地下のトイレへと向かった。けれども、鏡に映った自分の顔を覗き込み、目の下のクマに驚愕《きようがく》してしまう。連日撮影と編集に立ち会ってきた。しかも、この三日ほどまともに寝ていない。こんな状態で彼には会えない……。

目は充血しているし、髪の毛は酷い状態だ。ハンドバッグを開けて、中を覗いたら、まともな化粧品が一つもない。使い古しのリップクリームを握りしめ、なんでこんなタイミングなの、と思わず愚痴が零れてしまった。手を濡らし、髪の毛を撫でつけてみるが、どうにもならない。涙のせいで、頬のファンデーションも流れ落ちてしまった。

「マリエ！　どこに行くの？」

通りに出て、タクシーを捕まえようとしている私のところにソフィーが走って来て、大

きな声を張り上げた。私は通りの中ほどまで飛び出し、手を振るのだが、足元がふらつい
ているせいでか、みんな無視して通り過ぎていく。

「何よ、止まりなさいよ！」

「マリエ！　危ないから」

ソフィーが私の腕を引っ張った。泥酔した二人組にしか見えないのであろう、ますます
タクシーが止まらない。

「どこ行くのよ？」

「帰る。無理、こんなボロボロな状態でアンリに会えるわけがない！」

「でも、じゃあ、私はどうしたらいいの？　彼、ここに向かってるんでしょ？　私がデー
トしていいの？　朝まで飲んじゃうわよ！」

「ダメ！」

私は手を振りながら、泣きだしてしまった。すると、タクシーが止まってくれた。ドア
が開いたので、ソフィーの手を力任せに振り払い乗り込もうとすると、中にアンリがいた。

「どうしたの？」

私は驚き、きっと自分でもびっくりするような酷い顔で、立ち竦んでいたに違いない。

「酔ったので帰ります。ごめんなさい。こんなところを見られたくなかった」

「送ろうか？　このまま、お宅まで送りますよ」

私は一度、背後を振り返った。ソフィーと久美がつっ立って、私のことを心配そうな表

情で見つめている。仕方なく、泣くのを必死で堪えて、タクシーに乗り込んでしまった。泥酔している顔を見られてしまったし、逃げられない。私はアンリの横に座って、

「送って」

と決然と言った。


その後のことをよく覚えていない。深夜、目が覚めると、私は自分のアパルトマンのソファで寝ていた。朦朧《もうろう》としながらも、上体を起こし、ソファに座り直して目元を押さえ、あれからどうなったのだろう、と記憶を辿った。そして、タクシーで家の前まで送ってもらったことを思い出した。その後が思い出せない。じゃあ、彼はどうしたのだろう？

「アンリ……」

と思わずため息混じりに声が零れてしまった。

「ここにいる」

すると、不意に背後から声が……。私は驚き、振り返った。テーブルの椅子にアンリが座っていたのだ。私の方をじっと見ている。

「歩けないと言うからここまで連れて来て、水を飲ませて、そこに寝かせて、大丈夫そうだから、そろそろ帰ろうかな、と考えていた」

寝ている私をずっと見ていたということ？　恥ずかしくなった。この十年、泥酔したこともなかったし、こんなに飲むこともないのに、その最悪の状態をこともあろうにアンリ

に見られてしまった。私は両手で自分の顔を覆い、最悪、と呟いた。

「人間味のあるマリエを知ることが出来て僕は喜んでいる。君がもう大丈夫なら、僕は帰るよ」

アンリは原稿の束をカバンから取り出し、テーブルの上に置いた。

「四百枚ある」

と言った。

「すごい。あれからひと月しか経ってない」

「家から出ないで、クリスマスも、元日も、連日、集中して、日に、二十枚、三十枚と書いたからね。だから、ふらふら。でも、これを渡すことが出来たから少しホッとした。プロじゃないから、推敲《すいこう》なんてしてないし、殴り書きの状態であることは許して貰いたい」

そう言うと、アンリは続けてポケットから二つ折りにした封筒を取り出し、私の前に置いた。なんだろうという顔をすると、

「借りていた、お金。ほら、前回のキャプテン・アンリのソワレの食事代」

と告げた。

「あ、いつでもよかったのに」

そう言いつつも、ちゃんとお金が戻って来たことには安堵した。あのまま忘れられてしまったら、きっと違う目で彼を見ることになっていたかもしれない。それに、三千三百ユーロは、会社員で、二人の娘を育てるシングルマザーの私にとっては大金であった。

「そんなわけにはいかないよ。借りたら返す、それが信頼関係というものだ」

「あの、よければ泊ってって？　一緒にいてほしい」

思い切ったことを言ったものだ。私は本当に度胸だけは人一倍あった。返事はすぐには戻って来なかった。祈るような思いで、薄暗い部屋の床をじっと見ていた。ライトが点《つ》いていなかったことがせめてもの救いであった。カーテンの隙間から街灯の灯りがうっすらと室内に差し込んでいた。こんなことが言えるのも、お酒のせいかもしれない。でも、一緒にいたかった……。

「いいですよ」

少しの間が空いたが、アンリは優しくそう言った。テーブルの上に、現金の入った分厚い封筒が置かれてあった。

15

夢の続きの中にいるような気持ちで朝を迎えると、おでこに温かい人のぬくもりのような感触があり、薄目を開けて確認すると、横でアンリが寝ていた。

彼も私も裸で、毛布が一枚二人の身体を覆っていた。カーテンの隙間から一条の光りが差し込んでいたので、もう、次の日に私たちはいたことになる。驚いて、私は裸のまま、風呂場に逃げ出した。頭痛のせいで記憶が途切れ途切れだけど、二人はもしかしたら肉体的な繋がりを持ってしまったかもしれない。

シャワーを浴びながら、人差し指で自分の大切なところを確認してみるが、柔らかい谷間に人が踏み入った形跡はもちろん確認できなかった。もっとも、いくら酔っていたとしても、私にそれをする勇気などない。

でも、二人とも裸なのだから、まったく何もなかったとも思えない。酔った自分の責任だ、と思った。私は自分の肩を抱きしめ、不安と期待が入り混じる中、大変なことをしてしまった、と後悔に苛《さいな》まれることになる。

髪の毛を洗い、化粧をし直し、歯を磨いて口を消毒し、自分が考えうるベストの状態まで自分を回復させてから、ガウンを纏《まと》って再び寝室に戻ると、アンリが待っていた。

「おはよう。大丈夫？」

ドアを閉め、ごめんなさい、とまず謝った。

「謝ることは何もない」

私はドアの前で突っ立ったまま、どうしたらいいのか分からずアンリを見下ろした。二日酔いのせいで頭が痛い……。

着替えたいけど、クローゼットまで距離があり、部屋を横切ることも出来ない。するとアンリが、よければこっちにおいでよ、と言った。昨夜、二人のあいだに何が起こったのか、起こらなかったのか、分からないまま、私は彼の横に戻った。するとアンリが肘をついて半身を起こし、空いた手で私を包み込んだのだ。

太い腕にぎゅっと抱きしめられて、頭に血が上った。なんとなくだが、その時、私たちには昨夜何も起こらなかったことが理解出来た。同時に、それがこれから起こるのかもしれない、と思った。

アンリがガウンの紐《ひも》を探し、それを解いた瞬間に、私の肉体は最初の波を打った。私の心は流れる水のように溢れ出した。誰にも発見されず、ずっと森の奥深くで眠っていた私の身体に血が通いはじめ、ぬくもりが生じた瞬間であった。

その時の私は大きな幸福の中にあった。幸せ過ぎて感情を制御出来なくなり、涙が溢れ出て止まらず、シーツを濡らしてしまった。私の胸や足や腕や腰のそこかしこに力が漲《みなぎ》り、十年の呪縛を打ち破って、私の肉体や魂が蘇《よみがえ》った。

何が起こったのか、起きているのか、冷静に理解出来る状況ではなかったが、アンリへの強い信頼が私に勇気を与え、私を大胆にさせた。私はアンリの胸に額を押し付けながら、目を閉じ、この十年の長い空白を息も絶え絶えに埋めていくのであった。

私は疲れ切っていたが、幸福だった。何よりもそこにアンリがいるということが嬉しくて仕方なかった。一人歯を食いしばって生きてきたこの十年、いや、それよりももっと前から続いた孤独に終止符を打つ瞬間でもあった。

それ以降の世界では、それ以前の世界のように、人類は軽々しく誰かと共にベッドに上がることが許されなくなった。その時から、あらゆる愛にリスクが伴うことになった。その明確なコントラストこそ、愛の新しい基準と言える。

けれども、あの日、アンリと私は、禁断の果実を食べたアダムとイブであった。旧約聖書によると禁断の果実とは、人類が最初に持った善悪の知識の樹木に生《な》った果実を意味する。蛇に唆《そそのか》された私は禁断の果実を食べてしまいアダムを愛した。そして、イブはアダムにも果実を与えてしまい、私たちの間に恥じらいと呼べる感情が生まれた。

セックスはもっとも人間と人間を近づける禁断の行為だが、あの日の私はそのことによって、はっきりと幸福を覚えることが出来ていた。アンリと結ばれた一糸まとわぬゼロの距離感こそ、私の記憶の中の永遠でもあった。

その記憶だけを持って私はそれ以降の世界でも生き抜くことが出来ている。それほどあの日は私の歴史に残る完璧な距離感の出現であった。私とアンリの距離はゼロだった。心臓と心臓を感じながら、吐息と吐息が絡まるほどの距離にいて、私は彼の吐き出す息を吸い込みながら濃厚な接触の中で幸福の尻尾《しっぽ》を摑もうとしていた。

漂流していた私はしがみついた。アンリは溺れていた私を抱きしめ、愛の係留地に繋ぎとめた。違和感を覚えて生きてきた私がようやくこの国で見つけることの出来た愛の上陸地点でもあった。その時、肌と肌が接触し、私の唇と彼の唇が繋がり、アンリのぬくもりが私の欠けた場所を埋めて、ようやく私はこの国の中に自分の存在理由を見つけることが出来たのだった。そして、私はこっそりと涙を流し、その温かい涙がアンリの胸に滴って、引き寄せられ、彼の心臓の鼓動が直接私の胸を打ち、最後に私は彼の胸の中で号泣してしまった。重さと軽さ、遠さと近さ、深さと浅さの狭間《はざま》にありながら、私はやっと自分自身を発見することが出来たのである。

しかし、旧約聖書の「創世記」によると、神は禁断の果実を食べてしまったアダムとイブに対して怒りを持ち、楽園から追放することになっている。それ以降の世界をまるで旧約聖書は予言しているかのようであった。

午後、近くの行きつけのカフェ・レストランに行き、中庭に面したテラス席に陣取り、優しい光りを受け止めながら、少し遅い昼食をとった。もう二人は他人じゃないのだ、と思うと自然に笑みが零れ出てしまう。

「どうしたの？」

私がずっと微笑んでいるのでアンリが訊いてきた。私は小娘のように慌てて首を振り、なんでもない、と言い訳をしてしまう。

「でも、なんか嬉しくてしょうがないの。アンリがとっても近くにいるのが」

と付け足した。

「それはよかった。僕もだ」

「ほんと？」

「嘘ついてもなにも得はないだろ」

笑ってしまった。

私たちは小説が完成したお祝いにまず乾杯をした。胸がいっぱいで食事に手が付かなかったが、その時の私には未来しかなかった。子供たち二人を自力で育て、仕事の鬼と化して生きてきたこの十年を振り返りながら、私はようやく出会うべき人と出会った。これから先を幸福に生きていけるのだ、と想像し安堵した。

肺の上まで、いいえ、喉元まで幸福感が迫《せ》り上がり、呼吸さえもままならない状態にあった。これを幸せと言うのだ、と私は改めて思った。目の前に愛する人がいる。そのことに勝る出来事はない。

「ムッシュ・フォンテーヌがどういう感想を言うか、気になるなぁ」

不意に、フォンテーヌという名前が出てきて、有頂天だった私は現実に連れ戻されてしまう。

「フォンテーヌ?」

「編集者さん」

アンリが書き上げた四百ページの小説をすぐに読まなければならない。彼のために出来ることを私は何でもするつもりになっていた。アンリの才能を世界に紹介することが自分に与えられた使命だと思った。

「すぐに読む。そして、すぐに連絡を取る。だから、少し休んで待っていて。きっとすごいお返事が戻ってくることでしょう」

「よかった。安心した。今日はゆっくりと眠れそうだ」

私は俯《うつむ》き、微笑んだ。幸福な時間が私を浮き浮きさせて仕方なかった。恋は盲目とはよく言ったもの。その時の私はアンリのことしか頭にはなかった……。

16

その時、以前の世界の価値観が失われかけていたが、残念ながら、そのことに気が付いているフランス人はほとんどいなかった。人類は痛みが消えれば痛かったことを忘れ去り、歴史から学ぼうとしなかった。私もジャン゠ユーグとの愛の破局から多くのことを学んだはずだったが、目の前にアンリが現れた途端、その苦しみや試練は記憶から消え去ってしまっていた。

わずか二か月後に待ち受けている想像を絶する事態が、その時すでに私たちを包囲しはじめていることにフランスばかりか、世界中が知る由もなかった。もちろん、誰もが情報として、石鹸《せっけん》で手を洗い、握手を避けて、人との距離を保たなければならないことを知っていたし、私は誰よりも衛生観念の高い母からの忠告を守って、型通りの手洗いや嗽《うがい》に努めてはいた。

けれども、誰かが感染したわけでもなく、誰か身近な人が死んだわけでもなく、そして、フランスは中国からあまりに離れていた。その以前の世界で、迫りくるカタストロフはいまだ脅威ではなかった。なので、私はひたすらアンリのことばかり考えていたし、アンリと一緒にいることばかり妄想していた。寝ても覚めてもアンリのことしか考えられないようになっていた。つまりは愛という感染症の重篤な患者であった。

ムッシュ・フォンテーヌから電話がかかって来たのは翌週の半ばのことだった。それも朝の六時半というとんでもない時間に叩き起こされることになる。読み終わりました、というのが第一声であった。寝ぼけていたので、それがムッシュ・フォンテーヌからの電話だと理解するまでに少しの時間を要してしまう。

「フィリップさんとお時間を調整して頂いてもよろしいでしょうか？　どうやってこれを世に出していくかなど、少し具体的なことについて、お話しさせて頂きたく」

私も火曜日に読み終えて、というのも、やらなければならない仕事が山積みだったので、それを終わらせてから集中して読みたく、結局、月曜日の朝から火曜日の夜までかかってしまった。長大な物語に引きずり込まれ、息つく暇もないくらいにのめり込んだ。すぐにお会いしたいというムッシュ・フォンテーヌの意向を伝えるためにアンリに電話をかけた。

「それは、とっても嬉しいのだけど、実は、今日は夜までびっしりで、キャプテン・アンリのソワレもある。よければそこにムッシュ・フォンテーヌと顔を出す？」

「キャプテン・アンリ？　いつものメンバー？」

「うん、ガス、ラフェエル、マーガレット。終わってから待ち合わせてもいいけど、酔って話すのもどうかなぁ。いつものメンバーだから家族同然だし、今回の件は一緒に祝いたいし、それで話し足りなければ、いつものバーに三人で移れば？」

電話を切った後、なんでソワレのこと教えてくれなかったのだろう、と一瞬、思ったが、でも、そういう小さなことはすぐにどうでもよくなってしまった。

夜、ムッシュ・フォンテーヌと待ち合わせ、アンリに指定されたフレンチレストランに顔を出すと、すでに個室にメンバーが揃っており、宴が始まっていた。この話しはすでに一同には伝達されているようで、手ぐすねを引くような感じで待っていて、まず拍手が起こった。

私とムッシュ・フォンテーヌはアンリの横の席へと座らされた。ラファエルが笑顔で、シャンパンを私とムッシュ・フォンテーヌのグラスに注ぎ、ガスパールが立ち上がり乾杯の音頭をとった。

「この度は、我らがアンリの本が出版されるかもしれないということで、ここに集まったメンバーは自分のことのように喜んでいます。それでは皆様、グラスを持って、乾杯をしましょう。乾杯！」

全員がシャンパングラスをぶつけ合った。今度は先ほどより大きな拍手が起こり、アンリがその円の中で一人照れていた。でも、まだ編集者の意見を本人さえ聞いていないのに、出版という単語が出てきて、不安と不快なものを連れて来た。

ムッシュ・フォンテーヌとは電話で話しをした時、だいたいの彼の心づもりは聞いてはいたが、しかし、出版の具体的な話しなど、まだ何も決まっていない。いくらなんでもちょっと先走り過ぎていないか、と心配になった。でも、その不安を打ち消すように、ムッシュ・フォンテーヌが、

「ともかく、この小説をうちから出せるのであれば、とっても嬉しいことですね」

と告げると、一同からどよめきが起きた。

普段、冷静なアンリの顔が珍しいほどに綻び、白い歯が覗いていたので、ホッとした。

「おめでとう」

とガスパールが大きな声で言い、自分のグラスを再びアンリのグラスにぶつけた。日頃、感情を表に出さないマーガレットでさえ、満面の笑みを浮かべ頷いていた。ラファエルも、ガスパールも、みんな笑みが収まる気配はない。ムッシュ・フォンテーヌはまず仕事を優先したいのか、酔う前に伝えないとならないことがあります、と切りだした。そして、声をわずかに潜め、

「納得いく本を作るまでにこれから最短で四か月、長くて半年のお時間をください。でも、いい本が出来上がると信じている。今朝、とりあえず、編集部で話し合いもし、だいたいの刊行日も決めてあります。本が出た暁には皆さんにも宣伝その他にご協力願えれば幸いです」

「もちろんです。僕が二百部買う」

最初に威勢よく声を張り上げたのはガスパールであった。

「私も同じだけ買わせて頂くわ」

とマーガレットが続いた。

「僕も」

とラファエルが言うと、ムッシュ・フォンテーヌが相好を崩し、

「ほんとですか、すでに六百部が売れたことになる。ところで、こちらはどういう組織の会合になるのでしょう？」

と言い、一同が爆笑に包まれた。

とんとん拍子なのがちょっと怖くもあった。嬉しいのだけど、幸福が一気に振り切れている感じがして、自分の足が地についていないのが分かる。こういう喜びの後には強い反動というものが必ず押し寄せてくる。アンリの無邪気に喜ぶ横顔を見つめながら、私は相当不安になった。

宴は夜遅くまで続いた。ムッシュ・フォンテーヌもすっかりアンリのペースに嵌《はま》ってしまい、ワインを飲み続けて、しかもどうやら私よりもずっとお酒に弱い人のようで、後半はうつらうつらしていた。でも、この話しが前進したことは当の本人だけではなく、そこにいた全員の喜びでもあった。二十三時を少し回った時間にお開きとなった。

「お会計を」

とアンリがお店の人を呼び止めて告げると、ガスパールが、

「今日はいいよ。僕が出す」

と勇ましく宣言し、それをマーガレットが、

「いいえ、じゃあ、お祝いだから、私とガスパールとラファエルの三人で払いましょう」

と遮った。

このフレンチレストランが二つの星を持っていたことを私は思い出し、ギャルソンがガスパールに手渡した会計票に印刷されている金額を想像してしまった。前回よりも人数が多いのと高級ワインを次々に空けていたので、相当な金額に違いない。でも、この人たちにとってははした金なのかもしれない。

アンリの香りがした。様々な人たちの匂いが漂う中で、アンリの香りだけを私はかぎ分けることが出来た。甘酸っぱい恋の香りであった。

17

母トモコからの電話で起こされた。「何?」と寝ぼけたまま言うと「中国の武漢市が封鎖されたのよ」と興奮気味の声が飛び出してきた。「ぶかん? どこ?」私は顎を引き、一度、時計に目をやると朝の九時だった。「大きな街よ、東京くらい大きな都市なのに、そこが封鎖された」と母が言った。封鎖のイメージが摑めなかった。どうやったらそんな

大きな街をコントロールし、ブロック出来るのだろう。私は携帯のスケジュール帳を開き、今日の一日の作業内容を確認した。クランクアップの日だった。十時にはスタジオに入らないとならない。急いで準備をしなければ……。携帯の受話口をスピーカーに切り替え、ベッドから飛び起き、出勤の準備を始めた。

「フランスにも感染者が出てるらしい」

私は鏡を覗き込んだ。今日はスタジオにアンリが見学に来ることになっている。髪くらい洗わなければ……。化粧をして、少しは綺麗な服を選ばないと。

「なんだか嫌な予感がするのよ。マリエ、いいこと、あまり人が密集する場所には近づかないように。感染を防ぐには人との接触を出来るだけ避けるしかないのよ」

「ママ、無理よ。私たち、今、撮影しているのよ。それに、中国のことでしょ？　何千キロも離れている」

「でも、気を付けなさい」

もちろん、気にはなっていた。その感染症のことは撮影現場でも編集スタジオでも話題になっていた。だから、こまめに手洗いをするよう心がけていたし、地下鉄に乗る時も出来るだけ人が多い車両は避けるようにしていた……。

とくにアジア人観光客が多くいる場所には近づかなかったし、このフランス生まれの私でさえ、ある時からメトロの中で敬遠されているのが分かるようになる。横にいた年配のマダムが私を見た途端にすっとその場所から離れたこともある。目を逸らされたこともいうのではなく、見えない脅威に対する自衛であった。そういうことなの、とおかしくなり、思わずふき出してしまったが、それ以降、人々の視線には疑念が紛れ込んでいた。

けれども、パリは世界中から観光客が集まる一大観光地で、出入りも自由、どこも混雑しており、なのに人々は日本人のようにマスクを着ける習慣もなかった。パリは無防備な都市であった。新しい感染症の流行は気になるけど、しかし、それは喫緊の問題ではなかったし、私にとっての現実は撮影の遂行であり、その新型ウイルスの出現はあまりに遠い世界の出来事に過ぎなかった。


「フィリップさんという方が表玄関に」

ピエールが監督や各部技師たちと打ち合わせをしているところにやって来て、私に耳打ちした。私はルメール監督に悟られないよう、

「スタッフルームで、待っててもらって」

と言った。

クランクアップの慌ただしいタイミングで、アンリが、スタジオを見学したいと言いだした。一度は断ろうとしたけど、珍しくアンリが食い下がってくるので、仕方がなかった。自分が働いているところを一度くらい見せておきたいという気持ちもあった。ところが、スタッフルームに顔を出すと、アンリは一人じゃなく、マーガレットと一緒だった。

「マーガレットさんが、どうしても見たいというので。あの、これ僕らからの差し入れ」

アンリが焼き菓子の詰め合わせを私に差し出した。仕方なく受け取り、ありがとう、と言った。マーガレットが、頭を下げて、ごめんなさい、と謝った。いいえ、一人も二人も変わらないので、ただ、ちょっと監督が今、クランクアップを目前に、とっても不機嫌なので、遠くからの見学になりますけど、それと俳優さんとかには絶対に声をかけないでもらえますか、と釘を刺した。自分でもびっくりするくらい突き放すようなきつい口調であった。

「ああ、もちろん。そんな大変な時にすまない」

一人で来るとばかり思っていたので、アンリがマーガレットを連れて来たことに、私は苛立ちを覚えた。知らない人じゃないけれど、時間に追われ、真剣に仕事をしている場所に土足で上がり込まれたような嫌な気分になった。

二人をスタジオに連れて行き、手短に案内した。クレーンの設置に追われる照明部の役割を説明したり、カメラの動きをチェックしている撮影部の人の動きの意味や配置について、或いは大まかな撮影方法や手順などを教えた。一通り簡単に案内が終わると、撮影セットから少し離れた、通常は俳優のマネージャーらが待機する、控えの場所まで連れて行き用意されている関係者用のパイプ椅子に座らせた。セットの前で監督が助監督ら演出部と段取りの打ち合わせをしていた。

「へー、面白そう。必ず、映画館で観させてもらいます。たくさん、宣伝もするし、チケットも買いますね」

とマーガレットが言った。

たまたま、その時間帯はマネージャーや関係者も現場におらず、見学者はアンリとマーガレットだけであった。

「マリエ、もう行って。僕らは雰囲気を楽しんだら、さっきのお兄さんにご挨拶してから、適当に帰るから。今日は忙しいのに、本当にありがとう」

その時、助監督が、じゃあ、撮影再開します、と声を張り上げた。主演の男優と女優がセット内に入って来たので、スタジオ内がざわざわし始めた。

「行かないとならないので」

とアンリに言い残し、そこを離れた。その時のアンリの、にやけた顔が気になった。なぜ、アンリが撮影現場にいるのか、不思議な違和感が私の心の中に一抹の不安を投げかけることになった。私は俳優たちにいつものような感じで話しかけた。監督がやって来て、台本を開き、彼らに説明を始めると、場内が一気に緊張感に包まれた。

アンリたちの方を振り返ると、二人は椅子には座らず、立ったまま、こちらを見ている。私はアンリと目が合った。彼は何がしたくて、ここにいるのだろうと、不思議な気持ちになった。ものすごくミーハーな人なのか、それとも別の意図があるのか。なぜ、マーガレットを連れて来たのだろう。私はいろいろなことを勘繰ってしまった。

現場はバタバタと慌ただしくなり、いろんな人が走り回っていて、それをいきなり打ち破るような感じで、

「準備」

とルメール監督の声が飛んだ。助監督が、レディ、と声を張り上げる。カメラが回り始めた。ルメール監督の撮影隊は、クランクアップに向けて、まさに最後のコーナーを曲がり切ろうとしていた。全員の視線がカメラの前に立つ二人の俳優に注がれた。私は監督のすぐ後ろに立ち、集中した。音のない、しーんと静まり返ったスタジオ内に、そこにいる人間たちを繋ぐものすごく強いテンションが張り巡らされていた。私たちは全員、強く張られたタイトロープの上にいるようだった。俳優たちが軽く身体を動かし、息遣いを整えながら、前のカットからの緩やかな連なりを脳内に呼び戻し、最後のバトンを受け取ろうとしていた。前の場面の台詞を男性の俳優が小さな声で呟き始めた。女優が繋がりを確認しているのだろう、視線がスタジオ内の暗がりを彷徨《さまよ》っていた。スタッフ全員が固唾《かたず》を呑んでいる。人々の意識と視線が二人の俳優へと注がれた。そして、アクション、と監督が告げた。役者たちに不意に命が宿り、前のカットから次の場面へと連結した。本格的に芝居が始まったのだ。しかし、その次の瞬間、驚くべきことに、スタッフが咳き込んでしまった。乾いた咳だったが、繰り返され、静まり返ったスタジオの静寂をぶち壊した。

カット！

「馬鹿野郎。スタジオから出て行け！」

監督が怒鳴った。私のすぐ横にいた撮影部のピントマンが咳を我慢しながら、スタジオの外へと駆けて行った。その時、ピントマンの肩が微かに私にぶつかり、一瞬、バランスを崩して倒れそうになった。中腰になっていたカメラマンが立ち上がり、すいません、よく叱っときますんで、と大きな声で謝った。張り詰めていたテンションが緩み、スタジオ内に雑音が戻ってきた。役者たちの気分を切り替える意味合いも含めて、メイクの人間が役者の元に走り、髪型やメイクの崩れなどの直しをはじめた。短い休憩が必要となった。助監督たちが各部へ走り、仕切り直すための確認作業が行われた。その後、セット内に再度緊張が戻ってきた。結局、出て行ったピントマンは戻って来ず、代わりの人間がカメラマンと私の間に入ることになった。

「レディ」

助監督が声を張り上げた。

「アクション」

ベッドの中で寝転がっていた年配の男優と少し若い女優が起き上がり、長い台詞を交互に語りはじめた。ところが、台本上の最後の台詞が終わってもなかなかカットがかからなかった。カットがかかるまで、役者は芝居を続けないとならない。いつまでもかからないので、誰もがその長さを気にしたが、セットの中にいる人間は全員、身動き一つ出来ずに待ち続けることになった。私は監督の横顔を見つめた。唇を噛みしめ、頬がこけ、その目は窪《くぼ》みの中に埋没していた。どのような気持ちでこの作品を終えようとしているのだろう、と考えながら……。一分が過ぎ、二分が過ぎた。これはちょっと異常であった。それでも誰も何も言わない。すると、男優が半身を起こしベッドから降りて立ち上がり、女優に背中を向けてしまった。続いて今度は女優が立ち上がり、男優の背中をしばらく見つめた後、くるっと彼に背を向けてしまった。ベッドの横で、二人は動かなくなった。ここの部分は台本に書かれていないアドリブであった。

「カット」

ルメール監督が小さく告げると、カメラマンがカメラから離れ、ルメール監督を素早く見上げた。助監督たちも、全員が監督を見守っている。ルメール監督は何かを考えている。きっとこれまでの撮影を振り返っているに違いない。もしかしたら、満足してないのかもしれない。監督の気持ちは誰にも分からない。役者たちが気遣うように監督を振り返り、言葉を、次の指示を待った。

「ビジコンで確認しますか?」

痺れを切らした助監督が小さな声で訊いた。

「いや、大丈夫。OKにする」

張り詰めていた緊張がほぐれ、まずカメラマンが微笑みながら、呟き込んだ。助監督が、はい、このカット、OKになった、と宣言をした。

「以上のカットをもって、本作はクランクアップしました!」

スタッフから小さな拍手が起こった。監督が私を一瞥《いちべつ》した後、そこから立ち去ってしまった。私は監督を追いかけた。

「サヴァ?」

スタジオの外で監督はタバコを吸っていた。近づき、そう言うと、

「なんでかね、思うように撮れなかった。すまない。カンヌは無理だな」

と謝られた。

「大丈夫。そんなことはありません。いい画《え》が繋がっています。監督が粘って道路封鎖をして撮ったシーンも、エリックと繋いではじめて、あんなに何度も時間をかけて撮影したことの意味、監督のこだわりが、その意図が分かりました。主人公たちの感情が立体的に伝わってきます。とってもいい感じなんです。映画はこれから。編集のための撮影だと、いつも監督はおっしゃっている。これからが大事な戦いになるんです」

抑揚をつけず、私は感情を抑えながら淡々と言った。始まったものは必ず終わる、と私がアシスタントだった頃に教えてくれたのはルメール監督であった。

「君に、こんな風に励まされること自体が、ダメだという証拠なんだよ」

ルメール監督は、タバコを銜《くわ》えたまま、歩き出してしまった。


撮影スタジオに戻ると、アンリとマーガレットの姿がなかった。ワッツアップに、『楽しかった、勉強になった』とアンリからのメッセージが届くのはその一時間後くらいのことである。

『マリエ、僕らはこれから十六区の寿司レストランで軽く摘まもうということになったけど、そっちは何時ごろ終わる？』

『片付けと次の指示があるので、あと一時間くらいかな。でも、アンリとは会いたいけど、マーガレットさんが一緒ならば、ご遠慮します』

このような返事を戻すと、

『じゃあ、終わったら、いつものホテルのバーで軽く飲みませんか』

という返事が来た。

「いや、とっても面白いものを見学させてもらえた。ありがとう」

思ったよりもスタジオを抜け出すのに時間がかかり、アンリと会うのに、約束の時間よりもさらに一時間以上の時間を要してしまった。もういないかもしれないと思いながらバーに顔を出すと、アンリがいつもの席で私のことを待っていた。その大きな背中を見つけたら、ギスギスしていた自分の気持ちが、楽になった。

「それはよかった。でも、正直、マーガレットには、びっくりしたわ」

彼の横に座り、私は告げた。

「申し訳ない。マーガレットがどうしても撮影現場に行きたいと言いだして……。実は、君がプロデューサーをやった前作の映画、えっとタイトルを思い出せないけど、それをレンタルビデオか何かで見つけたんだそうで。電話がかかって来て、現場を一度でいいから見たいと言い張られて、断れなかった」

「基本はダメなの。これを許してしまうときりがなくなるから」

「すまない。実は、マーガレットがアースレニアに追加の出資をしてくれることになりそうで、無下に出来なくて……。君を利用したみたいな形になってしまって、僕も辛い」

アンリが神妙な顔で謝った。あまり見たことがない、焦燥感を含んだ暗い表情だった。

「苦しい状況なの?」

「実は、必要以上にお金がかかってしまい、大きな追加の投資をお願いしている最中でね」

「そんなに困っているの?」

アンリが叱られた子供のような目で、私を一瞥した。

「うん、とっても」

「気にしないで。そういう事情なら、大丈夫。で、マーガレットは投資してくださるの?」

アンリが唇をわずかにへの字に歪《ゆが》めてしまった。

「……どうかな」

「スタジオの見学なんかで、そんな大金、出す?」

「それは無理だけど、でも、マーガレットが見たいというので、そういうことも含めてすべて僕の仕事になる。とにかく、すまない」

アンリが日本風に頭を下げたので、よしてと遮り、

「でも、お金のことが心配」

と伝えた。

「破産してしまうと、ここまで頑張って来た事業計画がパーになってしまう」

アンリはそう言って、黙ってしまった。

破産？　そんな状態にまで追い込まれているの？　つねに泰然としている印象しかなかったので、小さく肩を落としているアンリの姿が心に焼き付いてしまった。

「追加の投資額って、どのくらい？」

アンリが私の目を見つめる。今まで見たこともないような辛そうな顔つきであった。

「マーガレットにはすでに二千万ユーロはつぎ込んでもらっている。それでも足りないので、その倍かな」

「そんなに？」

「当てがないわけじゃない。前に話しをしたロマノフ家と繋がっている、アナスターシャの末弟にあたる人が昨年亡くなられて、遺産の一部が僕にも分与される予定で。二十億ユーロという莫大な遺産なんだよ」

その数字がどのくらいの金額なのか、私には想像出来なかった。

「僕がロマノフの血筋の者であることは国際弁護士を通じて証明されたので、分与はほぼ間違いない……。遺産を受け取る権利はある。それさえ決まれば、四千万ユーロくらい一瞬で用意出来るんだけどね。でも、情けないことに今は手持ちが尽きてしまい、毎日がいっぱいいっぱい。事務所の運営費とか、いや、生活費でさえ、正直、困ってる。事務所を回すお金と生活費をなんとかしなきゃならない」

ギャルソンがやって来て、アンリの空のグラスを指差した。アンリは、ノンメルシー、と珍しく断った。困ってる、と告げたアンリの力ない声の響きが心に暗い影を落とした。

「運営費、生活費、どのくらい必要なの？」

アンリの視線が泳いだ。どうだろう、どのくらいかな、差し当たって一万ユーロくらい。

「一万？」

アンリが目を合わせようとしない。グラスの中の氷が完全に溶けて水になっていた。キャプテン・アンリのソワレで一晩、三千ユーロ以上も使う人が、一万ユーロが手元にないというの？　二十億ユーロの遺産話しがあるのに、わずか一万ユーロで困っているの？もちろん、私にとって一万ユーロは大金だけど、二十億ユーロとの間に激しい乖離《かいり》があった。アンリは大きな嘆息を零し、

「すまない。どうかしていた、忘れて。なんとかなる」

と二人の間の膠着《こうちやく》を振り払うのだった。

「あの、必要なら、そのくらいだったら、用立てることは出来ると思う。母とも相談をして」

「あ、いや、大丈夫、僕がバカだった。この件は忘れて。なんとか出来ると思う。流れで、つい、こんなバカな話しになってしまった、すまない」

そう言うと、アンリは立ち上がり、そろそろ行かないと、と言った。私も立ち上がり、もう一度、「協力させて」と言ったが、険しい顔で、首を横に振られてしまった。

結局、その日は、そのまま、別れることになる。はじめて、アンリは私を駅まで送ってくれることも、タクシーを拾ってくれることもしなかった。黙って、お辞儀をして、去っていった、そのアンリの背中があまりにも痛々しく脳裏に焼き付いて離れなくなる。私にこのような話しをするくらい厳しい状況なのである。私に出来ることはないか、自分の貯金や、父が残した資産のことを考えるのだった。

18

距離というものは二つの場所や物の隔たりの大きさを言うが、私にとって距離とは愛の大きさを意味していた。私とアンリの間にあるものが距離であった。それは理想と現実の隔たりであり、そのディスタンスこそが愛そのものを意味していた。

けれども、アンリと私の間にある距離が大きければ大きいほどに、私のアンリへの愛は強くなっていった。アンリへの想いで苦しくもなった。私とアンリを隔てる距離のせいで仕事が手につかなくなり、食事が喉を通らなくなり、単純なミスを繰り返すに至り、ため息がこぼれ出る毎日となった。

その時、世界はまだ以前の価値観の中にあり、人々はそれまで通りの日常を生きていた。それは自由だったし寛大ではあったが、同時に、もどかしいほどに息苦しい日常でもあった。私は時々、呼吸が苦しくなって、思いっきり空気を肺に入れないとならなかった。アンリに会いたいのに、どんどん時間が奪われていき、二人の間にはものすごく遠い距離が生じてしまい、気楽に会うことが出来なかった。二人の間には見えない壁が聳《そび》え、それを乗り越えることは容易ではなかった。

私は寝る前、疲れ切った意識の中でアンリとの交接の仄かなぬくもりを思い出しながら目元を湿らせていた。愛しくなればなるほどになぜなのか二人の間の距離が広がっていく。アンリと私の間にある隔たりの大きさがどんどん増していくるように感じられてならなかった。そのせいで私は苦しいのだ、と自覚した。手を握りたいと思った。でも、握りしめることが出来なかった。ビズをされたい、ハグをされたいと思っても、距離が邪魔をした。抱き合いたいけれど、その距離のせいで、近づけなかった。

私はアンリと会えない日々の中にいながら、自宅と編集スタジオを毎日、移動した。この距離を行き来する最中、私はいつもアンリのことを考えていた。メトロの中で大勢の乗客の中に紛れながらも、駅からスタジオまでの路上でも、アンリへの想いがそのまま移動する距離を構成していた。

一秒たりともアンリのことを忘れることはなかった。スタジオへ向かう途中のサン・マルタン運河にかかる太鼓橋の上で立ち止まり、鏡のような川面を見つめながら、私はアンリを想った。

或いは聳える街路樹へ視線を投げかけながら、私はアンリへの日増しに強くなる想いを測っていた。

その日々のすべての瞬間が、アンリと自分との距離を埋める行為そのものであった。あの頃、距離はアンリへの想いであり、距離はアンリと自分とを遮る壁であり、距離はアンリそのものであった。そのディスタンスが私を夢中にさせたのだ。


未知の感染症が彼方から長い距離を飛び越えてやって来て、フランスでも感染が少しずつ広がり始めていた。中国湖北省からやって来ていた八十代の男性は隔離されたのちに感染が判明し、数日後、パリの医師への感染も確認された。

しかし、その時点で、人々が把握する感染者の数は大騒ぎするほどのものではなかった。以降の世界で行われた抗体検査で分かることだが、実際には去年の暮れにはパリを中心にすでに感染拡大が始まっていたのである。

人々は点と点の間に横たわる距離を確認しながら、まだ、その感染症が自分に及ぼす実害の少なさを思い、根拠のない安心の中にいた。マスクも消毒ジェルも売り切れていたので、私は日課のように、スタジオに入る度に石鹼で手を洗い、嗽《うがい》をし続けた。

武漢からパリまではいったいどのくらいの距離があるのだろう。このウイルスはその距離をどうやって飛び越えてきたというのだろう。私とアンリはわずか数キロの距離を埋められずにいるというのに……。嗽をしながら、ウイルスと愛は似ている、と私は考えていた。

アンリのことが心配だったが、作品をカンヌ映画祭の運営側へ提出する期限が迫っており、私は寝る間も惜しんで仕上げの作業に没頭する日々の中にいた。一月下旬まで続いた撮影期間中、編集マンのエリックと私とで大まかに繋いでいたラッシュを監督が度々確認していたので、クランクアップと同時に、予定通り、本格的な編集作業に入ることが出来た。

CG合成部分のチェックや英語字幕のチェック、さらには整音チェックなども同時に行っていた。私の時間は奪われ、アンリに電話をする余裕さえなくなった。

ところが、二月に入ってすぐ、思わぬ事態が起こった。朝、エリックから連絡が入り、そこまで作業を続けてきたラ・ヴィエットのスタジオが水漏れから派生した電源トラブルにより使えなくなってしまったのだ。

急遽《きゅうきょ》別のスタジオを探さなければならなくなった。前にアンリを送ったサン＝ルイ島の、セーヌを挟んだ五区側の編集スタジオの存在を思い出し、運営会社に電話をかけた。たまたま前から入っていた映画が中断となり編集室が空いていたので、独断でそこを二週間押さえることにした。アンリとの距離がぐんと縮まることは不幸中の幸いであり、願ってもない出来事でもあった……。

編集作業の合間、私はセーヌ川に面したエレベーターホールの窓辺に立ち、遠くに見える、サン＝ルイ島の川沿いに建つ瀟洒《しょうしゃ》な建物を眺めた。慌ただしい中にありながら、いい気分転換にもなった。あそこにアンリがいると思うだけで、疲れが癒される。

彼の部屋はどこだろう？　最上階には広々としたテラスが張り出していて、きっとそこからはセーヌ川が一望出来るはずだ。左手のシテ島側には火災で焼け落ちたノートルダム寺院が見える。

アンリはあの一等地の館でいったいどのような生活を送っているというのか。そういえば自宅に招かれることは今まで一度もなかった。彼がどういう生活をしているのか、どのくらいの広さの家なのか、ペットがいるのか、そこが事務所のような機能も果たしているのか、一人で暮らしているのかも含め、私は何も知らなかった。

何も知らないのに交接は持ってしまったという不思議が私の存在を宙ぶらりんなものにさせていた。

もしかすると、実はすでに新しい奥さんがいて、子供がいて、恋人もいて、そこに私の知らないもう一つの生活が隠されているということは考えられないだろうか、とよからぬ想像までしてしまう始末……。不意に不安に襲われてしまった。

アンリには謎が多すぎた。彼が運営する会社をネットで検索しても、わずか一つか二つ、しかも数行にも満たない簡単な会社案内が出てくるだけ。アンリ・フィリップという名前を検索にかけても、彼だと思《おぼ》しき人間は見つからない。そのことをなぜ、今まで不審に思わなかったのか、と私は自分に呆れてしまう。

でも、私を騙《だま》す理由も同時に思い当たらなかった。たしかに困窮する現状を告げられたが、私はお金持ちでもなければ、有名人でも政治家でもなく、利用する価値などない。目に映る歴史的な建造物を見つめながら、思わず苦笑いしてしまった。

何か、ストーカー行為を働いているような気がしないでもなかったが、少なくともその時の私はアンリの謎を解きほどくことだけに囚《とら》われてもいた。

そして、編集が佳境だというのに、仕事の電話をしなければならないから、と嘘をつき、度々、スタジオを抜け出してはサン゠ルイ島の周辺を偵察することになる。

いっそ、

『私は今、セーヌを挟んだ対岸のスタジオにいるのよ』

とメッセージを送ればいいのに、なぜか、それが出来ない。どこかでアンリに対して不信感を抱きはじめていたからかもしれない。まるで無心するかのように、困窮する現状を告白された時に、その疑念はさらに膨らんだ。心のどこかで尻尾を摑みたいとも思っていた。それはいったいなんの、どんな、尻尾だというのであろう?

たとえば、奥さんとは別れておらず、二人で仲良く腕を組んで自宅に戻ってくる瞬間なんかに遭遇出来るかもしれない、という尻尾か。奥さんじゃなく、若い、たとえばミシェルのような若い恋人かもしれない、という尻尾……。仮にそういうことになれば諦めがつく。どうせなら、そのくらい決定的な場面に出くわさないともう後には引けないところに、私はいた。

このような精神状態の中、停滞する数日が過ぎたが、アンリがあの瀟洒な建物から出てくる、もしくはそこに入る瞬間に出くわすことはなかった。すると不意に思わぬ別の可能性が頭を過《よぎ》ることになる。

もしかすると、彼はそこに住んでいないのではないか、という疑念だ。タクシーはここで止まったが、私はアンリがあの建物に入るのを見たわけではない。一方通行の関係か何かで、彼の実際の家はこの建物の裏側とか周辺とか別のところにあり、運転手に手間をかけさせないための配慮で、橋の途中で降りたとは考えられないだろうか、と。たしかに、サン＝ルイ島は一方通行の道が多かった。

グーグル・マップで調べると、迂回をしないとこの先の交差点まで辿り着けないことが分かった。そんなことにやっと気が付き、彼の自宅がその建物の中にあるとは限らないという結論に辿り着く。じゃあ、どこに？　でも、家に帰る、と言っていたので、この周辺のどこかに住居があるはず……。

昼過ぎ、ルメール監督にテレビ取材が入り、二時間ほど時間が空いた。私は携帯を握りしめ、グーグル・マップで確認しながら周辺を歩き回ることになる。

ムキになっている、自分のこの執拗《しつよう》な行為に呆れかえってしまい、聳える古い建物を見上げながら、苦笑を堪えることになった。その苦笑は間もなく私の顔を悲痛に歪ませ、目元に縦の深い皺を刻むことになる。もはやため息しか出るものはなかった。

左岸と繋がる橋から路地へ逸れると、そこは閑静な住宅地が続いていた。どの建物も歴史を感じさせる落ち着いたオスマン調の造りで、この周辺がそれなりに余裕のある人々の生活の場であることが一目で分かった。

きっとこの辺のどこかにアンリのアパルトマンがあるに違いない、と私は目を凝らした。そう考えると、どれもアンリの住居が入った建物であるように思えて仕方なかった。

時間も忘れて歩き回っていた。気が付くと、シテ島とサン＝ルイ島を繋ぐ小さな橋の袂《たもと》にあるカフェにいた。窓際の席に落ち着き、足の疲れを癒しながら、眼前に聳える、火災で屋根を失ったノートルダム寺院を見上げながら……。

夕刻だからか、目の前を過る人々の影が私の視界を何度も遮った。ノートルダム寺院を修繕するために組まれた足場が痛々しかった。昔、まだ私が小学生だった頃に、元気だった父によく連れられてきた。父はこのノートルダムをしばしば描いていた。彼は傾斜する建物のファサードなんかを好んで描く画家であった。あの時の父の背中とアンリの背中が重なった。その記憶を辿りながら、私は自分の人生の意味などを考えていた。ジャン＝ユーグ・フールニエと出会った頃の自分や、長女ナオミが生まれた頃のわずかな幸福の季節、そして離婚から今日現在に至るまでの十年に及ぶ長くて暗い冬のような時期を、ぼんやりと辿って……。

人を愛することの難しさ、そして人を信じることの苦しみを思うと、切なくなった。子供たちは状況に負けることなくすくすく育っているし、母の協力が得られる今のこの生活環境には感謝しかなく、何より仕事が順調なので申し分ないのだが、思い返せばこれまでの人生の中で私は真実の愛というものに巡り合ったことがなかった。

学生時代には恋人のような存在はいたが、今から振り返るに、それはただのヤングラブに過ぎず、とても愛と呼べるような交流ではなかった。愛に発展しそうな人がいたことにはいたが、なぜかその人をふって、私は頭が良すぎるジャン＝ユーグを選んでしまう。その結果が今であり、私の元に残った子供たちであり、今ここパリで私が生きていることでもあった。

携帯が振動したのでカバンから取り出すとピエールからであった。

「監督の取材が終わったようです。そろそろ戻ってきてください」

近くで仕事をしているので、すぐに戻る、と伝え電話を切った。その時、見覚えのあるシルエットがガラス窓の向こう側を過った。アンリであった。私は驚き、コインを探している余裕もなく、財布から十ユーロ札を取り出しテーブルに置いて飛び出すことになる。

アンリはスーパーの袋をぶら下げていた。彼が一人だったことが私を喜ばせた。奥さんや、誰かと同居しているならあんなにいっぱい食品が詰まった袋を、忙しいアンリがこんな時間に持って歩くはずがない。それは自炊をしている独り者の買い方だった。走って追いかけて驚かせてやろうと思ったが、ぐっと思い留《とど》まることになる。

ここまで来たからには、アンリの後を尾行し、彼の実生活を見届けなければ……。

アンリは一つ目の路地を曲がり、さらに狭くなった道をとぼとぼと歩いていた。トゥルーヴィルで並んで歩いた時の背筋を伸ばした紳士然とした姿など微塵もなく、どこか人生に疲れ切った、ある意味老境に足を踏み入れた人間の年季の入った丸みが背中を象っていた。

私はまるで私立探偵のように尾行を続けた。彼を見失わないよう、車の陰に隠れながら、ひたすら追いかけたのだ。

目の前を行くアンリは別人のようであった。窮状を訴えた時の窶《やつ》れ切った彼の顔を思い出した。なぜ、こんな尾行をしないとならないのか、自分にも分からない。今すぐ走って追いつき、彼に抱き着きたいという衝動にかられた。

私は彼が好き過ぎるのに違いない。だから、疑ってしまうのだろう。この疑念をすべて払いのけ、彼に抱き着いてキスをしたい。疑う気持ちと疑いたくない気持ちの二つの間で揺れ続けている。アンリ、と私は何度も心の中で彼の名を呼んだ。

アンリは立ち止まり、一度こちらを、背後を振り返った。その声が聞こえてしまったかと驚いた。私は狭い路地の駐車場入り口に逃げ込んだ。アンリの前を警察車両が過って行った。すると、次の瞬間、すぐ横の建物の中へとアンリが飛び込んだのだ。

私は走り出した。彼が入った建物を確認する必要があった。

ところがその建物はサン＝ルイ島の川沿いに建つあの瀟洒な建造物とは比べ物にならないほどに小さく、お世辞にも立派とは言えないバティモン（建物）であった。管理人がいたり、広々としたエントランスがあるような物件じゃなく、入り口にブザーのボタンが並んでいた。その一番上にＨＰというイニシャルが小さく記されたプレートを見つけてしまう。

サン＝ルイ島の狭くて暗い路地にあるありふれた建物であった。私は道の反対側に渡り、見上げた。貰った名刺の住所が或いは自宅かもしれない、と思ったが、しかし、食料品の詰まった袋を持って事務所に行くだろうか。いつものような背広姿ではなく、ジャンパーだった。とても仕事に行く恰好には見えない。となると、ここが彼の自宅ということになりそうだ。その時、不意に、携帯が振動した。慌てて、取り出すと、ルメール監督からであった。

「今、スタジオに戻ったけど。君は今、どこ？　どこにいる？」

私は慌ててスタジオに戻ることになる。携帯が落ちないよう握りしめ、来た道を戻った。

「あの、私もたった今、打ち合わせが終わってスタジオに戻る途中です」

「ちょっと話しがしたいんだけど」

アンリのアパルトマンが入っている建物を振り返った。最上階に開け放たれた状態の窓があった。カーテンもなく、中は薄暗い。一瞬、誰かが窓辺に立った。私は立ち止まり、凝視した。アンリだった。大きなアンリの手が伸びて、窓を閉めてしまった。

「なにか？」

「個人的なことで十五分ほど、君と話したくて」

あのアパルトマンだ、と私は思った。壁は色がくすみ、ところどころ色褪《あ》せていた。

「分かりました。じゃあ、ロビーで」

「いいや、ちょっとスタジオから離れるけど、サン＝ルイ島のカフェでどうだろう？　シテ島と繋がる橋の脇にカフェがある」

　監督の機械的な声が狭い路地で響いていた。


　ルメール監督は私がつい先ほど座っていた窓際の席に陣取っていた。私は監督の前に腰を下ろした。怒られるのかな、と思って、ちょっと身構えているとそうではなく、何か奇妙な笑みを口元に浮かべ、視線はまっすぐに私の目を捉えていた。夕刻の光りがルメール監督の顔を仄かに赤く染めている。

　ルメール監督はじっと私のことを見つめた。何かただ事ではない圧力を感じてならない。私は視線を逸らした。先ほどのギャルソンがいたが、別の客と話し込んでいて、注文を取りに来ない。

「僕は君が誰かと恋愛しているのだろうと疑っている。今まで、君のことを誰よりも面倒みてきたのは僕だし、今、君がこうやってこの世界で仕事を続けてこられたのも、長年、陰ながら応援してきた僕の支えがあってこそ、だと思うけど……」

　何を言いだしたのか、と私は身構えた。僕の支えがあって、とはどういうこと？

「そして、君は知っていたはずだ、僕の気持ちを……。その気持ちを裏切っていることに気が付いているかい？」

　驚いたことに、このような内容であった。それは一度も考えたことのない状況だったので、私は混乱をした。その目を見つめ返すことが出来ない。

「忙しい僕が、どうして、この作品を引き受けたと思う? この台本を読んで、この主人公は僕じゃないか、と気が付いたからだ。これは、つまりこの仕事は、君からのメッセージだと思ったので、僕は引き受けたんだ。別の仕事を後にずらして」

これまで十五年間、一度もこのような感じになったことはない。もちろん、離婚の直後も、バンジャマンに負けないほど、私を支えてくれたのはルメール監督で、そのことには感謝していたが、妻子のあるルメール監督のことを異性として見たことはない。

困惑していると、

「君は同意してくれているものと思っていた」

と言った。

「何をですか?」

「二人の関係を」

「いいえ、そんなことこれっぽっちも思ったことはありませんけど」

「僕を裏切るつもりか?」

私は困惑して、怒りの感情が喉元まで出かかった。

「その、裏切るも何も、一度もそういう話しになったこともないので、何をおっしゃってるのか分からない」

「それはごまかしだよ。君が離婚をしてから、この十年、僕は君とだけ名誉ある仕事をしてきた。他の連中とは違う。半ば二人三脚でつかんだ栄光だと思わないのか？　その作品作りが二人の想いの結晶で、言葉なんか必要なものか。君に恋人が出来たというようなことを第三者から聞くのが辛い。そういう仕打ちは僕への裏切りになる」

　これは、気を付けないとならない、と思った。ルメール監督がいつになく冷たい態度をとっていた理由がやっと分かった。

　でも、この誤解がどこから来ているものか皆目見当もつかなかったし、何より、私情が思いのほか深く入り混じっているので、デリケートに、上手に処理しないとならなかった。私は、ルメール監督のことをどう思っていたのか、そしてアンリのことをどう思っているのか、をきちんとお話しすることにした。

　ルメール監督の唇が震えているのが分かった。私は喋るのをやめて、スタジオに戻りましょうか、もう三十分経っています、と告げた。すると、ルメール監督がテーブルを叩いて、席を立ってしまった。私はもう彼を見ることはなかった。

　ルメール監督の勘違いを払拭《ふっしょく》することよりも、今はアンリのことの方が気になった。私はアシスタントに電話をし、スタジオには戻れない、とだけ伝えた。少し時間を置いた方が良さそうだった。

19

「アニエス・ビュザン連帯・保健相は、一月十六日に入国した八十歳の中国人男性が、死亡したと発表、二月十四日時点で、フランス国内で確認された感染者数はあわせて十二人、うち四人は治癒した」

朝、ラジオが新型肺炎によるはじめての死者が出たと報じた。携帯をチェックし、ワッツアップのメッセージやメールなどを確認してから、ベッドから寒い室内へと飛び出した。母から、ウイルスは空気中にも暫く残るらしいから、狭いメトロは避けて歩けるなら歩いてスタジオまで行きなさい、とメッセージが届いていた。

OK、と私は返信をした。

『ナオミとノエミは？』

『登校したわよ。ノエミは校門で別れる時、ママが心配、と言ってた』

でも結局、外があまりに寒くて外気に触れた途端、歩いてスタジオへと向かうのは断念した。しかもメトロの入り口で、私はいつもとは反対のホームへと足を向けることになる。スタジオに顔を出さず、アンリから貰った名刺の住所を訪ねた。そこは新凱旋門《ラ・デファンス》地区の一角にある近代的な多目的高層ビルであった。大きな受付があり、受付嬢がいた。名刺を差し出し、ここで間違いないですか、と訊いた。

「はい、その会社はこちらで間違いありません」

「でも、案内板にこの名前がありませんが」

「電話・秘書代行サービスの大代表がこちらになります」

そう告げると、受付の女性が、五階にある別の会社を指差した。電話・秘書代行サービスのＡＢＣという会社であった。

「どういうことですか？　事務所じゃないんですね？」

「事務所ですが、個人の事務所はありません。専任スタッフがいて、用件を聞いて、御契約者様に取り次ぎます。郵便物も受け取りますし、前もって予約をしていただければ、奥の会議室を使うことも出来ます」

私はやっと理解することが出来た。アンリは電話・秘書代行サービスの会社と契約を結んでいるのだ。

ということは、やはりサン＝ルイ島に住んでいるということに……。あの質素な建物の佇まいは、あんなに豪勢な食事を毎回しているイメージとどうしても繋がらない。あれだけのお金があれば相当立派な事務所を借りることが出来るはずだが……。

もしかすると住居や事務所には一切気を遣わない人なのかもしれない。それにしても、普段との間にギャップがあり過ぎた。仕立てのいい立派なジャケット、高級ホテルのバーの常連、一流店を知り尽くし、毎回高額の支払いをする。でも、質素な部屋で一人暮らしをしている上に、事務所の運営費、生活費がないと訴える……。

アンリ・フィリップという人物が何をやって生きている人なのか、ますます分からなくなってしまった。


私は悩んだ挙句、アンリにメッセージを送ることにした。

『アンリ、以前、タクシーでアンリをお送りした場所の、セーヌを挟んだ角地にスタジオがあり、そこで今、編集作業を行っているの。あと何日か、午前十時くらいから夜九時くらいまで詰めている。私はいつでも抜け出せるので、もし、可能ならお茶でもいかが？お忙しいと思うので、気分転換がしたい時で結構です。メッセージください』

どういうことなのか、はっきりさせなきゃ、と自分に言い聞かせた。既読になっていたが、朝に打ったメッセージに返信がないので、昼過ぎにスタジオから見えるサン＝ルイ島の写真を添えて再度、

『お忙しいですか？　サン＝ルイ島のシテ島側の突端にテラスカフェがあります。そこでどうでしょう？』

と送信してみた。すると、間もなくアンリから折り返しが届いた。

『びっくりした。調べたら、たしかに編集スタジオがあった。灯台下暗しだね。バタバタしているけど、明日の午前十時でよければ小一時間、会えるよ。朝食とかご一緒にどう？』

と戻ってきた。

このほんの短い文面の中に多くの嘘が混ざっているのかもしれない。奥歯を噛みしめ、私は来たる未来に警戒を強めることになる。


翌朝、私は自分自身に期待をするなと言い聞かせながら、でも、逸《はや》る気持ちを宥《なだ》めて、指定したカフェへと向かった。十時ちょうどに到着すると一番奥の席にすでにアンリが座っていた。コーヒーが飲み干されていたので、ずいぶんと早く着いていたようだ。

「待たせてしまったようで、ごめんなさい」

「ちょっと読まなきゃならない資料があったので、ここで仕事してた」

という返事。彼の横にたしかに書類の束が積まれてある。アンリにやっと会えたのに、私は彼の目をまっすぐに見ることが出来なかった。尋問が始まろうとしていた。息を吞み、心が落ち着くのを待った。やって来たギャルソンにカフェオレを注文した。

「モーニングセットにする？」

「ノンメルシー、朝は食べないので」

「そう、じゃあ、僕も飲みたいから二つね」

アンリがギャルソンに向かってそう告げた。コーヒーの香りに包まれた店内には地元の常連たち、とくにお年寄りが多かったのだけど、彼らがまばらに陣取って気難しそうな顔で新聞や本を読んでいた。どこを見ていいのか分からず、とりあえずテーブルの上に視線を落としながら、お近くなんですよね、とまず最初の尋問を投げつけた。

「うん」

とはっきりしない感じで答えが戻ってきた。勘繰られてはまずいと思い、口元に笑みを浮かべ直し、この店も来るの？　とアンリの目を恐る恐る見つめて訊いた。アンリは咳払いをしてから、たまに、と言った。

「アンリが住んでるところ、ほら、前にタクシーで降りた橋の横のオスマン調の豪華な建物……。そこでしょ？　ご自宅。見晴らし抜群でしょうね」

そう切りだすと、

「え？　まさか」

と否定した。

「あそこじゃないよ。あんな高級物件には住めない。あそこから少し離れた路地にある小さなアパルトマンでひっそり暮らしている。でも、近かった。スタジオまで数分で行ける距離かも」

嘘をつかれなかったことで私はひとまず安堵し、思わず、相好を崩してしまった。するとアンリが、何か、おかしいかな、と訊き返してきた。

「前にタクシーで送った時、ほら、あそこで降りたから」

「ああ、一方通行だから、ぐるっと遠回りさせるわけにはいかないし。……一人になった直後、知り合いに、気軽に使える狭いアパートみたいなところを世話してもらって、実は今暮らしているとこ、家賃がかからないんだ。空いてるから使っていいよ、とその人に言われて、厚意に甘えてる。僕はあんまりそういうところに頓着がないというのか、居ついたら、どこも住めば都みたいなところがあるしね。だから、気が付いたらもう一年半も居座っている。離婚からまだ二年しか経ってないし、とりあえずの仮住まい。落ち着いたら広いところに引っ越すつもりなんだけど、あ、ぜひ、その時は遊びに来て」

私は微笑むのをやめ、じっとアンリの愛しい目を見つめた。ここまでの尋問に対する彼の回答は完璧で、嘘は見当たらなかった。二年前に離婚をしたと言っていたことを思い出した。あの怪しい路地のアパルトマンはとりあえずの仮の住まいであった。

納得しはじめると疑っていた自分がおかしくなり、打ち寄せる安堵の温かい波のせいで、凍り付いていた自分の心が溶かされていくような喜びを覚えた。

「よかった」

私が思わずそう呟くと、アンリは微笑みながら、どうかしたのかな、と優しい笑みを浮かべて言った。いいえ、と慌ててかぶりを振った。

「お仕事、どう？」

「この間はすまない。余計な心配をさせて。でも、挽回するために毎日奔走している。昨日までシャモニーだったので、今日、会えてよかった」

「シャモニー？　あれですね、アースレニア」

「うん、やっと商標登録が出来そうで、とにかく生き延びないとすべてが台無しになるから、いろいろ奔走してますよ」

「資金繰り、本当に大丈夫？」

アンリは俯きながら、小さく微笑んでみせた。

「とりあえず、ガスにちょっと借りた。大丈夫。あと、二、三か月は首が繋がったという感じ。でも、派手な生活は控えることにしてる」

私の前をスーパーの袋を持ってとぼとぼ歩く、猫背のアンリの後ろ姿を思い出した。今、目の前にいるアンリはトゥルーヴィルで一緒だったアンリと同じで、凛々《りり》しく、大きく、泰然としている。何が違うのだろうとこっそり両者を比較してみた。

「何か気になることがあるの？　今日のマリエはいつもとちょっと違う気がする。質問攻めだし」

「ごめんなさい。さっき、外から覗いたら、ガラス窓越しのアンリがどこか元気がなく、少し丸まって見えたものだから」

「丸まって？」

アンリがその言葉に反応して大きな声で笑い出してしまった。カフェオレが運ばれて来て、二人の間で香ばしい香りを漂わせはじめた。アンリは、自分の前のカップを摑んで、一口飲み、続けた。

「ああ、思い当たることが……。実はちょっと体調がすぐれなくて……。だからかな。原因が分からないのだけど、まぁ、お金の問題が精神的負担を生んでいるのかも……、あと年齢も年齢なので、いろいろとあちこちガタがきて、また病院で検査しないとならないかも。とにかく最近、疲れが溜まりやすく、お酒もここのところ美味しくない」

「ダメじゃない」

「独り者だから、不摂生が続いている。毎日、ああいう料理ばっかり食べてきたからかな。離婚をして不意に外食生活になったのが一番の原因だと思う。十四区に顔の利く病院があって」

「十四区のどこ？」

「オピタル・コシャン（コシャン病院）だけど、なんで？」

ジャン＝ユーグが勤めている病院であった。結婚をしたばかりの頃、何度か立ち寄ったことがある。もしかすると、二人はどこかですれ違っているかもしれない、と想像した。

「その、言い難いけど、別れた夫がそこで医師をしていて」

「ほんと？　何科？」

「精神科医よ」

「そうか、ま、でも、パリは狭いから。そこの看護師長がたまたま知り合いで相談したら、贅沢《ぜいたく》な食事をやめて、質素で低カロリーの食事に切り替えなさいと怒られた。質素という言い方は嫌だけど、つまりは日本食みたいな、ご飯と焼き魚、野菜みたいな生活。早く再婚して、誰かに管理してもらわないと本当にやばいことになりそうで」

　再婚という響きが私の心を揺さぶった。私じゃダメ？　と喉元まで出かかったけれど、朝までアンリを疑っていた自分にその資格があるのか、と悩んでしまった。

でも、どうやらすべては杞憂《きゆう》のようだ。

「今はどういう間取りの部屋で、どういう暮らし？　たとえば、どういうものを食べて生活しているの？」

最後の尋問になった。私は勘違いしていたことをしっかりと確認したかったのかもしれない。彼は嘘をついていないという確信が芽生えはじめてもいた。

「部屋？　小さな建物の四階の三十五平米程度の本当に狭い一室で、捨てきれない本と趣味で集めているレコードばかりの、足の踏み場もないような酷い仮住まい。とてもお招き出来る状態じゃないんだ。……ちょっと歩いた右岸側に自然食材を扱うスーパーがあって、そこまで時間が出来ると買い出しに行ってる。十分くらい歩くので帰りはもうくたくた、背中が丸まっても仕方がないね。そんな自炊生活を普段は送っている。高級レストランでの食事は僕にとっては営業の一環でしかないし、実はあんまりああいう料理は好きじゃない。知り合いの看護師に脂っこい食べ物は控えるようにと注意を受けてからは、出来るだけ自炊を心掛けてるけれど、なかなか一人だとそうもいかなくてね」

私は嬉しくなり、そこには私の疑念を払拭するものしかなかったから、アンリの言葉を勢いで遮ってしまった。

「あの、もしよければ、健康を取り戻すまでうちで暮らさない？　娘たちはすぐ近くの母のアパルトマンで暮らすことが多いし、新しい部屋を見つけるまで、私がアンリの面倒をみるわ。そうすれば、生活費浮くでしょう？　それくらいしか私には出来ないけど、あなたの健康管理をさせて。心配でならないの」

これまで想像さえしたことのないアイデアがいきなり自分の口をついて出たので、まず、驚いたのはアンリじゃなく、当の私自身であった。

「こう見えても、子供を二人育ててきた主婦。家庭料理なら自信がある。健康を取り戻すなら、断然、和食がいいのよ。アンリに今必要なのは優しい家庭の味じゃない？　必要なのは安心して帰って来れる場所じゃないですか？　うちも狭いけど、あそこでよければ、どうぞ」

「え？　あ、ありがとう。でも、そんなこと勝手に決めちゃダメだよ。お子さんたちはまだ小さいし、お母さんにも負担がかかってしまう」

「娘たちは理解があるし、母も私の幸福第一主義者なんで。アンリさえよければ、真剣に考えて。私も真剣に考えるから」

「なるほど……、でも、いきなり、そんな話しに……」

アンリは微笑みながら視線を逸らし、俯いて暫く考え込んでしまった。自問するように小さな声で、どうかな、と呟いたが、まんざらでもないような反応であった。この思いつきは決して悪くないものだった。

20

反対、と言ったのは姉のナオミであった。ノエミは黙ったまま考え込んでいた。母のトモコは、よく考えてのことなら、と言っただけだった。夕刻、私は母と娘たちにこの話しを持ち掛けてみたのだった。

「ママがそのおじさんとお付き合いするのは構わないけど、私たちの家に転がり込んで来ることには賛成出来ない。なんで私とノエミがずっと、週末もグランマんちで暮らさないとならないの?」

娘たちの協力を得られると思っていたので、思わぬ誤算であった。それだけ私が有頂天になっていたということかもしれない。

「グランマのところで暮らすのは嫌じゃないけど、私には私の人生があるし、パパのこともあるからね」

ジャン=ユーグのことを不意に持ち出され、浮き足立っていた私は、梯子《はしご》を外された感じになってしまった。パパは関係ない、と呟くのが精一杯だった。

「ママとパパの関係が終わったのは知ってるけど、でも、私とパパの関係は終わらない。私はママの味方だし、ママには幸せになってもらいたいけど、でも、パパを完全に切り捨てることは出来ないよ。たとえ、どんな人であろうと、パパはこの世界に一人しかいないのだから」

私は救いをノエミに求めた。目が合うと、ノエミはちょっと考えるそぶりを見せてから、

「ママはちょっと急ぎ過ぎてない？　めっちゃ、心配。また失敗しないか」

と言った。

「何も見えなくなってる人みたい。私たちのことを飛ばしちゃってる。二人が結婚するのは構わないし、応援したいけど、でも、私とナオミをグランマに預けて、ここでアンリだっけ？　その人といきなり暮らすっていうの、納得出来ない。だって、まだ私たち、その人のことなんにも知らないし、会ったことさえないのに……」

と言った。次の瞬間、思い描いていた未来図が崩れ、力が抜けていくのを覚えてしまう。そうね、たしかに、あなたたちの言う通りかもしれないわね、と声にならない声が口元からこぼれ出て、消えていった。


私は席を立ち、キッチンに行った。時計を見ると、十七時であった。何か作らないとならない。でも、力が出ない。珍しく苛立っていた。アンリをその気にさせたのに、どうしたらいいのか、分からなくなっていた。冷蔵庫をあけて、何を作ればいいのか、暫く考え込んでいると、そこに母がやって来て、

「マリエちゃんが、その人のところに転がり込むのはダメなの？　それが出来るならば、

暫くのあいだ、私があの二人の世話をしてもいいけど」

と日本語で言った。

「たぶん、それは無理だと思うの。すごく狭い部屋らしくて、見せてもらえないくらいなのよ」

私は仏語で返した。

「狭いって、どのくらい?」

「分からない。ここの半分くらい? もっと狭いかも。それに、荷物がすごくあるみたいで」

「状況が分からないけど、でも、急ぎ過ぎてない?」

「そうね、そうかもしれない。冷静になってみる」

「何か方法はないかしら。せっかく摑みかけた幸せなんだから」

母、トモコが腕組みをして考えている。

「たとえば、私がここで子供たちと暮らす。あなたは私の家を使ったらどうかな? 広い部屋ならパパの部屋、使ってないし、子供部屋もあのままだし」

「それは無理よ。ここならばいいと思ったの。自分の家だし、あの子たちはママのとこととここを行き来しているし。でも、ちょっと浅はかだった。よく考えたら、子供たちがすんなり味方してくれるはずはないのに、どうかしてた。恋は盲目ね」

「でも、恋と言い切れる今がチャンスなのに」

私は冷蔵庫を漁《あさ》って、買い込んでいた骨付き鶏肉のパックを取り出した。チキンの煮込みなら出来るかもしれない。ママ、食べていく？

そう言って、トモコを振り返ると、その横にナオミとノエミがいた。

「ママ」とナオミ。

「どうしたの？」

「話し合ったのよ、二人で」と今度はノエミが言った。

「よかったら、アンリとここで暮らして。私たちはグランマんちに行く」

「あ、いや、もういいの。それはママの勇み足だったから」

「そうじゃないの」とノエミが言った。

「ママはパパと別れてからのこの十年間、私たちのために自分を犠牲にしてきた。このタイミングを逃したら、ママ、おばあちゃんになっちゃう。やっと見つけた人でしょ？ 私たちが今度はママに恩返しする時なんじゃないかって、話し合ったの」

「いや、もうそれはいいの……。忘れて。それに、ママはおばあちゃんで結構です」

「でも」と今度はナオミが口を挟んだ。

「パパには素敵なパートナーがすでにいるし、ママにいないの不公平だよ。だから、そういうことを前提に、一度四人で、あ、グランマも交えて五人で会えない？ 会って、決めたい。いいでしょ？」

私たちはお互いの顔を覗き合ったのだ。それが筋ってものかもしれない、とトモコが言った。私は小さく頷き、アンリと子供たちを大至急会わせることになる。

次の日曜日の昼食時、娘たちとアンリを引き合わせた。サワダ家がよくつかう馴染みの中華レストランの隅っこのテーブルで初顔合わせとなった。私たち四人が揃って店に入ると、すでにアンリが端っこで待っていた。いつも誰よりも先に来て、最後はいつも見送ってくれる。この人の誠実さだと思う。

アンリは笑顔で私たちを出迎えてくれたが、ナオミとノエミは笑顔を浮かべる気配もなく、ちょっとぎこちない感じの昼食会のはじまりとなった。母、トモコだけが深々とお辞儀をして、はじめまして、あなたの読者です、と言った。その言い方がおかしく、私は思わず苦笑してしまうのだった。

なので、母がこの場を盛り上げる役目を担った。アンリの小説をなかなか鋭く批評する母はまさに水を得た魚であった。私の知らない劇作家や古い小説が次々に飛び出してきて、あそこの部分はだれだれの作品にちょっと影響を受けているでしょ、とか、文体や作風やその構成についてまるで文芸の記者のように専門的に掘り下げて話していた。母の興奮する様子が伝わってきたが、一方で、アンリは終始笑顔を絶やさず、ウイウイ、と頷いて受け止めていた。母の方がちょっとだけ年上。その様子をナオミとノエミがちらちらとチェックしていた。

「デザートを頼もうか」

料理を食べ終わって、手持ち無沙汰の子供たちにアンリが優しく言った。すぐにお店の人を呼び止めて、

「アイスとか、何かデザートとかこの子たちに、お願い出来ますか？」

と頼んだ。視線を逸らすナオミ、なんとなくメニューを覗き込んでデザートを選んでいるノエミ、それぞれ対応は違ったが、目の前にいるアンリに関心があるようであった。二人はマンゴーのアイスを注文した。

いつの間にか母がアンリのグラスにワインを注ぐ係になっていた。アンリは、アリガトー、と毎回日本語で呟いていた。優しい笑顔であった。娘たちもデザートを食べ終わる頃にはアンリの気遣いや人柄のよさがよく理解出来たようであった。

「あの、おじさん、ママと結婚するの？」

いきなりナオミがそう訊いたので、場が瞬時に凍りついてしまった。何か言わないとならないのに言葉がまとまらない。するとアンリが、それはまだ分からない、と言った。

「なぜなら、まだ、僕からもマリエさんからも、その話しは出てないから。結婚というのはね、お互いが考えて決めることだから」

アンリがそう言うと、今度はノエミが、こう言った。

「ママには二人の可愛いけどちょっと騒がしい女の子がいるんですけど、そういうのは結婚の障害になるものでしょうか？」

「いいえ、それはむしろ賑《にぎ》やかになっていいことですね」

アンリがそう答えると、ノエミが笑顔になった。

「あの、先生、……あ」

ナオミが思わず間違えたので、一同が笑いに包まれた。

「先生でもいいですよ、たまに先生と言われることもありますから。何ですか？」

「パパとママが愛し合って、私たちが生まれたの」

ナオミがそう告げると再び場が静まり返った。

「でも、パパとママは別れてしまった。それはなぜですか？」

アンリが私の顔を一瞬見た。私は小さくため息を漏らした。

「それはパパとママの問題だから、おじさんには分からないけれど、僕が君たちのママと出会えたのはママが独りぼっちで、生きるのに必死だったからです」

ナオミとノエミがお互いの顔を見合った。

「おじさんも独りぼっちだったから、ちょうどよかったんです」

母、トモコが笑った。

「あの、私も独りぼっちですけど」

すると娘たちもくすくすっと笑い出すのだった。

「でも、あなたがここに加わってくれることで私たち家族の絆がさらに強くなるような気がします」

母は Liens familiaux（家族の絆）という言葉をあえて使った。

21

母はことあるごとに、まるで私の中に在る日本人の部分を試すかのように「家族の絆」という日本語を使う。絆という言葉を日本語辞書で調べると「人と人との断つことの出来ないつながり」または「離れがたい結びつき」とあるのに対して、フランス語だと日本語の「リンク」や「接続」を意味するliensという単語に辿り着く。二つ以上のものを繋げるもの、を指す単語で、日本語の絆とはちょっと意味合いが違っている。厳密に言うと日本語で使われる情緒感を含む絆に相当する単語はフランス語には存在しない。絆ではないけれど、意味としては、もしかするとsolidarité（連帯）という単語の方が近いかもしれない。家族の絆はLiens familiaux、永遠の絆はLien éternelになる。ちなみに、グーグルの翻訳サイトに「絆」と入れると、これは間違いだと思うが、obligationsと出る。obligationsの意味は「義務」である。これは現代日本人が使う絆の意味からは遠く離れるけれど、でも、思い付くこともある。私はこの日本語の「絆」という言葉の中に「縛り合う」「縛り付けるもの」というニュアンスを感じることがよくあった。母がよく使う「家族の絆」「夫婦の絆」「永遠の絆」という表現の中に、何か曖昧ながら家族とはこうあるべきという強制力が含まれている気がしてならなかった。繋がりたくないのに繋げる必要性がある時など、政治的に利用されやすい単語だろうな、と想像し、フランス的ではない、と幼い頃に反発を覚えたことさえあった。私とアンリの間にあるものは、liens だろうか、それとも obligations だろうか。

その日、オワーズ県クレピー＝アン＝ヴァロワの六十歳の中学校教員が新型ウイルス感染によって急死したことが発表された。感染の危険性のある場所への渡航歴はなかった。このニュースがテレビやラジオでひっきりなしに報道される最中《さなか》、アンリが私のアパルトマンにトランク一つ抱えて転がり込んで来たのだ。娘たちはまだ完全に理解を示したというわけではなかったが、とりあえず一年間だけ、様子をみてみようということで許可がおりた。実家だと娘たちにはそれぞれ一人一部屋が割り当てられるので、それも大きなポイントになった。娘たちも大きくなったのでいつまでも相部屋というわけにはいかなかった。幸いなことに私が使っていた実家の子供部屋がそのままになっていたし、もう一つ、客間があったので、まず娘たちが衣服と勉強道具だけを持って実家に引っ越しをした。アンリは娘たちの部屋をそのまま仕事場として使うことになる。いつでもすぐにその部屋を子供たちに返せるよう、そのまま使うことにした。

ジャン＝ユーグには前もって、男性と暮らすことになった、と伝え、うちには来ないように、と釘を刺した。娘たちと会いたい時は実家に連絡をし、母の許可をとってから会うように、と。この件に関しての返信はなかったが、ワッツアップは既読になっていたので事情は察したようである。

　離婚から十年経っての年の離れた男性との二人暮らしのはじまりであった。一緒に暮らして分かったことがたくさんあった。アンリの日常との向き合い方というのか、日々の所作とか、人となり、空気感、家でごろごろしている時の気配とか、抱きしめてくれる時の力強さなど、ジャン＝ユーグ以外の男性と一緒に暮らしたことがなかったので、その一つ一つが新鮮であった。きっと私は少女のようだったはず。

　そして、アンリの料理の腕前。フレンチ以外にも中華料理、ベトナム料理、タイ料理、に関して言えば、料理教室が開けるくらいの腕前で、和食にも精通していた。これはお父様の影響らしく、釣り好きでしょっちゅう魚を持って帰ってはちゃちゃっと料理する父親の姿に触発され、アンリもいつの頃からか厨房に入るようになったとか……。私がいない間に買い物を済ませ、料理もあらかた終わらせておいてくれるものだから、帰宅すると部屋中に美味しそうな匂いが溢れていた。もちろん、食費は私がそれ専用の財布を用意し、そこに生活費を入れ、ここのを使って、とお願いした。それが私に出来るせめてものアンリへのサポートでもあった。

　母がワッツアップで、

『あの人、料理上手ねぇ。さっき、お昼ご飯をご馳走になっちゃった。プティポワのスープと、鯛《たい》のカルパッチョと、牛肉のグーラッシュ、とくに肉料理は食べたことのない不思議な美味しさで、おかわりしちゃったのよ』

と報告をしてきた。すっかりアンリファンになっている様子が伝わってくる。

『食後にあの小説の話しになって、私が細かく感想を言うと、とっても嬉しそうに聞いていて、そこからまたまた文学とか映画の話しに広がって、興奮したわ』

『ママ、アンリのお仕事邪魔しちゃダメよ。彼は忙しいんだから』

母は確信を深めているようだったが、あまり私のいないところでちょこまか母に暗躍されても困る。釘を刺したが、母のおせっかいは続きそうであった。


夜の帰宅が愉しみになった。ウイークデイの半分くらいは外で会食があるようで、それ以外のアンリがいる日は、彼が拵えた簡単な料理を摘まみながら晩酌をし、それぞれの一日を語り合うのが日課となった。

もちろん、私の方がたくさん喋っていたが、アンリは聞き上手で、アドバイスをくれ、それがまるで現場を見ていたかのような的確さで、その都度、私は唸《うな》ってしまった。十年も仕事と育児に生きてきた私にとって、傍に信頼出来る人がいるという喜びはお金で買うことが決して出来ない安らぎをもたらした。

「すっかり、僕はパラサイトだね」

アンリが笑みを浮かべながら呟いた。

「なんか、こんな展開になるだなんて想像もしてなかったから、君がいない時間とかに、キッチンで料理していたりすると、妙な気持ちになる」

「分かる。私もこんな展開、想像さえしていなかったから。でも、仕事が終わると、いつもはクタクタなのに、ああ、家に帰るとアンリに会える、と思うだけで嬉しくなって、元気になって。アンリが傍にいてくれるおかげで、張り合いというのか、毎日が意味を帯びて嬉しくて仕方ないの。前は帰りのメトロが憂鬱で仕方なかった。なのに、最近は、満員の車両の中で私一人だけニコニコと微笑んでいるのだから、気持ち悪いよね」

アンリのグラスが空になったので、私はボトルを摑んで、注いだ。それはシャンパーニュではなく、スーパーで買った十ユーロちょっとの店員さん一押しのお買い得プロセッコであった。比較は出来ないけれど、とっても美味しい。自分の身の丈にあった美味しさというのか、こういう人間で良かったな、と逆に安堵を覚えた。

「一つ、つかぬことをお伺いしてもいい？」

今となっては訊く必要があるのか分からなかったが、うっすらと心の片隅に残っていたモヤモヤを払拭するための最後の尋問となった。

「アンリのソワレだけど、あれはどのくらいの頻度でやられているの？」

当たり障りのないところから訊いてみた。

「月に、二、三度くらいかな。大中小、と分かれていて、マリエを招いたのは大のソワレ。小というのは起業を目指す若者たちを集めてカフェなんかでビジネス論を戦わせる、ビジネス私塾のようなものだね。そこでは先生になる。それを小と呼んでいる。ちょっとだけ授業料をとってるんだ」

私はふき出してしまった。小もあるんだ、と。

「中はすでに一定の成果を出している起業家を中心にした会でラファエルがそこの出身になる。彼は事業が波に乗って成功をおさめ、若いのに資産家になったから、大に昇格させた」

アンリが得意げな顔で、微笑みながら言った。

「大のメンバーは有数の投資家や経営者たちで、といっても、投資家たちは損得ではなく、自分が好きなことを中心に投資したいという夢見る投資家たちばかりかな。あ、そういえば、マーガレット、この間のスタジオ見学が効いたみたいで、追加投資を前向きに考えてくれているんだよ」

仕事の話しをしている時のアンリはご機嫌であった。お金がない、厳しい状況に変わりはないみたいだったが、安心感を取り戻していた。人を魅了する個性と雰囲気だけは消えてない。何よりあの笑みには誰もが持っていかれる。

「キャプテン・アンリのソワレ、とくに大の運営費、つまり、レストラン代とかはどこから捻出されているの?」

私は微笑みながら訊いたが、これは本当に最後の尋問となった。ここをクリア出来れば、私の中でもうアンリを疑う余地がなくなる、いわば、そこが競馬でいう最終コーナーみたいな難関であった。アンリの顔が一瞬、曇ったように感じられたが、口元に不思議な笑みを浮かべ直すと、

「どう答えていいのか、難しいけど……」

と珍しく口を濁した。

「言いたくなければ言わなくて構いません。でも、毎回、かなりのお会計になるのじゃないか、と心配していたので。とくに今は本当にお金が必要な時期でしょうから」

ほんの少し、躊躇《ちゆうちよ》した後、彼が答えた。

「あの会にかかる食事代などは、基本、これまでは、僕の会社で払っていた。月間で一万五千ユーロくらいの持ち出しになるけど、からくりがあって、そこで貰った領収書の金額をガスパールやマーガレットの会社にあとで請求していた」

私は相槌《あいづち》さえ打てなかった。それがどういうからくりなのか、よく分からなかったからである。眉間に皺を集め、首を傾げてしまった。

「僕はご存じのように顔が広いので、ようは彼らにとってはプレゼンターのような存在、情報収集・発信の専門家、なんだよね。たとえば、ラファエルのような若い起業家をガスパールのような裕福な投資家に紹介し、育ててもらう。もちろん、失敗するケースも稀《まれ》にあるけど、だいたいはなんらかの形で結果が出る。そういう若い起業家たちの発掘と育成のようなこともやってる」

「それが中ですね」

「うん、僕がたくさん名刺を持っているのはそういう才能のある若者たちの事業をサポートするための会社を相手にあわせて替えているから。秘書代行センターを利用しての、形だけの会社なんだけど、でも、その中から、あのアースレニアのようなものが生まれることもある。そして、僕の会社がアースレニアなどを世の中に広めるための最初の広報窓口の役割も担うわけ。今回は僕も事業に出資しているので、窓口だけでは終わってないけど」

私は腑《ふ》に落ちた。点と点が線で繋がった瞬間でもあった。

「投資家のガスパールなどは僕の会で得た情報をもとに投資先を決めていくことも多いわけで。彼が今のところもっとも大口の取引先であって。でも、彼はあんな感じでひと癖あるので、何にでも投資をするわけじゃない。彼は夢を買って、なおかつ実益を手に入れたい欲張りなタイプだから、そういう楽しい事業を毎回見つけて紹介するのはなかなか難しいところがあって、あ、でも、アースレニアにはやっと関心を示してくれるようになった。集めなければならない資金のうち、およそ三分の一はガスパールが出資することになると思う。僕の事務所の維持費も今は彼が一応立て替えてくれている。この間は変な話しをしてごめんなさい。なんとか、切り抜けられそうだよ」

私はアンリのソワレの存在理由を理解することが出来た。アンリは知り合った各分野の有力な人たちを集めて勉強会を開き、投資家と企業や経営者とをあの話術で引き合わせ、さらに事業が実現すれば、広報も担うという存在なのであろう。でも、だとするならば、私がゲストとなった会にはどんな意味があったのだろう。

「あ、マリエの時は単なる興味。毎回、仕事の話しばかりじゃつまらないし、みんなも退屈するし、たまには余興がないとね。君のような映画のプロデューサーを囲んでの、ちょっとミーハーだけど楽しい芸能事情に耳を傾ける会というのはお金のことばかりやってる投資家たちを退屈させない。ほら、マーガレットのように……。君を最初に招いた日は、純粋に社会勉強をする会だった。でも、その後に思わぬ展開で、小説の話しにまでことが広がり、ムッシュ・フォンテーヌが現れ出版化も決まった。メンバーたちは自分のことのように喜んでくれた。ある意味で、これも物事を回すための起爆剤になった」

なるほど、と私。

「だから、ムッシュ・フォンテーヌがやって来た時はガスパールたち三人が食事代を払ってくれたよね。あ、そうだ、でも最初にマリエを皆に紹介した日は僕が支払って、請求はしていない。毎回、ご馳走になるのもよくないので、臨機応変に」

私はその日の支払いがアンリ持ちだと聞いて少し嬉しかった。

「では、脚本家のソフィーと三人で食事会をやった時もですか？」

「そうですよ。もちろん」

「あ、じゃあ、ミシェルが来た時、皆さんが途中で次々に帰っていった日、私が立て替えた日の食事代はどうされたの？　あれもアンリ持ち？」

「そういうことです」

とアンリは即答した。

「あれはちょっと予定外の出来事で、ミシェルの会社は大手広告代理店とよく仕事をしている中堅の代理店で、そこが新規事業を展開するというので僕に白羽の矢がたった。面倒くさい話しは省くけど、僕が新事業の窓口になるはずで、大手広告代理店との橋渡しがミシェルでもあった。でも、結論から言うと、ガスパールとマーガレットも、そしてあのラファエルさえもその代理店の新事業には関心を示さなかった。僕がその事業をやるなら今後は一緒に出来ない、とマーガレットに言われ、今、彼女に手を引かれると困るので、最終的にこの話しは頓挫。あの三千三百ユーロは捨て金になってしまったんだ。それが人生というものだからしょうがないですね」

私はちょっと安堵して、思わず小さく微笑んでしまう。

「何か？」

「いいえ、よかった、と思ったの」

「どうして？」

「私、あの子にずっと焼きもちを焼いていたから」

今度はアンリが笑い出した。それから、空いたグラスにスパークリングワインを注ぐと、私たちは乾杯をした。この不思議な同居に。

22

その日、イタリア北部から帰国したモンペリエ在住の男女など、あわせて六十一人の感染が確認された。新型ウイルスによる感染が全土へ不気味な速度で拡大していた。数千キロも離れた武漢で発生した新型の感染症が、不意に身近なところで現実味を帯びてその存在を誇示し始めていた。

私の周辺でも、とくに普段から神経質な人々を中心に警戒感が強まっていたが、それでもまだマスクをしている人は見かけなかったし、普通にカフェのカウンター前に大勢の人たちが集まり、肩と肩を寄せ合い、ビズや握手やハグをし、唾を飛ばし合って大きな声で話し込んでいた。それ以降の世界から振り返ると、それは実に恐ろしい光景でもあった。私は母に執拗に忠告されたこともあり、薬局で一個だけ売れ残っていた小さな携帯用の消毒ジェルを買ってバッグの中に忍ばせていた。しかし、日本のお守りのように持っていることで安心をし、実際に使うことはなかった。

愛とウイルスは似ている、と思った。いや、実際は正反対のもので、まるでそれぞれの反意語のような存在ではあるが、一方で驚くほどの共通点もあった。

ウイルスが人から人へ感染するように、愛も人から人へと動いていく。この新型のウイルスはかつて人類が経験をしたことがないほどの速度で拡散していた。しかも多くが無症状で終わる。しかし、この無症状の間もウイルスは人から人へと感染するので、感染経路を追うことが出来なかった。

愛にも無症状の時期がある。感染しているのに、症状が表に出るまで、つまりそれが愛だと気付くまでに私のように時間がかかる場合もあった。愛の病がウイルスによるものじゃないと否定出来るだろうか。すでに人類は私も含め愛の集団免疫を獲得しているはずなのに、不意に罹患してしまう恐ろしさを持っている。

一方でこの新型ウイルスの症状には目を見張るものがある。発症した患者の中には急激に重篤化する者が多く出た。無症状や軽症で済む者が多くいる一方、一夜で重症化し、死に至る者も大勢いた。愛も軽症で済む場合と急激に重篤化する場合があり、私は明らかに後者であった。気が付かないうちに愛に感染していて、ある日、不意に重症化し、自分ではもうどうすることも出来なくなった。ウイルスが人を殺すように、過剰な愛も時に人を殺すことがある。

ウイルスが結果として人と人を遠ざける力を持っているのに似て、愛も人と人を近づけるだけじゃなく、その反動で、時に、人を遠ざけようとする力もあった。愛し過ぎるとそういう症状が出てくる。愛は変異する。ウイルスが変異して強くなるように、愛もまた変異を繰り返すが、その結果、人間の免疫力が過剰に反応をし、逆に人間を死に至らしめることがある。それ以前の世界で、私もその症状に苦しむことになった。

その日、ルメール監督に別の仕事が入り、ならば一度各自で状況の整理をしようということになって、急に編集作業が休みとなった。それで私とアンリは一泊二日で再びトゥルーヴィルに小旅行へ出かけることになる。

最初の時とは季節も違うせいで、その景色も雰囲気も波の音も反射する光りさえ、何もかもがまるで異なって見えた。しかし、それは季節のせいだけじゃない。

あの長編小説を読んだからこそ、アンリのことをよく知ることが出来た今だからこそ、景色が違って見えたのだと思う。二人で浜辺を歩き、あの老夫婦が拵えてくれた地元の食材をふんだんに使ったノルマンディ料理を味わい、語り合い、寄り添って休み、二人の間には、まるでもう何十年も苦楽を共にした夫婦のような時間が流れていた。

結婚という言葉を持ち出されたのもその時であった。不意に、なんの前置きもなく、アンリが、お互い頑張って生きてきたけれど、そろそろ同じゴールに向けて歩調を合わせていくのも悪くないかもしれないですね、と言いだした。

「どういう意味?」

夕暮れのことで、太陽が水平線の向こう側にまさに沈まんとしているタイミングで……。

「いや、なんでもない。つまらない妄想だよ」

「はぐらかさないで。そこまで口にしたんだから」

私はアンリの太い腕に自分の手を絡ませていた。はじめてアンリの腕に手を回したのもこの同じトゥルーヴィルの浜辺であった。その腕を引き寄せて、

「言って」

と甘えた。

「言って、お願い」

「いや、ただの思いつきだから」

思いつきでいいと思う、と私は急いで付け足した。

「しかし、こういうタイミングで言うべきことじゃないから」

「タイミングは今よ」

アンリが立ち止まって、いつものずるい笑みを口元に浮かべて、ちょっと俯き、何か考えるような仕草をした後に、

「僕たちの結婚についてだよ」

とようやく口にした。

その言葉を私は心の片隅でずっと、ある時から、待ち続けていたからか、心臓が急に速く鼓動を打ち始めた。それは自分からは決して口には出来ない言葉でもあった。ここぞという時はいつも躊躇なく鋭く指摘する勇気ある私が、最後の最後まで自分から切りだしてはならない、と決めていたのがこの言葉だった。

結婚という単語が予想していたよりも早く、あっさりと飛び出してきたので驚いた。降

ってくるような幸せでもあった。赤く染まった水平線と赤い空の曖昧な境界線が、私自身の心そのものだと思った。急いで息を吸い込み、自分を落ち着かせようとするのだけど、出来ない。その赤が眩《まぶ》しかった。

私はアンリの腕を摑んだまま、動けなくなって、そこで立ち止まってしまった。これはプロポーズなのかしら……。

「いいんですか、私で」

こう訊くのがその時の私には精一杯だったのだ。

「僕の方こそ、いいのかな、僕で」

「アンリがいい」

思わず力んで返したので、微笑みを誘ってしまった。

「じゃあ、よかった」

「呆気なく決まったね、これ夢じゃないよね」

私は喋るのをやめて、アンリに抱き着いた。すると、アンリが両腕で私を優しく抱き寄せてくれたのだ。私は顎をあげ、目を閉じた。アンリの唇が私の落ち着かない気持ちを鎮めてくれた。

私がいつまでも動かないので、アンリもそこに留まって、一緒に動かなくなった。二人は浜辺で抱き合ったまま、幸せの塊になった。

この幸せは動いたら消失してしまう、と思ったからであった。この今の気持ちをずっと持ち続けていきたいと思った。私の人生の中で一点の迷いもない、素晴らしい瞬間でもあった。

23

春が近づいていた。冬が遠ざかりつつあった。近づく春と遠ざかる冬との間に私はいた。夜、まだ冬の残滓《ざんし》のせいで冷え込み、私はアンリに抱き着いて眠った。

私たちの間に距離はなかった。二人はくっついていた。幸せな距離であった。マリエ、とアンリが言った。私はその時、幸福の眠りの中にいたが、それがアンリの声だとすぐに分かった。優しい声だった。その後、何度も私の記憶を揺さぶり続けることになる声……。

夜、アンリと一緒にベッドに潜り込み、気を失うように眠った。その眠りにも距離はなく、ものすごく近くにアンリを感じることが出来た。私はアンリの腕にしがみついた。このぬくもりにも距離はなく、つまりそれは安心を意味していた。

マリエ、と声が私を再び呼んだ。夢なのか現実なのか、分からないところを私は彷徨《さまよ》っていた。何か広い空間だったけど、殺伐としていて、紗幕《しゃまく》のようなものに覆われ、白い天使のような人が行き来している。目を開けようとするのだけど、あまりに疲れ過ぎていて、瞼が開かない。だから世界がぼんやり白いのである。マリエ、と優しい声がした。愛しているよ、本当だよ。僕は君がここから生還するのを待ち続けているよ。

でも、もしかすると夢の中の声だったかもしれない、と後で思った。仕事に出る前に訊いたら、アンリは笑って肩を竦めてみせた。愛してないの？　いいや、愛しているけど、そんなこと言ったかな……。私はとっても疲れ切っていた。連日、神経を張り詰めて仕事をしてきたからであろう。気のせいでも構わない。アンリが言ったかどうかも曖昧だったけれど、構わない。私に向かってアンリがそう言ってくれた、未来のような過去、があった。

きっと、私は愛が怖かった。だから、ずっと恋でいいと思っていた。でも、結婚という問題が提案され、たぶん、私は喜びながら怯《おび》えていたのじゃないか、と思う。ジャン＝ユーグと持ったあの苦い経験を繰り返したくなかった。でも、ずっと恋だけじゃ寂しかった。これまでより残りの人生の方が長いのだから、やっぱり愛されたいと思うようになっていた。

結婚《マリアージュ》という単語を持ちだしたのはアンリだったが、それはあまりに曖昧な響きでもあった。期待をし過ぎたらだめだ、となぜか、私は自分に強く言い聞かせてもいた。期待するから苦しくなるのが人間で、通常は期待というものは簡単には実現しない。だから期待というのだ、と私は自分に言い聞かせることになる。

ダメだった時の反動が私を殺さないように、私は幾重もの防波堤を準備し、愛を遠ざけようとした。愛が不意に近づこうとすると私はそれを遠くへ遠くへと押し返そうとした。どんな時にも距離を保って生きることが人間には必要なのだ。孤独に生きることは大事だった。近づき過ぎないこと、勘違いをしないこと、用心しながらコツコツと進むのがいい。

愛の重さに押しつぶされそうだった。愛の距離に引き裂かれそうだった。


スタジオへ向かう途中の街並みも、空の色も、パリ市内の景色もいつもと変わらぬように見えていた。けれど、今というそれ以降の世界から思い出すと、あの日はすでにいつもとは違った街並みだったかもしれない。明るい春の訪れを感じながらも、世界を彩る景色の中にどこかモノクロームの冷たさが混じっていた。

すれ違う人々が、外見がアジア人である私を明らかに避けているのが分かった。差別とは言わないまでも、私の周りから人が離れていくのを察知した。メトロの中で、前に座っている人たちが次々に立ち上がり、移動していく。ウイルスを持ったアジアからの観光客、という視線を感じた。あからさまに何か汚い言葉を吐きかけられたり、拒否されるということはなかったが、誰もが私の存在を怖がっていた。

『ナオミが学校帰りに、小学生の子たちにウイルスと罵られたのよ』と母からメッセージが入ったのもこの頃だった。私はカフェのガラス戸に映った自分の顔を見つめた。フランスで生まれたのに外国人のような目で見られたのははじめての経験であった。

「あなた、私がアジアから来た観光客だと思ってる?」

カフェのギャルソンに、私はそう言った。その若いギャルソンがものすごく遠くからコーヒーカップを私にそっと差し出したからである。「いいえ、マダム。あなたの発音は完璧だから、そんな風には思っていませんよ」とギャルソンは顎を引きながら、言い訳するのだった。

その日、ミュールーズの宗教集会に参加したとみられる人たちを中心に、フランス全土で百三十六人の感染者が確認された。最初の死者を出したクレピー＝アン＝ヴァロワ在住の男性ら三人の死亡も確認された。連日、感染者や死者の数が増えていく。

そんな現実の中、私は愛に溺れる日々にいたが、この世界はウイルスの病魔に侵される日々へと間違いなく突入していた。目に見えない恐怖が忍び寄っていたが、私は見ようとしていなかったかもしれない。あまりに目の前にある愛が温かく優しいので現実を見たくなかった。それ以前の世界が急速に変化しているのを、私はその愛の病魔のせいで、見極めることが出来ずにいた。

新婚生活のような初々しい日々の中に私はいた。その先に漠然と「結婚」というゴールが待ち構えていたが、でも、なぜか、私は浮かれることなく、粛々と生活と向き合っていたように思う。きっとどこかで期待が落胆に変わるのが怖くて、若い頃のように浮き足立たない方がいい、と自制していたのに違いない。

母やソフィーには結婚の可能性が出てきたことを報告したが、打ち明けたのはその二人だけで、娘たちにも他の誰にもこのことは内緒にした。浮かれ過ぎると足を掬《すく》われて、その幸福が逃げていってしまうのが怖かったからかもしれない。とにかく用心深く結婚へとコマを進めていくことになる。

でも、本当にアンリと結婚出来るのか正直分からなかった。言葉の上ではお互い前向きだったけど、具体的な話しは、それこそ日取りとか、その後の生活の場所についてなど、何一つ出てこなかったし、どこかでその話題を避けているようなところが、お互いに、あった。なんとなく結婚へと向かう、でも、時間をかけて、という感じだろうか。結婚を迂回しながら、二人は同居生活を送っていた。

「僕が八十歳になった時、マリエは今の僕くらいかな。そういう年齢差って、どうなんだろうね」

寝際にアンリがぼそぼそと呟いた。私に話したというよりも、自分に言い聞かせるような物言いで、私はといえば半分寝かかっていたので、その意味を噛み砕くまでに時間がかかってしまった。

「八十歳になっても今と変わらないと思うよ」

「そうかなぁ。かなりおじいちゃんになっているんじゃないかな」

「きっと元気よ」

「だといいけど」

アンリは横を向いて寝ていた私の首の下に腕を通した。腕枕だ、と私は嬉しくなった。反対の手は私の胸の下を通って、脇腹をぎゅっと摑んで自分の方に引き寄せてくれた。包み込まれるような恰好となった。結婚出来なくても、この関係が続きますように、と私はお祈りをした。このぬくもりに勝るものはない。

映画がヒットし出世しても、孤独なら幸福になることは出来ない。でも、この腕枕は私を間違いなく幸せにしてくれる。ジャン＝ユーグは華奢《きやしや》な男だったので、いえ、それ以前に人のことなど考えない人間だったから、そもそも愛情が薄かったからか、腕枕をしてもらったことさえない。お願いしたら、痛がってすぐに腕を引っ込められた記憶だけが残っている。

でも、アンリはいつまでも私の頭を、身体を頼もしく支えてくれた。痛いに違いないから、彼が寝たら、私は彼の腕から抜け出して、一度彼を跨《また》いで反対側に行き、後ろからアンリの背中に抱き着いて寝直すのだった。

その丸まった背中もまた安心感溢れる丘のようだった。耳を押し付けて彼の存在を聞いて眠るのだ。山間《やまあい》に耳を澄ましているような大きな気持ちになれた。それがまさに私の求める幸福の形でもあった。

24

「鍋パーティ?」

アンリは笑った。

「いいですよ。じゃあ、アジア風のマーミット(鍋)料理を準備しておくね」

夜、ソフィーを連れて家に戻ると、エレベーターホールに出た途端からすでに鍋の美味しそうな香りがそこかしこに漂っていた。すごいね、とソフィーが期待を膨らませながら言った。

「なんでも美味しいのよ」

私は自慢している自分に呆れて、苦笑してしまった。でも、まんざらでもない。自慢したくてしょうがない自分もどこかにいる。ほら見て、すごいでしょ、とっても美味しいんだよ、と叫びたくなる自分を必死で抑えながら、ソフィーを家の中へと招き入れた。キッチンが小さく見えるほど大きな体軀《たいく》のアンリが流しに向かって何か拵えている。ただいま、と告げると、振り返り、あの独特の微笑みを浮かべながら、

「おかえりなさい。だいたい出来ているよ。やあ、ソフィーさん、いらっしゃい。すっかり下宿人になっている」

とアンリが楽しそうに言った。

相当に力を込めて料理したのが一目瞭然であった。コンロの上の鍋を中心に、テーブルの上にはずらりとおつまみ系の小皿料理が並んでいる。

「なんですか、これ。目移りするくらい、いろいろあるんですけど」

ソフィーがテーブルに並ぶ小皿を見回しながら声を張り上げた。

「小アジのエスカベッシュでしょ、マグロの漬《づ》け、煮豆、それからこれは牛筋じゃなくスペアリブの煮込み、中までしっかりと味が染みていて、しかもとっても柔らかいんですよ。それから、牡蠣《かき》と焼きネギのアヒージョにこっちがタコのマリネです」

「ひゃあ、美味しそう」

「でも、メインが鍋なので、ちょっとずつにしときました。残ったらお土産に」

「すごい、で、メインの鍋はなんですか?」

「イタリア産ポルチーニ茸《たけ》の鍋です」

「え?」

私とソフィーが同時に驚きを口にした。イタリアから空輸されたばかりの新鮮なポルチーニ茸、うまいんですよ、白ワインとの相性も抜群で、とアンリが自信満々に言った。

ポルチーニを持ってきて、私たちに見せたのだが、肉々しい巨大なポルチーニ茸が木箱の中に詰まっていた。

「やばい、マジ、これはやばい!」

ソフィーが大きな声を張り上げた。アンリが補足した。

「日本で昔一度、松茸の鍋を頂いたことがあったけど、でも、ポルチーニの場合、香りだけじゃない。鍋にすると蕩《とろ》けて、でも、つるっとした食感が残って、他と比較出来ないけど、香りと味と食感のきっと今まで食べたことのない世界が口の中に広がるんだよ」

これらの食材を揃え、下準備するのにどのくらいの時間がかかったのか、私は計算した。笑うアンリの横顔を盗み見て、私を喜ばせるために目に見えないところで頑張ってくれた彼に、私はこっそりと感謝した。

「乾杯しよう」

と言いながら、アンリが冷蔵庫からシャンパンっぽいボトルを取り出した。

「スペインのカヴァだけど、ドライでとっても美味しい」

私たちは席に着き、アンリがグラスをテーブルに並べ、カヴァをそこに静かに丁寧に注ぎ入れた。

「乾杯、二人に乾杯！」

ソフィーがはしゃいでいた。そのことが私を何より幸せにしてくれた。幸せって、近くでいつも気を遣っていた人が笑顔になる瞬間に訪れるものだったりする。自分の幸せって自分では気付き難いから、他人の目を通して確認するしかない。ソフィーが途中で泣き出してしまった時、何かこちらも胸が締め付けられそうになって、目元が潤んでしまった。

「アンリ、ありがとう。こんなに嬉しい日はないわ。マジで」

ソフィーがお酒のせいも、食事のせいもあり、感極まって泣きだしてしまった。

「こんなに血の通ったマリエを見るのはたぶんはじめてだと思う。こんなに幸福そうなマリエを私、知らないもの。これはすべてアンリ、あなたのおかげ」


ジャズの調べが小さくなり、ラジオのＤＪが新型肺炎の感染者が六百五十三人、死者が九人になったと報じた。三人は棚に置かれたラジオを見ていたが、誰もこの話題にはふれなかった。九という数字がまだ深刻に思えなかったからかもしれない。ソフィーがワインボトルを両手に持って、私とアンリのグラスに注いだ。酔っているから手元が揺れて、零《こぼ》れたワインが床を濡らしてしまう。それをアンリが笑いながらクッキングペーパーでふき取った。

心地よい夜であった。アンリが作ったポルチーニ茸の鍋は絶品で、あんなに大きな生のポルチーニの塊を、つるつると食べたことはなかったので、食べ過ぎてお腹が破裂しそうであった。

「マリエ、一生食べ物には困らないということね」

と酔ったソフィーが大声で言った。

「え？」

「だって、二人は結婚するんでしょ？」

結婚という言葉が酔ったソフィーの口から飛び出したので、ドギマギしてしまった。思わずアンリを見て、ごめんなさい、喋っちゃった、と謝った。

「ソフィー、なんで、こんなタイミングで言うの？」

酔眼のソフィーが、だって、超羨ましいんだもの、と言った。

「私、マリエとアンリの子供になりたい」

「無理。うちはすでに二人いるので」

「でも、いつでも食べに来てください。ソフィーなら大歓迎だから」

アンリの優しい言葉がソフィーをその気にさせた。

「嬉しい、マリエ、ほんとうに嬉しい。二人が結婚したら、きっと私にも幸せのおこぼれがやってくる。次は私ね」

そう言い終わるとソフィーは立ち上がり、後ろのソファに倒れるような勢いで寝転んでしまった。

「ちょっと寝かせて、ごめんなさい。よければ、ここに泊めてください。私、幸福過ぎて動けないし、帰りたくないし、ここがいい」

やれやれ、と思ったが、ソフィーはすでに眠りの中にいた。

25

アンリと出会い、不思議な魅力に惹《ひ》かれながら、アンリに恋するようになって、アンリに不信感を抱いたのに、気が付くとこうやってアンリと一緒に暮らしていて、朝起きるとアンリが横にいて、仕事から帰るとアンリが食事を作ってくれていて、つねにアンリは忙しそうだったけど、でも、ミステリアスだった最初の頃とは少しずつ距離感や見方が変わって来て、気が付くとアンリは生活の一部になっていた。

アンリは相変わらずキャプテン・アンリのソワレを主催していたが、そこに私はもう顔を出すことはなかった。正確に言うならばそこに顔を出す必要がなくなった。

一緒に暮らすようになって一番変化したのは二人の関係だった。謎はいまだいろいろとあったけれど、アンリの得意なスープはプティポワと決まっていたし、アンリの寝言を聞いてしまったし、アンリのトイレやお風呂が長いことも分かったし、アンリは低血圧で朝が弱いこととか、几帳面《きちようめん》で外出先から帰るとまず石鹼で手を洗い、塩水での嗽《うがい》を欠かさないことや、そのくせ靴下は左右バラバラのものを平気で履いているし、寝間着を裏返しで寝ていることもあれば、朝は必ずエスプレッソではじまり、ナイトキャップは必ずミシェル・クーヴルーのロックと決まっていた。

いつの間にか、私は普段のアンリの行動や状態を知るようになって、アンリが何をしているとか、何で稼いでいるとか、どういう野心があるのか、とか、そういうことはもうどうでもよくなっていた。

とにかくアンリがそこにいるということだけで十分であった。だから時々、出会った頃のアンリ・フィリップのことを思い出すと、同一人物とは思えなくて、一人で首を傾げたり、思い出し笑いを浮かべていた。

「どうしたの？」

日曜日、アンリは食堂のテーブルの上に校正済みのゲラを広げて、大作家のような感じで鉛筆を握りしめていた。校正者やムッシュ・フォンテーヌが鉛筆で出した疑問を一つ一つ精査していた。それを初校と呼ぶことも教えて貰った。結構、びっしりと鉛筆が入っている。ページによっては真っ黒になるほどの細かい修正提案で埋め尽くされていた。

老眼鏡をかけている。それにはべっ甲風の眼鏡チェーンが付いていて、それがアンリの胸のあたりに垂れ下がっているせいで、頭が動くたびにチェーンも揺れて、じゃらっと音をたてた。

そういうのが全部、とっても絵になる、と思い、一人ニヤけた。やっている本人はゲラの直しが大変なようで、時々、首を捻《ひね》ったりしているのだけど、じゃらじゃらと鳴るチェーンの音は数珠を揉む音を連想させて、私には心地よく響くのであった。

私はそういうアンリの仕事姿を眺めているのが好きだった。小説家になればいいのに、と思うのだけど、今の時代は本が売れないし、そういう気持ちで本を出したいわけじゃない、といつだったかアンリが呟いた。

「最初は何がなんだか分からないまま、言われるまま、小説を書いてみたのだけど、これは言わばまぐれの作品で、僕は自分が、皆さんが期待するほど小説家に向いているとは思ってない。ただ昔から脚本を書くのが好きだったし、小説を読むのも好きだったから、やってみただけで、正直、この年で作家業に軸足を移すのは無理だし、こんなこと言ったらムッシュ・フォンテーヌやバンジャマンには申し訳ないけど、乗りかかった船に過ぎないというか、もしかしたら、これが周囲の仲間たち、投資家たちを驚かす起爆剤になるならラッキーくらいの程度。真剣に文学に向かっている人たちには言えない不純な動機なんだ。この作品はビギナーズラックみたいなところがあって、世に出て、間違って仮に読者がついたとしても二作目を書くかどうかは分からないし、いや、もう書けないだろう」

その割にはものすごく集中して小説に時間を注ぎ込んでいたし、直しをやっている時の気迫も半端ではないものを感じた。彼一流の照れのようなものがあるのかもしれないが、どちらにしても、私はアンリが家の中でこうやって自分の作品と向き合っている姿が大好きだった。

何かこういう生活、つまり夫が物書きで、出来上がった作品の第一の読者でいられるような人生にどこかで憧れていたようなところもある。私自身は物書きにはなれないけれど、でも、物語を読むのや物語の映像化について考えるのは好きなので、この時間が愛おしいし、いつまでもこの状態が続いてくれたらいいな、と思っていた。

夕方、母が子供たちを連れてやってきたので、みんなで食事に出かけた。アンリから、娘さんらともっと会うようにしてほしい、僕のせいでお子さんとの関係がないがしろにされるのは心苦しい、とことあるごとに言われた。

「君が娘さんたちと会っている間、自分はサン＝ルイに帰っていればいいだけのことだから」

私はアンリさえ嫌じゃなければ一緒にいてもらえないか、と返した。結婚をするなら、新しい家族の形態を作らないとならないし、娘たちもアンリのことをもっと知りたがっていたし、知る必要があったから……。

「もちろん。あの子たちがそうしたいと言ってくれるなら僕は喜んで」

ということで週末、土曜か日曜のどちらかはみんなでご飯を食べる日、と決まった。

最初はアンリとの同居に反対していた娘たちも、次第にアンリに対して心を開いてきた。それはひとえに母、トモコの広報活動の賜物《たまもの》だったと言える。彼女は娘たちにアンリの才能を吹聴《ふいちよう》し続けた。ジャン＝ユーグしか大人の男を知らない娘たちにとって、アンリは緩やかな時間と共に頼りになる存在へと変化していたのだ。

メトロの駅の近くに、小さいけれど、カウンターだけのバーを見つけた。家飲みでもよかったが、ずっと家の中というのも疲れる。手頃で、でもお酒に詳しいアンリが心惹かれる英国風のバーがたまたま近くにあったので、その端っこの席に座った。

薄暗い店内で、娘や母のこと、それからこれからのことなんかを、語り合った。何が違うのだろう、と私はアンリの横顔を見ながら思った。ホテルのバーで飲んでいた時の二人と、今の二人……。同じ二人なのに、何かが違っている。

私もいつの頃からかアンリと同じウイスキー、ミシェル・クーヴルーを嗜むようになっていた。

「とっても美味しいけど、どうして、いつもこのウイスキー？」

私は何気なく訊いてみた。どうでもいいことだったけれど、どうでもいいことを知りたかった。なぜ、彼がいつもこのウイスキーを飲んでいるのか、それは、自分が愛されるための小さな理由に繋がる気がしたのだ。

「ウイスキー造りのほぼ九十五パーセントはどういう樽《たる》で熟成させるかで決まる。どういう生き方をしたかでその人間の磨きが違うように」

心地よく酔ったアンリの目が撓《しな》っていた。私は香るように黙っていた。

「このウイスキーはスコットランドで三年寝かされ、その後、最高品質のワインを生み出すブルゴーニュ地方ボーヌの外れにあるこの製造者の地下室でシェリー樽に移し替えられ、さらに十数年の歳月を熟成にあてられるんだ。英国の原酒がフランスで花開く。僕はこの、静かに人知れず美しくなるために積み重ねられた時間が好きなんだよ」

ロックを頼んでそれがどんどん氷で薄まっていくのを待ちながら、ちびちびやるのが好きだった。そうすることでその愛しい時間をいつまでも楽しむことが出来たから。その間にアンリはもう一杯か二杯は飲んでいた。

「結婚についてだけど、もちろん、急ぐ必要もないが、逆に言うと、先延ばしし続ける必要もないのかな。マリエはどう思ってる?」

不意にアンリが話題を変えた。

「ええと、そうね。急ぐ必要はないけど、たしかに、先延ばしする理由もない」

アンリはグラスを握りしめたまま、うん、と呟いた。

「それなら僕よりマリエの方がもっと忙しいと思うけど」

「そんなことない。私は所詮、会社員、どうにでもなる」

ちょっと急に結婚へ話しがシフトしたので、ドキドキしてしまった。もしかすると、酔っているのかもしれない。このフランスで熟成されたウイスキーのせいで……。

「マリエがいいなら、先に結婚をしてしまうという手もある」

結婚という響きに心を摑まれてしまった。

「君はフランス国籍持ってるの?」

「ええ、もちろんよ。私はフランス人だから」

「じゃあ、出生証明書とか、結婚に必要な書類を揃えないと」

心臓が暴れ始めたので、私は慌ててウイスキーを舐めた。まだ薄まり切れていない状態のミシェル・クーヴルーをぐいと口に含んだので苦味のせいで顔がクシュッとなって、ごほ、ごほ、と咳き込んでしまった。

「最低限のことが出来たらいいかな、再婚だし」

「区役所にとりあえず申請しに行かなきゃ」

アンリがこちらを振り返った。口元に優しい笑みが浮かんでいる。

「うん、そうだね」

思わず、言葉がフライングしてしまった。まるで包丁やまな板を買うのを決断する程度の軽さにしか聞こえなかったかもしれない、と反省したが、アンリが笑ったので、救われた。

「じゃあ、そうしようか？　明日にでも必要書類をお互い取り寄せることにしよう」

「明日ね、ＯＫ」

ＯＫ、とは言ったが、意味を完全に理解して出た言葉ではない。いきなり具体的な、しかもものすごく近い未来の話しをされて、茫然《ぼうぜん》となり、圧倒されて、ＯＫ、と言って逃げたに過ぎない。

でも、今これに乗らないともう結婚はないのかもしれない、という気持ちに急《せ》き立てられてしまい、急行電車の閉まるドア目掛けて飛び込んだような勢いで私は、よろしくお願いいたします、と彼に言ってしまったのだ。

不意に、結婚することになるのだ、と思うと不思議な感情に心が揺さぶられ、落ち着かなくなった。私、再婚するの？　アンリの妻になるのね、と心の中で確認していた。本当に？　本当にそれは実現するの？　いつ？　必要書類が揃い次第よ。嘘、誰か私を騙そうとしてない？　誰が？　アンリが……。

「じゃあ、向こうの部屋はどうするの？」

私は冷静を装って質問をした。

「向こう？」

「サン＝ルイ島の部屋」

「ああ、あれは、あのままで大丈夫。お金が発生しない物件だから、倉庫代わりに、あるいは事務所にしてもいいし。どうでもいい部屋だから、徐々に考えようか？　それよりも、僕らの新居を考える必要があるかもしれないね。暫くは今のマリエの部屋に間借りさせて頂いて……、でも、ナオミとノエミのこともあるし、じきに広いところに越さなきゃならないね。物件を探して、みんなで引っ越してもいいね」

「いいの？　娘たちも一緒で」

「当然じゃないか。あの子たちはまだ小さいからお母さんが必要だよ」

「ありがとう」

「なんとなくあの子たちも懐いてくれたし、反対する人はいない。トモコさんとも僕は気が合うから、お母さんさえよければ五人で暮らすのもいいね」

「本当に？」

「だから、嘘はつかないよ」

私はそこでもう一口、ウイスキーに口を付けた。母のことがとっても気になっていたので、一緒に暮らしてもらえると分かって私は飛び上がるほど嬉しかった。アンリが神様に思えた瞬間でもあった。

「それなら、新しい部屋を借りるよりも、父が残した実家のアパルトマンに住むのはどう？　あそこ、無駄に広いし、使われてない部屋もあるし、リフォームすれば使いやすくなる」

アンリの視線が一瞬、中空を当てもなく移動した。ああ、と思い出すように呟き、それから私の目に再び戻って来た。

「結婚を記念して、あそこを大改築するのよ。それくらいのお金は銀行で借りられるし。アンリが快諾してくれるなら、さっそく母に話して……」

「いいですよ、異存はない。ならば、やっぱりすぐに書類を揃えなきゃ」

アンリは微笑みながら頷いていた。嬉しくなって私はアンリの腕に自分の手を伸ばした。その頼りない手を彼はもう一つの手で優しく温かく握りしめてくれた。気が付けばその瞬間、いつの間にか、私の再婚が決まっていた。

26

アンリが、もしもアンリが嘘つきだったら、と考えることがあった。私と夫婦になるというのがすべて嘘だとしたら、と考え、息を呑むことがあった。

その時、私はRER（パリ近郊鉄道）の中にいた。シャン・ド・マルス＝トゥール・エッフェル駅でC線に乗った。サン＝ミッシェル＝ノートルダム駅までは一本だった。なんとなく人々が距離をとって、近づかないようにしているのが分かった。私は窓際の折り畳みの椅子に腰を下ろした。

満員ではないけれど、人が割と近くにいるのを感じる。目の前に黒人が二人、学生だと思う、まだ若いアフリカ系の青年たちがいた。通路を挟んだ席に白人の年配のマダムが座っている。目が合った。神経質そうな眼付きをしている。どちらからともなく、視線を逸らした。手すりを摑んで立つ会社員風の男、小太りで、肌の色からするとアラブ系かもしれない。私の横に白人の若い男性がヘッドフォンを被《かぶ》って、身体を揺さぶりながら音楽を聴いている。通路を挟んで右手横に女性が二人、一人は若く褐色の肌をしている。もう一人は私と同じ黄色人種だ。たぶん、タイとかベトナム系であろう。フランス語の本を持っているので、観光客じゃない。

ミュゼ・ドルセー駅で中国系の観光客三人組がトランクを抱えて乗って来た。黒いマスクをしていた。斜め前の年配のマダムが眉間に皺を集めてあからさまに嫌な顔をした。三人は中央に立った。マダムと私のちょうど間に陣取り、中国語で何かを話し始めた。

その時、その中の一人が咳き込んだ。すると「車内で咳をするなんて非常識だわ」と白人のマダムが叫び声を張り上げた。全員がマダムを振り返った。電車が走り出しており、ぎー、ぎーと軋《きし》む金属の鈍い嫌な音が車内に響き渡っている。

「あっちの車両に行ってよ。私の前で咳をするなんて、殺すつもりなの?」と怒鳴っていた。そしてこともあろうに、その婦人が持っていた雑誌で中国人たちのトランクを叩いたのだ。

目の前に座っていた黒人の青年が、やめてください、と言った。この人たちは観光客でフランス語が分からないんだ。するとマダムは「次の駅で降りなさいよ。こんな狭い車内で咳なんかするのは許せない」と叫び出した。私は立ち上がり、興奮しないで、嫌ならば、あなたが別の場所に行けばいいんじゃないですか、と言うと、その人は「お前は国に帰れ」と叫び出した。

立ち上がって今にもとびかかりそうなマダムの腕をその前に立っていたアラブ系の男性が摑まえて、落ち着いてください、と言った。

電車が駅に着いたので、扉が開いた。「あなたの傍にいると人生が汚染されるから」と私は言い残し、電車から降りることにした。私に続く形で中国人の観光客も外に出た。私は英語で「あなたたちは降りる必要はないよ」と言った。「でも、ああいう目で見られているのは耐えられないから」と真ん中の若い女性が流暢なフランス語で返してきた。

気付かないうちに、何か、ギスギスした空気がパリを支配していた。サン＝ミッシェル＝ノートルダム駅で降り、スタジオまで少し歩く。でも、考え事をするにはちょうどいい距離であった。

カルディナル・リュスティジェの小さな橋を渡り、観光客で溢れかえるシテ島に入った。右手にノートルダム寺院が見える。火災で焼け落ちた尖塔《せんとう》を囲むように工事用の足場が組まれており、どんよりと曇っているからか、ギプスのようで痛々しい。

行けるところまで進み、立ち止まり、見上げた。ＲＥＲの中での出来事が頭の中を過《よぎ》る。心を落ち着かせるために、小さく深呼吸をしてから、手を合わせ祈った。

母はクリスチャンではないが、父はクリスチャンだった。父が描く教会はどれも少し傾斜していた。なんでなの？ と質問したことがあった。すると父は、まっすぐな世界が苦手なんだ、と笑いながら言った。

「宇宙に行くと分かることだけど、水平とか一直線というものが存在しないんだ。そういうものはすべて人間が作ったものだからね。定規で線を引く、というのはとっても人間的な行為なのだよ。つまり自然じゃない。火星にも月にも直線は存在しない。パパがね、パリが好きなのは、どの建物もちょっと歪んでるところだ。建物が古ければ古いほど傾斜している。近代的な都市は人間が定規で作った世界だから、描きたいと思わないんだよ」

だから私はまっすぐ歩かなくなった。きっと父に近づきたかったのだと思う。子供の頃の私はまっすぐに歩かず、歩道を少しずつわざと斜めに歩いたり、急に曲がってみたり、円を描いたりしながら歩いた。久しぶりにその時のことを思い出し、スタジオまでいろいろなものを、柱を、街路樹を、人を、車を、迂回しながら進むことになる。


突貫工事のようなこれまで一度も経験したことのない怒濤《どとう》の編集作業が進んでいた。カメラマンによる画像の色調整を同時に行いながら、一方でCGのチェック、アフレコ、エンドタイトルのチェックなどを並行して行った。

さらに私と監督は編集室の階上にある少し広めの音響のスタジオに場所を移し、音響技師と共にファイナルダビングと呼ばれる最終作業に入っていた。カンヌに提出する期限は過ぎていたが、バンジャマンやルメール監督のこれまでの実績や、映画祭運営首脳部との長年の付き合いのおかげで、私たちに特別な猶予を与えてくれていた。

本来ならばぎりぎり間に合うはずのスケジュール進行だったのに、ずれ込んだことには私の責任もある。監督と私は過去にないほど険悪な状態に陥っており、そのことが作業全体に遅れを生じさせていた。その上、完璧主義者の監督が、カンヌへの出品よりも作品の完成度を優先させたいと言い張り、それは半ば私への当てつけでもあり、その板挟みで、スタジオに行く度に熱が出てしまった。

へそを曲げた監督が嫌がらせのように作業を遅らせ、私は必死で彼の機嫌をとり、そのせいで、作品第一主義とは言い難い状態になっていた。

夕方、頭から終わりまで全員で作品《ラッシュ》を一度通しでチェックすることになり、エグゼクティブ・プロデューサーであるバンジャマンがスタジオにやって来た。スクリーンの前のソファに、監督、バンジャマン、私が並んで座った。コンソール卓側に編集、音響の各技師が座している。

「いつでも始められます」

音響のアシスタントが言った。

「じゃあ、そろそろ、上映を始めましょう」

と私が告げると、室内の灯りが消され、スクリーンに映像が流れ始めた。

「どうやら、今年のカンヌはあのウイルスのせいで延期、もしくは中止になるようだ」

とバンジャマンが監督と私に告げた。

「詳しいことは来週分かるけど、さっき、内々にそういう情報が届いた。とはいえ、このまま予定通りに作業を進めて、終わらせなければならない」

監督は何も言わなかった。息が詰まるような空間だった。七十平米ほどの広さがあったが、私にとってはものすごく居心地の悪い密室にしか感じられなかった。私のすぐ横にはルメール監督が腕組みして鎮座していた。

その時、不意に、監督が咳き込んだ。乾ききった空咳であった。

私は十五区の区役所にアンリと出向き、夢でも見ているように、揃えた必要書類を婚姻の窓口に提出した。隣にアンリがいて、手続きの間、ずっと微笑んでいた。私たちを担当したのは年配の女性で、パソコンを覗きながら、六月六日ですね、と確認してきた。

「おめでとう。午前中、可能です」

私は驚き、訊き返した。

「大丈夫なんですね？」

「ええ。本当にすごいこと、この土曜日の午前中だけ、空いているわ。あなたたち、幸運よ。おめでとう。この日、二人は夫婦になるのよ」

私はアンリを振り返った。アンリが私を引き寄せ、抱きしめてくれた。

「明後日以降、そこの入り口の掲示板にあなたたちの名前が張り出されます。この二人が六月六日に結婚しますよ、ってね」

「本当ですか？」

私が訊き返すと、あなた、初婚じゃないのに、忘れたの？　とその人は笑顔で言った。

「十数年も前のことだから、忘れていました」

「そうね。新しい気持ちでいきましょう」

私がジューンブライドを希望したのだ。少し先になるけど、いろいろと準備もあるし、その方がいいと思っていた。六月ならば、素晴らしいスタートが切れる。その日、六月六日の土曜日、十五区の区役所で友人や知人に囲まれ、私たちは結婚式を挙げることになる。テモワン（証人）に引率され、みんなの前で区の偉い人に祝福の言葉を貰い、署名をして、正式の婚姻届が受理されることになる。それは以前の世界のその時点から、三か月後のことであった。

区役所を出たところの広場で、私たちはもう一度抱き合い、キスを交わした。アンリの胸に顔をうずめ、私は幸福を噛みしめていた。今という以降の世界から振り返ると、本当に、あの時の幸福しかなかった可愛らしい自分に、涙が溢れ出てしまう。あの瞬間の私は真実、美しかった。

27

何か、何もかもが、すっきりとせず、気怠《けだる》かった。微熱が続いていたし、息を吸おうとすると肺につっかえるような抵抗を感じる。ちょっと歩くと、息切れがし、疲れやすくなった。

まさか、ウイルスに感染したのじゃないか、と想像するのだけど、テレビを通してよく見る、重篤な感染者の状態には程遠かった。風邪かもしれないし、単純に疲れが出ただけかもしれない。監督からたくさんの嫌がらせを受けたので、映画の完成を目前にして、一気に疲れが噴き出たのは間違いない。

午後の会議が終わりデスクに戻って事務作業をしていると見覚えのない電話番号が液晶に現れ、静かに私を呼び続けた。仕事用の携帯電話なので出ないわけにもいかなかった。

アロ？　と男の人の声が飛び出してきた。

「マダム・サワダの携帯でしょうか？」

「はい、そうですけど。どちら様？」

「あ、よかった、ラファエルです。分かりますか？　キャプテン・アンリの」

「ああ……」

私は周囲に人がいないことを確認してから、わずかに声を潜めた。会社支給の携帯なので、個人的なことで使うことは一応禁止されている。

「実は、ちょっとアンリのことであなたに相談をしたいことがあって。大変、失礼かとは思いましたが、悩んだ挙句、電話しています。あの、出来ればこの件はアンリには内緒にしてもらいたいのですが、すいません……」

いつもは「君」なのに、なぜか、今日は「あなた」を使って丁寧な口調であった。

「どういうこと？　私、あまり隠し事が出来ない性格なもので」

「そうでしょうね、そう言われると思っていた。もちろん、フィリップさんの耳に入っても最悪の場合、構わないのだけど、問題がお金に関することなので、それにまだ僕自身、騙されているのかどうか、確信が持てずにいて、会のメンバーの誰に相談をしていいのか分からなかったから、年も近いし、あなただと思って、頂いたお名刺に電話をさせてもらった次第です」

私は警戒した。この先、このタイミングで、この人と話しをしていいものか、話しをすると結婚の件がなくなるのじゃないか、という恐れが頭を過った。

アンリが嘘をついているかもしれないという不安は出会った頃からずっと付きまとっていたもので、それをなぜ今日、このタイミングで蒸し返されるのだろう、と驚いた。でも、ラファエルの声には誠実さが籠っていたし、これまで何回か同席した時の印象も悪くない。

騙されているのかどうか、確信が持てずにいて、という言葉も耳奥を焦がしている。

もしアンリに暗部があるなら、そこを見ないで結婚するよりも、もっと彼のことを知ってからでも遅くないのじゃないか、ともう一人の私が冷静なことを言いだした。或いはこのラファエルという人が嘘をついているだけで、そこを見極めるために会っておいた方が今後のことを考えるといいのかもしれない。

「マリエ？」

「聞いてます。ちなみに、どういうお話しになるの？　それによっては会えないかもしれないし、会わなくてはならないかもしれないから」

「お忙しいところにこのような個人的な話しをさせてもらって恐縮です。実は簡単に言うと、貸したお金を返してもらってないのですよ」

私の目と心が泳いで、小魚のようにどことはいえない場所へと逃げ込んで、間もなくすっと消えてしまった。思わず瞬きをして、なんですって、と訊き返した。

「立て替えた二十五万ユーロほどが戻ってこない。他のメンバーにもそういう人がいないか、調べておく必要があるかな、と思いまして……」

バンジャマンが部屋に戻って来て、自分のデスクで作業をはじめたので、私は取り急ぎ話しをまとめることにした。

「分かりました。では、今日でもよければ、小一時間お会いすることが出来ます。御都合はいかがですか？」

心配事を長引かせたくなかったので、私は帰宅する前にオペラ地区のラウンジ・カフェでラファエルと会うことになる。


不意に気が重くなり、タクシーの中で、一瞬、胃痛に襲われた。腹部に手を当て、胃の痛みを必死で堪《こら》えることになる。明るかった未来が黒々とした雲に覆われてしまったような不安に見舞われてのストレスに違いない。

車寄せにタクシーが停車した時、すでに待ち合わせの時間よりも十分ほどが過ぎていた。私は胃の痛みを堪えながら小走りでラウンジへと向かった。

ラファエルは人目につかない階段近くの席で私を待っていた。でも、一人じゃなく、すらっとした年配の女性と一緒であった。

「僕の顧問弁護士でありビジネスパートナーのステファニー・チェンさんです。この方もフィリップさんの被害にあっている方なので同席してもらうことにしました」

その人が名刺を取り出したので、私もバッグから自分の名刺を取り出した。テレビCMなどでよく見かける大手弁護士事務所の名刺であった。「国際弁護士　ステファニー・チェン」と印刷されてあった。背が高く、痩せていて、神経質そうな顔つきである。

簡単な挨拶をした後、私たちは席に着き、向き合うことになる。胃痛はなんとか治まっていたが、気持ちは重苦しく、私の視線が落ち着くことはない。ラファエルはキャプテン・アンリのソワレで見せる一番年少の気遣いに溢れたいつもの笑顔ではなく、隣のご婦人同様、どこか険しい顔つきを崩すことがなかった。

「どの程度、僕とフィリップさんの関係を知ってらっしゃるか分かりませんが、僕は今から十年前にフィリップさんがやられていたアンリ・フィリップ・ビジネス塾の第一期塾生でした。そこで経営に関わるイロハを学びまして、今までに三つの会社を起業しています。チェンさんは僕が最初の会社を起業した時、フィリップさんの紹介で親しくなり、僕の会社の顧問弁護士を引き受けてくださっただけじゃなく、三つの会社すべての出資者でもあります」

二人きりでの話しだと思っていたので、そこに第三者が加わったことで、私もいつものような馴れ馴れしい感じでラファエルと向き合えずにいた。ステファニー・チェンは口を真一文字に結んだまま、微動だにせず、じっと私のことを観察するように見つめていた。

「最初に誤解のないよう申し上げますと、今日の僕があるのはひとえにフィリップさんのお力添えによるもの。彼に様々な業界の方々、チェンさんもそうですけど、ご紹介頂いたおかげで僕の人生は盤石なものとなったし、その上で今日の成功があるわけです。成功と偉そうに言っていいのか迷いますが、今こうして自分がここにあるのは、フィリップさんのおかげであることに間違いはない。フィリップさんから折に触れ、頂戴したアドバイスが僕に経営者としての未来を与えてくれたのも事実です。ですから、この程度の金額でぎゃあぎゃあ騒ぎたくはないのですが、この関係がこのまま進んでいくのもどうかと思いますし、これ以上、お金を要求されるとよくないとも思いまして。ともかく他の人とはどういう関係なのだろう、と思ったので、今日、電話をさせて頂いた次第です」

なるほど、と私は答えた。それがその時の私の精一杯の反応であった。

「先ほど、電話で説明した通り、フィリップさんに貸した総額はおよそ二十五万ユーロ。でも、最初に二万ユーロほどを貸したことがあり、それは二か月後に全額返して貰っている。そこで一度返して貰えたという安堵感が、その後の立て替えへの引き金となります。二年ほど前に、フィリップさんに言われイベントを手掛けることになり、二十人くらいの投資家をトゥルーヴィルの高級ホテルに集結させ、結構派手なゴルフ&パーティを開催したのですけど、その時にうちが立て替えた額が十万ユーロほどでした」

「トゥルーヴィル……」

「ええ。トゥルーヴィルの、レ・ロッシュ・ノワールのすぐ隣に、ノルマンディ調の歴史的建造物に指定されている戸建てのホテルがありまして」

私はすぐにそこがどこだか分かった。再び、目の前がぐんと暗く落ち込み、胃がキリキリと痛み出すことになる。

「実はそこ、僕の知り合いの不動産会社が経営する別荘型ホテルなんですけど、ちょっと特殊なホテルでして、特別な一組だけが宿泊出来る一軒貸し切りのホテルなのです。表向きどこにもホテルなんて看板は出ていなくて、個人の別荘にしか見えません。お金持ちが隠れ家的に使うことが多い。そこを借り切ってフィリップさん関係の投資家向けのイベントを開催させて頂きました。それも二回……」

私はこの場から立ち去りたいという気持ちを我慢し、ラファエルの話しに耳を傾けることになる。

「そのイベントにかかった費用はすべてうちの会社で一時的に立て替えさせて頂きまして……。もう二年前のことなんですけど、でも、未だ返してもらっていません。その他にキャプテン・アンリのソワレの食事代などがあるので、合計で二十五万ユーロという感じです。最初に貸したお金が戻って来たので、つい、安心して貸したという経緯もあります。それにこれまで世話になってきたし、その時のイベントで、もともと顔見知りではありましたがガスパールさんやマーガレットさんとの強い関係が生まれ、今日に至っているので、マイナスではない……。ガスパールさんは僕の仕事に関心を抱いてくれており、投資を検討したい、とおっしゃってくれているので、この件、ガスパールさんには相談出来ずにいます」

「なんで私にこの話しを？」

「最近、お見掛けしなくなったので、もしかしたら自分らと同じような被害を受けていらっしゃるのじゃないか、と……」

ラファエルが使う丁寧語が鼻についた。

「被害？」

「被害というか、被害かどうかまだ分からないけど、お金を返してもらえればとくに問題ないんです。変な言い方ですけど、僕もどうしていいのか分からず迷っている。勉強代だと思えば割り切れますが、でも、二十五万ユーロですからね、三十八歳の僕には決して少ないお金ではない。何か担保でもあれば納得も出来るのだけど……。マリエはフィリップさんにお金を貸したことはありますか？」

「え、ああ……」

と口にして、三千三百ユーロのことを思い出し、一瞬、言葉が詰まってしまった。

「ラファエルさん、アンリは返してくれないの？」

「二年経ちますがまだ戻って来ません。返す、必ず返す、と言い続けているのだけど」

すると、ステファニー・チェンが、それが彼の手口なんですよ、と口を挟んだ。

「返すと言えば、罪にならないから、返すとしか言わないわけです」

弁護士らしい物静かだが強い口調である。

「チェンさんも結構な額をフィリップさんに貸している」

「差し支えなければ、チェンさんが貸した金額を聞いてもよろしいですか？」

私がおそるおそる訊くと、五十万ユーロ、という驚くべき数字が彼女の口をついて飛び出してきた。

「返す、返すと言いながら、戻ってくる気配はない。返せる当てなどないのだから戻ってくるわけはないのだけど、もうすぐまとまったお金が入るから、とその一点張りです」

私は喉元を締め付けられるような苦しい感じになった。息が出来なくなったので、二人を前に、口を半分開いて急いで空気を肺に入れなければならなくなった。

「とにかく、このまま泣き寝入りはよくない。だから、今日、こうして僕らは集まっているわけです。マリエも被害者だと分かったので、集まった甲斐《かい》があった。僕らは結束してフィリップさんから貸したお金を取り戻さないとならない。被害者の会を結成しましょう」

「ちょっと待って。私は貸したお金は戻ってきましたし、それもわずかな金額です」

「あの、よろしいですか？」

ステファニー・チェンが今度は絶妙なタイミングで私たちのやりとりに割り込んできた。

「あの男は八方美人で誰に対してもいい顔しか出来ません。ああ見えて、嫌われるのが怖い。だから、よく八方塞がりになる。お金を回すのが彼の得意技なんですが、回らなくなると、弱いものにその尻を拭かせる。ムッシュ・ラファエルのような、彼がよく使う弟分というのに、責任を押し付けるわけです」

「あ、チェンさんも元はキャプテン・アンリのメンバーでした。僕はそこでチェンさんとも知り合っている」

私は今すぐここを去るべきだった。ここにいてはいけない、と自分に言い聞かせた。

「そろそろ会社に戻らないとならないのですが、その、お二人は訴えないのですか？」

「お金が戻ってくるなら訴えますけど、自己破産されてしまうとすべてはパーになるから、それは避けたいの」

ステファニー・チェンが口早に告げた。

「彼を嫌う人はいないんです。みんなアンリのことをどこかで面白がっている」

チェンを遮るようにラファエルが続けた。

「被害にあっている人間たちはみんなアンリのファンです。だから裁判を起こしてまでお金を取り返そうという人間はいません。僕だって来週水曜のキャプテン・アンリのソワレに顔を出すつもりですから」

「え、そうなんですか？　なんで？」

私は驚いて、声を張り上げてしまった。

「あの、何度も言うけど、僕はアンリのことを尊敬している。ただお金を返してもらいたいだけなんですよ」

何か堂々巡りのような話しになりそうで、私はバッグを摑んで退席の準備を始めた。ここにこのままいると結婚話しが本当に破綻する……。

「あと、マリエのことを会のメンバーにアンリが紹介したのは、自分は映画業界にも太いパイプがあるのだってことをひけらかすためでした」

ステファニー・チェンが断言した。ラファエルが私に反論の余地も与えぬ勢いで続ける。

「自分の脚本の映画化の動きがあるので、力を貸してもらえないかと……。すでに簡単な企画書が存在し、フィルム・デリプスの名前も入っていましたが、マリエ、そのこと知ってます？」

私は息が出来なくなってしまった。

「やっぱり、知らないんだ……」とラファエル。

「アンリがやりそうなことだわ」とチェン。

「うちの会社はどういう関わりと書かれてましたか？」

ラファエルはカバンから一枚の書類を取り出し、私に差し出した。映画化の企画書であった。しかし、私は凝視出来ないでいた。

「マリエの影響力って、実は自分が思っているよりもずっと大きいんですよ。アンリがマリエを彼の会によく招いていたのはあなたを通してフィルム・デリプスを利用したいという思惑が……」

「ちょっと待って！」

私は二人の話しを遮って、企画書を握りしめて、立ち上がった。でも、ラファエルはやめない。彼も立ち上がり、私の行く手を塞いだ。

「僕らは個人の起業家に過ぎませんが、フィルム・デリプスは多くのヒット作を生み出してきた有名企業だ。企画書に名前が載っていれば、誰だって信じますよ。アンリは僕の会社を一時的にその窓口に利用出来ないかと相談してきた。でも、二十五万ユーロのことがあるし、断りました……」

もう言葉が続かない。

「お金にルーズなので、そこが一番心配です。話しには破綻がないし、アンリはたしかに頭がいい。だから、みんな信じちゃう、あの雰囲気だし……。気が付くと、あれこれ僕が払うことが多くなり、アンリはいくら借りているのかさえ分からなくなっている始末。そうだ、はじめてマリエに僕らがお会いした時の食事代金だって僕が立て替えている」

嘘、と私は声に出して驚いてしまった。

「嘘じゃないよ。僕が払った。ちょっと、待って、証拠があります」

と言って、ラファエルがアジェンダを取り出し、ぱらぱらとページをめくり、その日のページを私に見せてくれた。領収書がセロハンテープで貼り付けられており、店名も日付も、参加メンバーも書かれてあった。さすがに私は愕然《がくぜん》としてしまった。

「どうかしましたか？」

「アンリは、自分が払った、と言っていたので……」

「本人はそう思い込んでいるかもしれないですね。悪気なく……。一時的に借りたけど、あとで返すのでご馳走したという感覚でしょう。でも、あの日は、慌てて出たから財布を忘れたので、お前払っとけ、と言われたんです。一ユーロしか今はない、あとで返すからと……」

私の視線が所在なくどことは言えない場所を彷徨《さまよ》った挙句、そのうち動かなくなってしまった。

「アンリ・フィリップとはそういう人間です。私は彼とは三十年来の旧知の仲ですけど、人を利用する天才なの。こいつは役立つ、この人は利用する価値がある、という風に、人を利用することしか考えてない。そのくせ、外面《そとづら》がいいから、人前で声を荒らげることはせず、揉め事にも加わらない。あの大きな身体ですし、ちょっといい男だからか、その雰囲気でみんなが騙される。お金は返すと言い続ける。天才的な詐欺師のパターン」

「ちょっと、言い過ぎじゃないですか？　あなたに何が分かるの？」

私は絶望の淵《ふち》にいながら、でも、最後の力を振り絞って、抗議した。アンリのことを守り切れないと分かった上での、空《むな》しい抵抗に過ぎなかった。するとステファニー・チェンが私を奈落に突き落とすようなことを口にしたのである。

「分かりますよ、だって私があの男の面倒をみてきた。誰よりも彼のことをよく知っているのは当たり前です」

「……奥さまですか？」

私は目を見開き、まっすぐに、はじめてステファニー・チェンの顔を覗き込んでいた。

「今は違います。三年前に離婚してやりました。あの男があまりにいい加減だから。我慢に我慢を重ねて付き合ってきたけど、やっと気が付いたの。あの男は私をただの金づるとしか思っていなかった、ヒモです。私がいたからこそアンリ・フィリップ・ビジネス塾もやれた。私が資産家の娘だったから結婚したに過ぎない。私に借りた五十万ユーロを返すつもりなど毛頭ない。子供が二人いるので、私が訴えないと思っているのよ。しかも、私とラファエルが出来ているだとか、訳の分からないことまで言いだして、それを理由に離婚を迫られた。全くの言いがかりで、話しにならない。頭がいいから、人を誘導するのが上手なんです。私を言葉で穏やかに包囲し、短気な私の口から離婚を先に持ち出させる。実質首切りなのに円満退社を迫る大企業みたいなやり方です。私はこんな男のために三十年も自分の人生を捧げてきたのかと思うと呆れてしまって……、ならば、と自分から離婚を宣言してやりました。ねちねちいつまでも言われるのは嫌でしたからね、なのに、予期せぬ離婚で追い出され、暮らすところがないと偉そうに言い張るので、私が持っているサン＝ルイ島の小さな物件に住まわせています。もちろん、家賃など払うつもりもない。子供たちさえいなければ、私は彼を警察に突き出しているところ……」

私はもう何も聞こえなくなっていた。音のない世界で立ち上がり、二人をじっと見下ろしていたのだ。頭のてっぺんから何かどろっとした血のようなものが、足元目指して下りていくように思えた。熱っぽかった。頭が朦朧としている。倒れるのを必死で堪えていた。

「マリエ」

私は、結婚出来なくなった、と悟った。意識が遠のいていく……。

「マリエ、大丈夫?」

私は、ちょっと気分が悪くなった、と言い残しそこを出て行くことになる。冷静にならないといけない、と混乱する自分に言い聞かせ、とにかく前に向かって歩き出した。夜風にあたって頭と心を冷やす必要があった。


もはや疑念しかなかった。彼らが私に伝えた衝撃的な事実は、ラファエル一人ならまだしも、そこに元妻のステファニー・チェンまで加わって、真実味が増した。そのせいで私はもはや廃人同然となった。

見えるもの感じるものすべてがこれまでとは違っていた。あらゆる価値観が失われ、絶望を通り越し、私はまるで屍《しかばね》のようであった。何度も足がもつれてよろけ、建物の石壁に手をつき、その都度、立ち止まらないとならなかった。

私の知らないアンリのもう一つの素顔……。あの最悪なジャン=ユーグよりも酷い人間に思えてしまったことが何よりの衝撃を私に与えた。ステファニー・チェンの発した言葉がすべて本当のことであれば、私は最悪な人間を愛してしまったことになる。一瞬にして、私の幸福は崩壊した。私の目の前には破壊しつくされた未来が広がっていた。もはや生きるための最低限の気力さえ残っていない。


小雨が降っていた。車が濡れた道を飛ばすものだから、目の前を過る度に荒波のようなざらついた割れた音が打ち寄せてきた。雨のせいでか、涙腺が緩んでいるからか、視界がぼんやりと歪んで、油膜がかかっているような状態となった。

どっちに行けばいいのか分からず、暫くの間、オペラ通りの中ほどで、流れていく車のヘッドライトの灯りが描く光跡を追いかけながら立ち尽くした。大通りの先にオペラ座が見えたので、その光りに呼び寄せられるような感じで足を向けた。

ラファエルやステファニーが発したいくつもの言葉が頭の中で渦巻いた。私が亡霊みたいなおぼつかない足取りで、歩道の中ほどを傘も差さずよろよろしているからであろう、人々は驚き、私を避けた。

オペラ広場の濡れた路面に黄金色に輝くオペラ・ガルニエが映り、シンメトリーに、逆さオペラ座が出来ていた。実際のオペラ・ガルニエではなく反転した幻に私の視線は固着した。実物の光りのオペラ・ガルニエよりも、幻の方がより強く私の心を捉えて離さなかった。そこに私は自分を重ねていたのかもしれない。

実際の豪華絢爛《けんらん》な歴史的建造物の燦然《さんぜん》とした輝きよりも、たまたま降った雨のせいで路面に出現した逆さオペラ・ガルニエに、より儚《はかな》い美しさが宿って見えた。

それはまさに現実と虚構であった。自分と他者でもあった。知性と感性、もしくは正常と異常であり、問いと答えだったかもしれない。

文明と野蛮ということも出来たし、優位と劣位、中心と周辺でもあった。上位と下位であり、天使と悪魔ということも出来たし、建前と本音というべきものかもしれなかった。

いいや、本物と偽物なのだ。

この二項対立の世界の狭間に私はいる。たとえば、それは海と陸の間の浜辺のような、空と海の間の水平線のような、空と陸の間の地平線のような場所だった。

明と暗、男と女、内部と外部、運動と静止のような二項対立という区分は、元々一つの概念であったものを二分することにより、世界を矛盾する関係や対立する関係にもっていく哲学でもあった。

目の前のオペラ・ガルニエと幻のオペラ・ガルニエも本来は一つの概念であるはずだったが、今、そこにあるのは、雨が降らなければ出現しなかった世界であり、以前のような世界でなければ生じなかった世界であり、それはつまり、私であった。

アンリと私も二項対立の関係にある。いや、むしろアンリと私は二項対立の真実と嘘であった。いや、結婚と詐欺……。

気が付くとパリ中心部のアメリカ人などで賑わうバーの中にいた。カウンターの真ん中が空いていた。普段であればとても一人じゃ割り込めないような小さな空間であったが、気が付くと私はそこに潜り込んでいた。何を飲みますか、とバーテンダーに英語で訊かれたので、

「テキーラ頂戴。ショットがいいわ」

とフランス語で答えた。

「あれ、フランス人なんだね」

「アジアから来たウイルスだと思ったの？」

景気付けにはテキーラをショットで一気にぐいっと飲むんだ、とアンリが言ってたことを思い出した。携帯画面が光った。覗くと母からのメッセージで、

『明日金曜の授業が終わり次第、フランス全土の学校が休校になるって、マクロン大統領の発表があったのよ。仕事の区切りがついた時でいいから、電話ください』

とあった。緊急事態だったが、こちらも人生の異常事態で、電話をかける力がない。

バーテンダーがショットグラスにジガーで量ったテキーラを注いで私の前に置いた。私はお金を払い、それを摑んで一気に飲み干すと、アンリに教わった方法に従い、空になったショットグラスをカウンターに叩きつけた。空腹だったから、アルコールが染みた。痛めつけられるような強いアルコールの力で胃袋も食道も収縮していく。

すると周りにいたアメリカ人らしき男たちから歓声があがった。相手も酔っていたし、こちらもいらいらしていたので関わらないようにした。ショットグラスをバーテンダーに差し出し、アンコール、と告げた。とにかく、酔いたかった。

モヤモヤする頭の中をアルコールで麻痺《まひ》させたかった。バーテンダーはちょっと躊躇《ためら》った顔をみせたが、新しいのを私の前に置いた。私がそれを摑んで飲もうとすると、横にいた男性が、グラスの上にサッと手を翳《かざ》した。私が睨みつけると、

「ストップ」

と優しい声で言った。それ以上のことは言わなかったが、私は次の瞬間、涙が溢れ出てしまった。頰を伝う涙がその時の私の唯一の意思の表れでもあった。私はバッグから二十ユーロ札を取り出しカウンターに置くと、その男の人の手を優しく払いのけ、ショットグラスを摑んで、もう一度同じように飲み干した。男性たちは笑うのをやめて、じっと私を見ていた。

グラスに手を翳した男性が、最初の印象とは異なる分かりやすい英語で、それで最後にして家に帰った方がいいよ、と言ってくれた。私は彼をじっと見つめた。急にアルコールが全身に回っていくのが分かった。彼の言う通りだと思った。ありがとう、と日本語で呟き、そのバーを後にすることになる。

ものすごく悩んだが、何食わぬ顔というのが出来ないので、家に帰るのを諦めた。あれだけの事実を叩きつけられたので、頭の中は激しく混乱しており、整理する時間が必要だった。ラファエルたちから得た情報を自分なりに分析しなければならない。

アンリには、娘のことで実家に行くことになった、娘の傍にいてあげたいので、心配しないでください、と心をオフにした状態でメッセージを送った。

アンリは母の電話番号を知らないので彼から母に電話を入れることはない。とりあえず落ち着く必要があったから、近くにあるシティホテルをネットで探し飛び込むことに……。

そこはマドレーヌ広場の交差点に位置するホテルで、その最上階の部屋の窓辺に椅子を置き、広がる夜景を見下ろしながら、自分の心を落ち着けることになる。

アンリから二十三時過ぎにワッツアップのメッセージが一本届いた。

『大丈夫？　心配しているが、マリエのことだからきっと問題を解決されたでしょう。僕は明日、会食があるのでちょっと遅くなる。詳しい話しはその夜に』

私は、

『ありがとう、分かりました、おやすみなさい』

とだけ返しておいた。それ以上の言葉は思い浮かばなかった。


ラファエルたちが言ったことが本当なら、いいえ、あれは本当であろう。なぜなら彼らが私に嘘をついても何の得にもならないからだ。ならば私はこの後、いったいどうしたらいいのか、パリの夜の豪華な光りの明滅を見つめながら、考えた。

結婚を諦めるのが妥当だろうか、それともあの二人の言葉を信じず耳を塞いでアンリとこのままゴールインすべきか……。たとえアンリが嘘つきだとしても、すべてが嘘というわけではない……。

少なくともアンリが書いたあの小説は自身で書いたものだし、出版化の件は着実に動いている。順調にいけば夏前には書店にアンリの本が並ぶはず。他がすべて虚構だったとしてもあの作品は嘘ではない。

それに、このような世の中なので、誰にだって敵はいるし、多少の諍《いさか》いは起きるもの。

奥さんの言葉には信憑性《しんぴょう》があるものの、別れた夫への恨み節も感じた。アンリとステファニーの間に何があったのかは二人にしか分からない。ラファエルとステファニー・チェンの間に何があるのかも、正直、本人たち以外は誰も分からないこと。とくにお金が絡むことなのだから、なおさら、誰が本当のことを言っているかなんて、分かるはずもない、と私は自分に都合のいいような解釈をした。

いずれにしても私に出来ることはもう一度、調査をし直すことであった。自分が納得するために、もしかするとアンリの潔白を証明するためにも、結婚を焦らず真偽をもう少し調べてみてはどうか、とどこかでもう一人の自分が考え直したのであった。

婚姻届にサインをしたら、もう後戻りは出来ない。それに、このような不安定な状況で結婚しても気持ちが晴れない。結婚をするなら、結婚式やパーティはなくてもいいから、清廉潔白な状態で夫婦になりたいものだ。

私は貰った名刺を携帯の専用アプリで管理するようにしている。ガスパール・エストと名前を入力すると液晶画面に電話番号などの情報が出てきた。ガスパール総合物流研究所という会社名があった。

気が付くと深夜の三時になっていた。電話をかけるには遅すぎた。それに、私の頭は混沌《こんとん》としていて、もはや何も考えることが出来ない状態にあった。携帯を放り投げ、私は着替えることも風呂に入ることもせず、そのままベッドの上に倒れ込んでしまった。目元に涙が滲んでくるのを感じながら、浅い眠りに落ちてしまった。

28

翌朝、会社に行く前に大型スーパーでシャツを買い、上だけ着替えて出社した。行きのメトロの中でマスクをつけずに咳き込んでいる人がいて、私も含め、全員がそこから遠ざかり、私は一度、次の駅でメトロを降りて、隣の車両に退避した。見えないウイルスのせいで、パリ中がピリピリしていたけれど、私はそれどころではなかった。午前中、懇意にしているカンヌ映画祭のスタッフと少し電話でやりとりをした。バンジャマンが言っていたように、今年のカンヌは延期が決まった、と教えられた。午後、カンヌ映画祭などへの対応を含め、バンジャマンや他のスタッフと協議をした。週明けにはフランスが封鎖される可能性があるとバンジャマンが言いだした。映画祭どころか公開まで危ぶまれる事態だったが、正直、どうでもよくなってきていた。

会議の後、私は一人会議室に残って、ガスパールに電話をかけた。留守番電話であった。そこで、一か八かの大勝負に出てみる。

「アンリのソワレでお世話になっている、フィルム・デリプスのマリエ・サワダです。ご無沙汰しています。実はアンリの出版のお祝いをサプライズで計画していまして、他にも内密で相談したい件があります。もしお時間を取って頂けるようでしたらありがたいです」

自分の携帯の電話番号を残して電話を切った。もし、ガスパールがそのことをアンリに告げたとしても、もう失うものはない。その時は直接対決をすればいいだけのことであった。すぐに携帯が鳴ったので、ガスパールからだと思い、慌てて出ると、母からであった。

「大丈夫?」

「何が?」

「何がって、なんで電話くれないの? なんかあったの? メッセージ残したでしょ?

昨晩、マクロン大統領が休校について発表したのよ」

不意に割れるような頭の痛みを覚えた。額を手の甲で触ると熱がある。熱を測らなきゃ、と思った。酷い二日酔いであった。

「ごめんなさい。ちょっとアンリと揉めていて、今、いっぱいいっぱいなの、ママに任せちゃっていい? 解決したらすぐにそっちに行くから」

返事がなかった。

「ママ」

「分かった。無理をしないで」

優しい言葉に、思わず、目元が緩んだ。

「大丈夫、また電話するから」

そう言うと、泣き声になる前に電話を切ってしまった。

夕方、スタジオでファイナルダビングの作業があり、監督を含め、数名での確認試写が行われた。ソフィーと顔を合わせた途端、涙が溢れ出してしまった。何かあったと察知したソフィーが眉根に力を込めながら近づいてきた。二人は上映が終わると近くのカフェに移動し、向かい合うことになる。

「そんなことって、ある？」

これが私の説明を聞いた直後のソフィーの第一声であった。驚きがすぐに怒りに変わり、ありえない、ありえない、と何度も声を荒らげていた。

「でも、分からないのよ」

「信じられない」

ソフィーの驚きが伝わって、私の目元が再び濡れ出した。

「でも、アンリは犯罪に手を染めたわけじゃないし、きっと、ただお金を借りてるだけなのよ」

私はどうしてもアンリの肩を持ってしまう。なんとか問題を解決して、彼と結婚をしたい、とまだどこかで儚い希望にしがみついている。

「お金のことはいいとしても、すでに映画の企画書が存在して、そこにフィルム・デリプスの名前が出てるの、おかしくない？　それが事実ならマジで詐欺の手法よ」

詐欺という言葉に私はびっくりして、悲鳴を上げそうになった。目を見開き、ソフィーを覗き込むと、今度は困った表情のソフィーが視線を逸らしてしまった。

「用心した方がいい。急に、慌てるように、結婚の話しが出てきたのも今となってはちょっと変じゃない？」

「そうなる？」

「ラファエルという人が言ったように、仮にアンリが詐欺師だったとしたら、映画プロデューサーでもあるマリエの存在を利用したくなるんじゃない？　アンリのソワレに集まる投資家たちをその気にさせるのに芸能事って役立つんでしょ？　利用されてるとしたらちょっと怖くない？　結婚の話しもそこに繋がるんじゃない？　マリエを利用して資金調達しようとしているとしたら？　気を付けた方がいい」

「何に！」

と私は思わず声を荒らげてしまった。驚いたソフィーが今度は目を見開いて、私をじっと睨みつけてきた。

「アンリによ。結婚はとりあえずすべてがはっきりするまでやめた方がいいと思う。もしも彼がとんでもないことに関わっていたら、マリエ、あなたも、あなたの家族も巻き込まれてしまうんだから」

不意に携帯が鳴ったので、確認をすると番号を登録しておいたガスパールからの着信であった。私は急いで携帯を摑み、険しい顔を崩さないソフィーを見つめながら、ガスパールと話しはじめた。

「今夜はアンリとご一緒ですか?」

「いいや、今日は一緒じゃないよ。彼は別の投資家と会食があるとか言ってた」

「お時間があれば、ご相談をしたい件があります」

「いいですよ。うちの事務所はモンパルナスなんで、こっちまで来てもらうことは出来ますか?」

「はい、伺います」


ソフィーが、心配だから付いていく、と言い張ったが、私は何が起こるか分からないので、と強く断り一人モンパルナスへ向かうことになる。寝ていないし、身体は疲れ切っているし、頭も痛い。ラファエルとステファニー・チェンの言葉が順番に私に襲い掛かってきてはその度、どことは言えない場所が痙攣《けいれん》を起こし、よろよろと身体が傾いてしまった。

「おめでとう」

なのに、ガスパールは私と顔を見合わせた途端に満面の笑みでそう言った。私が狐につままれたような顔をしていると、結婚ですよ、と言った。アンリの容疑を裏付けるためにやって来たというのに、拍子抜けするような先手が待ち受けていた。どういうことでしょう、と訊き返すと、

「六月六日の結婚式のテモワンを僕が仰せつかったんだよ。君たち話し合って決めたんじゃないの?」

と大きなよく通る声で言った。

忘れてました、と間の抜けた返事をするのがやっとであった。アンリは結婚へ向けて着実にコマを進めている。でも、その裏側でこのようなことが起こっているだなんて、想像だにしていないことだろう。

「忘れてた？」

ガスパールが笑いだした。

「いや、あいつのあんなに嬉しそうな顔を見るのははじめてだった」

私は笑えず、虚ろな視線はその辺をうろちょろ彷徨《さまよ》っていた。本当なら、こんなに幸せなことはない。何も知らなければ、私は天まで飛び上がって喜んでいたはず……。でも、私の魂は地べたにしゃがみこんでいた。天と地の差というのはまさにこういうことを言うのであろう。

「あれ、なんかあったかい？　目が赤いけど」

私はじっとガスパールを見つめた。目の奥が自分の意思とは関係なく痺れて揺れている。涙腺はすでに壊れてしまっている。涙の粒が勝手にそこを抜け出て、目元から溢れ出し、またしても頬を伝って流れ落ちてしまった。すると微笑んでいたガスパールが不意に強張り、動かなくなってしまった。

「実は昨日、アンリの前の奥様、ステファニー・チェンさんとお会いしたんです」

「ああ」

とガスパールがやっと理解したという顔をした。

「彼女はアンリのことを悪く言いました。それがショックで、そのことを誰かに相談したかったの。アンリがどういう人間か私はもしかしたらまだよく知らないのかも。知らないのに結婚をしていいのか分からなくなって……」

「そういうことですか、なるほど」

ガスパールは小さく頷いた。私はどこまで喋ればいいのか距離感を測りかねながら、言葉を選んで続けた。

「マダム・チェンはアンリのことを詐欺師と決めつけていた」

「しかし、僕もチェンさんのことはよく知らないんですよ。実はキャプテン・アンリのソワレで僕は一番の新人なんでね」

「そうなんですか？　一番の古株じゃなく？」

私は洟《はな》をすすりながら、訊き返した。

「いいや、まだ二年くらいの付き合いで。マーガレットもそうだよ、あの人はだいたい僕がアンリに紹介したんだし」

「でも、アンリはいつもガスパールさんのことを、ガスって呼び捨てにしてる」

「意気投合した日に、僕の方からそう呼んでくれって頼んだんだ」

「なんで？」

「なんか、あの人、ほら、隊長みたいな貫禄あるでしょ？　僕はそういう人に憧れもあって、結構、この同年代のマッチョなノリって好きなんですよ」

ラファエルはあの若さで十年も付き合いがあると言っていたのを思い出した。奥さんのチェンとは三十年夫婦だった。でも、ガスパールとマーガレットはまだ二年の付き合い……、これは驚きでもあった。

「長年のメンバーだと思ってました」

「ま、時間は問題じゃないとは思うけど、そういうわけで、僕は二回くらいしかマダム・チェンには会ってないんだ。だから詳しくは知らないけど、なかなかのやり手だとアンリは言ってた。いい意味でも悪い意味でもね。ラファエルの会社の役員だったか、出資者ですよね？　あの二人はいつも一緒で、そうそう、あの二人も不思議な関係なんだよな」

「ええ、そうみたいです」

「チェンさんの先祖は遡れば十九世紀にはじまる商社で財をなされたようで、戦後はお父様が僕らと同じようなフランスの投資家の草分け的存在でね、結構、その筋では名のある方だった。僕も一度生前にご挨拶をさせていただいたことがある。ステファニーのことはよく知らないけど、見た通りに勝気だけど同時に繊細な方で、これはアンリ曰《いわ》くだけど、性格が細か過ぎて、かなり焼きもちを焼かれたようですよ。ずっと僕は管理されてきた、と嘆いていた。だから、離婚したのかもしれないしね、ま、夫婦のことは他人には分からないでしょ。あまり気にしないでいいと思うよ」

ありがとうございます、と私はお礼を言った。やはりお会いしてよかった……。

「ガスパールはアンリのこと、どう思っているんですか？　困ったこととかあります？　たとえば貸したお金が返ってこないとか」

「貸すというか、出資している、たくさんね。だって、そういう商売だからね」

そう告げると眼鏡をはずし、もう一方の掌《てのひら》で自分の脂っぽい顔をぬぐいながら、大笑いをした。

「ステファニー・チェンがアンリに騙されたと言ってました。お金をずいぶんと貸してるみたいで……」

ガスパールは腕を組んで、うーん、と一度唸ってから、

「僕らがいる場所では騙される方が悪いんだけど。アンリだけのせいじゃないと僕は思うけどね。あなたにするとそこが心配なんだろうが、投資の世界だと騙される奴もダメなんだよ」

と言い切った。


ドアを開けると部屋は暗く、人の気配はなかった。灯りをつけて、ふらふらした足取りでサロンに入ると、結婚式の日付などが記載された書類が置かれてあった。

なぜ、アンリはこんなに急いで私と結婚をしたがるのだろう、と思った。急ぐ理由があったのだろうか、と勘繰ってしまった。もっと大きな資金を得るために、妻という存在が必要なのかもしれない、と考えてしまい……。

その時、不意に静寂を打ち破るような感じで、がちゃがちゃ、と鍵が開けられる音が聞こえてきたのだ。

ドアが開いた音がした。アンリは、室内に灯りがついていることを知り、戸口で立ち止まったようだ。アンリが私の靴をじっと見下ろしている様子を想像した。十秒ほどの沈黙の後、ゆっくりとドアが閉まった。

婚姻届から顔を上げ、玄関に通じる廊下へと視線を向けた。暗い。長いトンネルのように光りが届かない深い闇であった。きっと、スリッパを履かないで、こっちへ向かっている。どんなことを考え、どんな顔をしているのであろう、立ち止まったのか、何も音がしなくなった。私は息を呑んだ。

そして、間もなくアンリがその暗い廊下の向こう側からすっと、海中から海面に浮上する感じで、サロンに顔を出した。私はじっと彼の目を見つめた。アンリは微笑んでいたが、私が怖い顔をしていたからであろう、

「どうしたの？　そんな目で」

と心配そうな声で優しく訊いてきた。

私はもう何がなんだか、分からなくなり、ただじっと彼の顔を穴が開くほど強く、じっと睨みつけてしまった。アンリは静かに私を見つめ返していた。自分の心臓の鼓動を感じた。それくらいに静まり返った室内であった。

すぐそこにアンリがいる。でも、そのアンリは一昨日までのアンリとは違って見えた。

まるで、今まで一度も会ったことのない人間……。

アンリは私のことを心配そうな目で見つめてきた。私はどうしたかったのだろう？　分からないけれど、なぜか怖かった。彼のことを疑っている自分も怖かったのだ。それが許せなくて、どうしていいか分からなくなって、心が崩壊しそうになった。

いや、これはアンリのせいじゃない、自分の問題なのだ、と自問してみたりもした。ちょっと不安定になっているのよ、落ち着けマリエ、と自分に言い聞かせた。でも、このまま中途半端に、曖昧にしてやり過ごすことも出来なかった……。

ラファエルに迷惑がかかることは分かっていたが、この不安をこれ以上抱えて生きていくことも出来ず、不安を払拭することが先決だと思った。それしか、方法がなかった……。

「ラファエルに借りている二十五万ユーロはいつお返しになるつもり？」

それはもはや自分が発した言葉ではなかった。視線を逸らし、どことは言えない場所を睨みつけながら、低い声で再び尋問を再開したのだ。アンリがどんな顔をしたか、見てないので分からない。私はもう見たくなかった。現実から目を逸らしていた。

「あなたの脚本の映画化の企画書に、フィルム・デリプスの名前があると聞かされたのだけど、どういうこと？」

アンリから返事はない。部屋は静まり返っている。鼓膜が圧迫され、自分の声の残響をその突き当たりに感じた。

「私が最初に参加したアンリのソワレの支払いはラファエルだったと、ラファエル本人から聞いたけど。なぜ、嘘をついたの？」

　このことがきっかけでアンリとラファエルとの関係は壊れてしまうかもしれない。でも、それよりも結婚を目前にして混乱させられている私の方が悲惨だ。こんな状況で六月にアンリと夫婦になることは出来ない。

「サン＝ルイ島の部屋、ステファニー・チェンさんが貸しているそうですね？　彼女にも五十万ユーロもの莫大な借金があるんですね？」

　質問に答えられないのであれば、この不安を解消させてくれないのであれば、アンリとは結婚出来ない、と私は私の心の中にいる私に向かって、強く言い聞かせていた。

「トゥルーヴィルのあの別荘はホテルだと聞きました。ラファエルの知り合いの不動産会社が経営していて、ラファエルがあなたのイベントのためにそこを使ったのだとか……。本当なの？　そこにあなたは子供の頃にアナスターシャと暮らしていたんじゃないの？」

　私はいつしか目を瞑っていた。私を納得させて、と心の中で叫んでいた。どこまでが本当でどこからが嘘なのか、はっきりさせてほしい。あなたは詐欺師なの？

　初対面の時、アンリが私に言った言葉を思い出していた。アンリはこう言ったのだ。

《マリエはきっと人を信じることが出来なくなっているんだよ》

　アンリはいつまで経っても返事をしなかった。もういなくなったのかな、と思うくらい長い時間が二人の間を流れていた。私はずっと自分の足元を見つめていた。静寂が私を押しつぶそうとし、さらに私の魂をも引き裂こうとしている。

《上手に騙されてみるのも楽しいものだけどね》

初対面の時に、アンリはこうも言った。それはいったいどういう意味？　今となっては、まるで、未来を予言するかのような一言ではないか。

沈黙が長ければ長いほど、彼の罪が確定していくような気がして仕方なかった。言い訳をして、と心の中でお願いをしていた。説明をして！　どうして反論も出来ないのよ？　早く私が納得出来る反論をしてよ！

するとアンリが、小さなため息を零した直後、その静寂を打ち破ったのだ。

「僕は一切、嘘はついてない。何一つ……。それだけだ」

そう言い残すと、アンリは握りしめていた鍵をテーブルの上に静かに置いた。それから、私をじっと見つめたまま、私を迂回するように半周し、一度子供部屋に入り、自分が持ち込んだ荷物をトランクに詰めて、出てきた。強い視線が私をじっと見続けているが、一切の言い訳も弁明もない。逃げ出すような感じさえない。私の前に立ちはだかり、いつものアンリらしい感じで、傷つき瀕死《ひんし》の哀れな私を見下ろしていた。そして、優しく微笑み、

「信じてもらえなかったことが残念だ」

とだけ言い残した。玄関のドアが閉まるバタンという音を聞いた瞬間、私を支えていたすべての糸が切断され、その場で泣き崩れてしまった。そして、私は激しく咳き込んだ。呼吸をしようと思うのだけど、思うように息が出来ない。私は床に崩れ落ち、胸を手で押さえながら、激しく咳をし続けることになった。

29

それからの記憶は途切れ途切れで、咳き込みながらも母に電話し、新型コロナウイルスに罹《かか》っている可能性があると伝えるのがやっと。これはもはや普通ではないという症状が明らかに出始めており、ふくらはぎや、胃などに激痛が走ったりその痛みがあちこちに移動したり、水道の蛇口を捻ったように汗がふきだしたり、とにかく何かが自分の中で暴れていることだけが分かるが、しかし、それらの苦痛や不快感やいつもとは違う辛さがどこから来ているのか、うまく認識出来ずにいた。

情報から聞き知っていたよりも、もしかすると自分のはもっと性急で強い発症かもしれない、と朦朧とした頭で考えてもいた。何かのアレルギーが起こって、私の中のすべての免疫細胞がコロナウイルスと闘っているような状態かもしれない。ブレーキのない車で急カーブへ突っ込んでいくような異常事態が私の肉体で起きていた。パニックなどという生ぬるいものじゃなく、自分で自分を何一つ制御出来ない状態に陥っていた。

マスクを着け眼鏡をかけた母がやって来て、熱を測り、窓を開けて空気を入れ換え、私に毛布をかけた。携帯でコロナ専門の救急窓口の担当者と話しはじめた。母が私に、ゆっくり一から順番に十まで数字を言ってみて、と大きな声を上げた。携帯の受話口がスピーカーになっている。救急の人とのやりとりが聞こえてくるが言葉が出ない。私は頭を何度もふり、言えない、とジェスチャーで母に伝えた。

次の瞬間、激しく咳き込んでしまった。すいません、言えないみたいです、と母が伝えると、すぐに救急車をそちらに送ります、住所を教えてください、と感情のない機械的な男性の声がスピーカーから届いた。

息を吸う度にガラスが肺に刺さるような激痛に見舞われるので、もはや声を発することも出来ない。自分の意識がブロックされたような状態になり、思うような返事が出来ず、口を大きく開いて、母の顔の朧《おぼろ》げな輪郭を見ているのが精一杯となった。

瞳孔が開いたり閉じたりしているような光りの淡い明滅を追いかけていた。そういう状態の中にあっても、コロナに罹った恐怖より、アンリに裏切られた悔しさの方が強く、その絶望の方がコロナウイルスの攻撃よりも私を苦しめていた。

夜中に救急車がやって来て、私は問診に答えることも出来ない状態で、そこから運び出されることになる。携帯や財布、すべてを母に託し、私は救急隊によって運び出され、搬送された。

どこをどう巡ったのか分からない。でも、朧げな意識の中で救急隊員たちが「受け入れてくれる病院が見つからない」と語っているのを聞いた。もがき苦しむ中で、私は心のどこかで苦笑していたかもしれない。このまま死ねるなら或いはその方がましだ、と思っていた。生き抜きたいという気力もなければ、死ぬことへの恐怖もなかったし、生への未練もなかった。

咳き込み、息を吸えばガラスが刺さるような激痛の繰り返しで、私は身体を縮め、肺が千切れそうになる痛みの中でただ反射的に咳を繰り返した。もう、自分を自分で制御出来る状態にはなかったし、微かに、自分の置かれている状況がどのようなものかを理解することは出来たが、モルヒネか何かの強い注射を打たれたせいで、意識がいっそう白濁し、もはや自分の肉体というものなどは消え失《う》せ、底知れない苦しみだけに包みこまれ、いや、自分がその苦しみそのものに変化してしまったような状態で、次々に世界との接続が途絶えはじめ、でも、その中で私は、アンリ、と彼の名前を繰り返し呼び続けることになる。


どのくらいの時間が経ったのか分からない。気が付くと、病院らしき場所のベッドの上にいて、痛み止めが効いて、頭に膜が掛かっているような意識の混濁の中、白熱灯の光りだけが見えていた。

微かに聞こえてくる声の中にいつも同じ温かい声があり、それは女性のものだったが、マリエ、と私の名を呼んでいた。その声がある時、集中治療室に入ることになったからね、と教えてくれた。それに対して何か反応を示せる状態にはなかったけれど、私はたぶんその人の手を握っていたように思う。

同時に自分は死ぬのだろう、と思った。集中治療室から生還出来る人が少ないことを新聞やテレビで知っていたから、自分は間違いなく死ぬ手前にいるのだと悟ることになった。

私は人工呼吸器を着けられているようだった。相変わらず苦痛の海にいたのには違いないけれど、肺の苦痛というのは和らいでいたし、もっと正確に言うならば、手足の感覚もなかった。目と鼻と脳の一部との間の非常に狭い範囲の思考だけで自分という人間が保たれていることを、時々、不意に意識が戻った瞬間、といってもはっきりとではなく、途切れた電話がちょっとだけ正常になるような状態になった時に、私は感じることになる。

意識は、消えたり現れたりを繰り返した。けれども、そこにその声の主がいて、大丈夫よ、と私を導いてくれた。私はもはやすべてを失い、このまま誰とも会わず、この看護師と思われる女性に看取《みと》られてここを、この地上を去ることになるのだろう、と確信しはじめていた。

アンリに裏切られたことがこのコロナの苦痛や恐怖を打ち負かしているのが皮肉でならなかった。もしも結婚への希望を抱いていた少し前の自分だったなら、私は今、直面している死の恐怖におののき、生きたいという願望のせいで絶望し、生き地獄にいたかもしれない。

アンリの愛がすべて嘘っぱちだったことが分かって、むしろこのまま死ねる方がいいと思ったら、痛みを伴わない涙が流れ出た。その涙のなぜかぬくもりだけを頬に感じることが出来た。恨みもない、悲しみもない、それが私という人間の末路だと思えば、私はこの現実を受け入れることが出来そうでもあった。

その時、自分は医療技術による軽いコーマ（昏睡《こんすい》状態）の中にいたのだと思う。機械の音、時に誰かの絶叫や咳が聞こえた。激しい長い孤独が続いていた。終わりのない果てしない絶望の中だった。でも、どこかで諦めはじめてもいた。もう何もかも、未練も失せていた。手足が利くなら、私は自死を選んでいたはずだ。それさえも出来ない無限の孤独の中にいたのだ。

マリエ、大丈夫よ、あなたは絶対に大丈夫だから、諦めないで、とあの優しい声が繰り返した。今日、あなたの娘さんたちと少し電話で話したわ。ママに会いたいと言っていたけど、まだもう少し時間がかかるのよ、と伝えました。あなたのお母様を含めてみんなコロナには罹っていなかったから心配しないで、すべてがうまくいってるから、あなたはあなたのことだけを考えて、生きようという気持ちを持って、私たちは見放さないから、必ずあなたを生還させてみせるから、負けないで、負けないで、とその声は私の耳元で繰り返すのだった。

治っても私の希望はもうないのに、と思うのだけど、口が人工呼吸器で塞がれたその時の哀れな私には、自分の気持ちを伝える術さえなかった。時間が失われ、価値観が失われ、自分の存在もあやふやであった。きっとあらゆる手が打たれているのであろう、痛みに苦しんだ最初の頃よりも、強く意識が抑え込まれているせいで、モルヒネや様々な薬のせいに違いないが、私は何もない宇宙の中に浮かんでいるような仮死状態にあった。

もしかするともう死んでいるのかもしれないと何度も思った。しかし、死んでいるかもしれないと考える自分がいることだけは分かっていた。ものすごく狭い範囲の思考の中にいたのに、私は果てしない宇宙の中を漂っていた。

もはや何も聞こえない。遠くから時々、私を揺さぶり起こすようにあの女神の声が聞こえてきた。幼い頃の自分や、優しかった父がその宇宙の中に現れた。父はカンバスに向かい、そこに教会や橋や古い建物や道など、パリの街を描いていた。その絵を見つめるのが好きだった。父は穏やかな人でフランス語はあまり上手ではなかった。

だから母がいつも父のかわりに喋っていて、この二人のような夫婦になるのが私の夢だった、ということを思い出させてくれた。父に会いたいと思った。一度も父に怒られたことがなかった。キスをしてくれたことはなかったが、いつもどんな時も私に寄り添ってくれた。あの父が描くパリはどの作品もやっぱり傾斜していて、その角度が、風で揺れる高木や、人生に傾斜する人々の果敢に歩く姿や、歴史によってわずかに傾斜する建物の曖昧な角度が、またはそのフォルムが特徴だった。

父の描くあのちょっと奇妙なパリの風景が私の中に蘇っていく。そして、エッフェル塔の向こう側に沈むオレンジ色の傾斜する太陽を傾斜する橋の上で描き続ける父の横に立ち、その絵や父の傾く背中をいつまでも見ているのが私だった。

時々、父の腕に自分のおでこを預けて、パパ、と呼んでいた。あの時の私がそこ、つまり朦朧とする思念の中にいた。それをどこかから見下ろしている今の自分を、また想像することも出来た。

自分は生きているのだろうか、それとももう死んでしまっているのだろうか、身体を動かしたくても身体があるのかさえも分からない。弱い信号のようにあの人の声が遥か彼方の宇宙から届けられていた。

マリエ、おはよう。マリエ、おやすみなさい。その声が時々、父のそれと重なることもあった。マリエ、先に家に帰ってなさい。マリエ、いい子だからパパの言うことを聞きなさい。マリエ、愛しているよ。愛しているよ、と男の人の声が私の意識を死の淵から引っ張り上げてくれた。それはあの女神の声ではなかった。父の気怠い声なのか……、いや、違う。父じゃない。でも、聞き覚えのある懐かしい声であった。

マリエ、僕だよ。分かるかい。分かったら、僕の指を握ってほしい、とその人は言った。私は必死でその指先を握り返そうとした。それはあまりに大きくて惑星のようだった。広大な宇宙の中に浮かぶ惑星のようだった。マリエ、とその惑星が私を呼んだ。愛しているよ、本当だよ。僕は君がここから生還するのを待ち続けているよ。マリエ、そして僕たちは再び、ともに生きることをはじめるのだよ。もっと強く握りしめてほしい。僕は何度でもここに来るよ。そしてここから君をもとの世界に連れ戻すから、お願いだから、未来を信じてほしい。僕は君を失いたくない。僕が君の傍にいることを忘れないでほしい。僕は本当に君を愛しているのだ。僕は言葉でそれを説明することが上手じゃなかった。もっとはっきりと言葉にしておくべきだった。君にたくさんの誤解と不安を与えてしまった。でも、僕は君を失いたくない。君が僕のすべてなのだから、ずっとここで君を待ち続けているよ。マリエ、愛しているんだ。ずっと愛している。

それがアンリだと気が付くのはもっともっと後のことだった。でも、それはアンリだった。アンリが来られない時はあの女神が、明日には会いに来るそうですよ、と言った。お母様は娘さんたちに感染させる可能性があり、ここには来ません。でも、かわりにアンリがあなたに付き添っています。アンリがあなたをきっと救うことになるでしょう、と言ったのだ。

アンリという名前が私の孤独な宇宙の中心に優しい教会の鐘のように響き渡った。アンリ、と私は彼の名を呼んだ。その名前を私は必死で摑んだ。アンリ。私はその名前に一生懸命縋《すが》ろうとしていた。マリエ、とアンリが答えることがあった。それは私の幻聴だろうか、それとも現実だろうか、私にはずっと分からなかった。

でも、アンリの声が私を光りのある方へと引っ張っていたのは確かだ。マリエ、愛しているよ、とアンリは言った。なぜそこにアンリがいるのか分からなかった。これも幻覚かもしれない、と思うのだけど、次第に、少しずつ、その声が輪郭を持つようになり、ある日、私ははっきりと彼の顔を見ることになった。

ようやく開いた瞼の向こう側に防護服を纏《まと》った大きな人が聳《そび》えていた。でも、その朧げな光景の中心に私を見つめるあの懐かしい瞳が見えた。アンリね、と私はようやく、言葉を吐き出した。私の手を彼が握りしめてくれた。私は孤独な宇宙から引っ張り上げられた。

麻酔医が、現実の世界に君は戻ったのだよ、と言った。人工呼吸器が外され、集中治療室から出て個室に移されていた。けれども、そこにアンリの姿はなかった。目を動かして探すのだけど、四角い何の変哲もない部屋には誰もいなかった。

長い昏睡の世界から帰還した私が最初に認識したのは、あの女神であった。防護服を着て、マスクとフェースシールドで顔面を覆われていたけれど、でも、自分の目の前にいるのがその人だと私は気が付いた。

分かるのね、と女神が言った。私は、分かる、と言った気がしたけど、声が出ていたかどうかは定かじゃない。でも、昏睡の宇宙にいた頃よりもそこはずっと現実味のある場所だった。戻って来た、ということが分かった。すると女神は私の耳元に顔を近づけ、ここは十四区のオピタル・コシャンの病室よ、と言った。ジャン＝ユーグが勤めている病院だと思った。彼は私のことに気が付いているのかしら。

すると女神が、私のこと、覚えている？　と耳元で言った。いつも私に囁《ささや》き続けてくれた人ですね、と心の中で答えていた。彼女が頷いていた。一度、短い時間だけど、あなたに会ったことがあるわ。ジャン＝ユーグが紹介してくれたのよ、レストランで、覚えている？　私はマノン。私は目を見開き、女神を見つめた。ジャン＝ユーグに寄り添っていた背の高い女性のことを思い出していた。ジャン＝ユーグもとっても心配していたのよ、でも、みんなで、そう、あなたのお母さんやナオミやノエミとも連携して、今日を迎えることが出来たの。そして、あなたをずっと支え続けたのは、アンリ・フィリップよ、とその女神が告げた。

あれは夢じゃなかった？　と私が心の中で訊き返すと、女神は私の手を握りしめて、ええ、あれはアンリよ。分かっていた？　昏睡状態のあなたを励ましていた人よ。アンリの強い要望があり、ジャン＝ユーグと私の上司のコロナチームの主任医師とで話し合い、こっそりと集中治療室にアンリを入れたの。本当はいけないことだけど、でも、死が迫っている患者さんには許可が出るの。

そうなの、あの時、あなたはぎりぎりの状態だったから、ルール違反だったとは言い切れない。それはジャン＝ユーグが頑張った。そして、あの生死の境を彷徨《さまよ》っていた時期のあなたを励ましたのがアンリなのよ。それから、これは偶然だけど、アンリと私は古い知り合いなの。彼のいろんな検査はこの病院で行ってきた。私が担当の看護師だったのよ。全部がちゃんと繋がって、結ばれていた。集中治療室に入った患者さんは家族から引き離され、誰とも面会出来ずに亡くなっていく人が多い。葬儀も出来ない。棺桶《かんおけ》は開けられることなく焼却されてしまう。コロナウイルスの一番恐ろしい毒性は人から人を引き離すこと。でも、あなたは愛の力で集中治療室から一般の病室へとこうやって戻ることが出来た。誰もがあなたは生還すると信じていたし、そのために力を合わせて行動をした。だから、あなたは待っている人たちの元にこうやって戻ることが出来た。あなたは勝ったのよ、そして愛を摑んだ。

30

個室に移された私は退院までの時間をそこで過ごした。私の中からコロナウイルスが消えた後も、感染させないと分かるまでそこで過ごすことになった。

私の病室にはマノンだけがやって来て、まだ本調子じゃない私に代わって、携帯で毎日、家族との間を繋いでくれた。テレビ電話を通して、私はナオミやノエミや母と面会した。頬を伝う涙のぬくもりを感じながら、自分が生きていることを味わった。

でも、そこにアンリは顔を出さなかった。愛している、という囁きはアンリの言葉だったのだろうか？　それともあれは幻覚だったのか？　後で分かることだが、毎日のようにアンリは集中治療室に来ていたわけじゃなかった。

それは私の錯覚だった。マノンに訊いたら、彼が私に面会に来ることが出来たのは入院中、三回だけだった。それも面会が許されたのは十五分ほどの短い時間だったという。けれどもその時の記憶が毎日のように私の朦朧とする意識の中で再生され続けたに違いない。

愛している、という響きが今もはっきりと私の鼓膜に残っていた。アンリが言った言葉かどうか分からない。二人だけだったから、マノンも聞いていない。それが私の願望による幻聴の可能性もある。結局、退院の日に、病室に顔を出したのはアンリではなく、ジャン＝ユーグ・フールニエであった。集中治療室から個室に移されて三週間が過ぎていた。

「大変だったね。でも、快復出来てよかった」

ジャン＝ユーグが言った言葉とは思えなかった。でも、私はこの人を許さなければならなかった。この人のことを誤解していたのかもしれない。もしも、この人が悪人ならば、マノンのような女神が寄り添うわけがない。

ジャン＝ユーグの後ろに立つマノンはフェースシールドの向こう側で涙ぐみ微笑んでいた。私の目元が濡れていた。何が悲しかったのか分からない。もしかするとうれし泣きだったのかもしれない。自分の感情をまだ摑み切れなかった。

「メルシー」

そう言うのが精一杯であった。

私がオピタル・コシャンを出たのは、五月一日のメーデーの日であった。私はフランスがロックダウンの最中、約一か月半も病院にいたことになる。

フル装備をした母、トモコが買い物をして、私の食事の準備をした。母からロックダウンが始まってから今日までの日々について、どのような外出制限があり、どのような毎日を三人で過ごしたか、ジャン＝ユーグやマノン、或いは病院とのやりとり、など事細かに聞かされた。

学校がいつどのような形で再開されるのか、私たちの暮らしはどうなるのか、など、母は私に説明をしてくれた。アンリのことは話そうとしなかったので、私から訊いた。す

ると、

「私たちに代わって、彼が集中治療室に行ってくれたのよ。その度に、アンリは私にあなたの様子を教えてくれた」

とだけ語った。

「でも、今は、何も考えないで。アンリからだいたいのことは聞いている。もう少し、時間が経って、あなたの心を支えられるくらいまで快復を待ってから、もう一度、考えたらいいことだから」

と言った。

「焦らないで」

とそこだけ日本語で私に優しく言った。


結局、映画「十年後の恋」の完成は延期となった。ルメール監督が新型コロナに罹患し、四月の頭に帰らぬ人となったことが一番の原因であった。

他にも撮影チーム、編集チームの中から数多くの感染者が出て、とても映画の完成や、映画祭への出品どころではなくなってしまった。私に監督の死を知らせてくれたのはバンジャマンであった。それは電話で、少ない言葉数の中でのある種の通達に近い情報であった。ここ最近の二人の関係などふっとぶほどの悲しみに魂を揺さぶられた。監督との忘れられない思い出が脳裏でフラッシュバックした。笑顔しか思い浮かばなかった。撮影中の凛々《りり》しい横顔しか思い出さなかった。

ルメール監督は葬儀さえ出来なかった。ご家族だけが棺《ひつぎ》との対面を許されたがその蓋が開けられることはなかった。その後、ソフィーが詳しくスタッフの中で誰と誰が感染したかを私に教えてくれた。

ルメール監督の死は私に大きな悲しみをもたらした。彼とは最後の最後ですれ違ってしまったことが悔やまれてならなかった。その不和や誤解が解かれることもなく、私たちは離れ離れになってしまった。それは父を失った時に負けないほどの後悔を私に残すことになる。

映画「十年後の恋」は完成を間近にしていたが、映画館の再開が見えない状況に鑑《かんが》み、一旦作業の中断と公開の延期を決定した。

私はフィルム・デリプスを退社することを考えていた。そのことをバンジャマンにはまだ言えなかったが、自分が復帰して、監督のことを思い出しながらこの作品をゴールに導く自信はなかった。アパルトマンを解約し、母と娘たちと実家で暫く静かに生きていくのがいいように思った。

31

私はその時、以降の世界にいた。そして、それ以前の世界のことを思い出す度に、目元が湿った。でも、たくさんの後悔や苦い経験や辛い思い出がありながらも、生還出来たことで、あの厳しい集中治療室の日々を耐えたことで、ある種の悟りとこれまでにない価値観を手に入れることが出来ていたし、言うなれば、それ以前の世界から脱出することが出来ていた。

あの分水嶺《ぶんすいれい》を通過出来たことで私は生まれ変わることになり、その時、私はこれまで歩いてきた距離と和解することも出来ていた。距離は縮まったわけでなく、広がったわけでもなかった。ここに辿り着けた道のりが、今の自分を構成していることを悟っただけだった。それは長さではなく、重さでもなかった。

時は流れる。私の知らぬ間に始まったコンフィヌモン（ロックダウン）が解除され、市民が大勢街角に出ていた。封鎖されていたパリを知らなかった私にとって、解放されたパリは以前の世界と変わらない光景そのものだったが、ただ、レストランやカフェはまだ閉まったままだったし、いつの間にか、市民がみんなマスクを着けるようになっていた。

あれほど、マスクに抵抗感を持っていたフランス人がマスクと眼鏡で顔を隠し、社会的距離を保ちながら生活している光景は、以前のパリとは根本から違う感覚を私に持ち込んだ。

私はリハビリも兼ねて、一日に三十分ほど、自宅の周辺を歩いた。近くの教会や、広場に行き、大通りを歩いた。繁華街は避けるようにしていたが、少しずつ歩く範囲を広げていき、体調のいい時にはセーヌ川のほとりまで歩くこともあった。

美しい季節であった。街路樹の緑は生い茂って、その間を鋭角に降り注ぐ太陽の光りが地面に達している。木漏れ日の明暗がくっきりと絵画のように足元を埋め尽くしていた。私は自分の影を踏みしめながら歩くのだった。

子供たちの学校が再開し、これまでとは授業形態やクラス編成や過ごし方などがちょっと異なってはいたけれど、新しい日常の世界へと戻っていた。母が二人を送り出し、二人に食事を与え、二人を寝かしつけた。子供たちを母に任せて、私はもう一度この世界で生きるための気力を取り戻すように努めていた。

そうこうしているうちに、その日が近づいてきた。アンリと決めた結婚の日である。怖かったけれど、私は勇気を振り絞って十五区の区役所まで歩いてみた。すると、驚くべきことに、区役所前の掲示板に私とアンリの結婚について記された紙切れがまだ貼られたままになっていたのだ。

私はその前に佇み、その紙切れをしげしげと眺め続けた。涙が溢れてきたが、そこにはもう戻れない気がした。そこはすでに過去の場所であった。コロナがこの地球をめちゃくちゃにする前の世界の美しい記憶。戻りたくても戻ることの出来ない以前の日々がそこにあった。

やり直したくてもやり直すことの出来ない過去の残骸ということも出来た。マノンの言葉を思い出した。

《コロナウイルスの一番恐ろしい毒性は人から人を引き離すこと》

私とアンリも引き離された。でも、それはコロナのせいじゃない。愛が負けただけのことに過ぎなかった。

アンリから連絡はなかった。彼は私が退院したことを知っている。なのに、音沙汰がなかったし、母もそのことには触れなかった。私は彼からの連絡を待っていたのだろうか、分からない。待っていたかもしれないし、もう待っていなかったかもしれない。

きっと、六月六日に二人で区役所に顔を出さなければ、自動的にこの縁談は破談ということになるのだろう。いや、フランス全土が封鎖された時点で、この結婚の日取りは延期になっていたはず。それはもはや、私の手の届かないところでの出来事であった。

死の淵を歩いた私にとって、ある意味、恐ろしいもの、悩ましい後悔、戻りたい過去はもはや存在しなかった。ゆっくりと深呼吸をしてみた。肺の奥深くに深い傷が残っているのか、痛みはないのだけど、深呼吸をする度、あの苦しかった日々のざらざらが、私の肺の中で隙間風のように音をたてて鳴っていた。

私は耳と目を塞いで、六月六日を待つことになる。でも、もう期待はしなかった。そして、その日は躊躇することなく、呆気なくやって来てしまった。

式を執り行う予定だった区役所内のホールは私たちの到着を待っていたかもしれないが、そこには新郎も新婦も誰も訪れなかった。そして、区役所からも連絡はなかった。六月六日、私は死んだように、家のベッドの上で過ごすことになる。

このことは母にも相談出来なかった。ソフィーにも、誰にも言えなかった。たぶん、退院した時から私はそれ以前のマリエではなくなっていたのだ。死んでいるように生きている人間……。コロナには勝ったかもしれないが、アンリとの愛には恵まれなかった。時は流れた。私にはもっと時間が必要であった。生まれ直し、生き直すくらいの長い時間が……。

32

その夜、私は以前の世界のことを思い出しながら、夜空を見上げていた。そこには世界で一番遠くに見えるものたちが犇《ひし》めいていた。長いロックダウンのおかげでパリの大気汚染が改善され、夜空が澄み渡っていた。人間が活動しなければ地球の環境がよくなるというのは面白い。もしかするとこの星の人類以外の生物たちは新型のコロナウイルスに感謝をしているかもしれない。

それ以前の世界において人間があまりに自惚《うぬぼ》れていたことを思い出すのは簡単なことであった。そして、それ以降の世界で私は新しい価値観で世界を眺めるようになった。夜の空に輝く星が、地面ばかり見て歩いていたそれ以前の私を諭していた。人間は足元の欲望ばかり見ていてはならないのだ、と誰かが教えているようだった。

私がゆっくりと空気を吸い込むと、蘇った肺が間もなく膨らんだ。もうガラス片が刺さるような痛みを覚えることはなかった。清らかな大気が私の体内に満ちていった。

広大な宇宙を計測する時、私たちは「km」という単位を使うことが出来ない。なぜかというとあまりに宇宙が広大過ぎるからだ。宇宙を測るために人間は「AU（天文単位）」、「光年」、「パーセク」という三つの天文学独自の単位を発明した。

この中で一番よくつかうのが「光年」であろう。光りは一秒間に地球を七周半回る。光りの進む速度は毎秒三十万km。一光年とは光りが一年間に進む距離を表している。kmに換算をすると九兆五千億kmになる。宇宙は百三十八億年前に誕生したと言われている。つまり私たちが計測出来る最大の大きさは百三十八億光年となる。それより先のことを私は「憶測」という単位で呼んでいる。

地球から一光年の距離にある星の光りは一年前にその星から発せられた光りということ

だ。つまり、今、この瞬間に感じている光りは長大な時の旅を経て、私の目に届いている。言い換えるならば、距離は時間とも深い関係を持っているということになる。

距離と時間は二項対立であろうか。時間は距離の対義語だろうか？　辞書で調べてみると時間の対義語は空間と出ていた。時間は一次元なのだからなぜ三次元の空間が対義語に選ばれたのか私には分からなかった。

ただ、時間が絶えず不可逆的に流れ続ける人的にどうすることも出来ないものであるのに対し、空間は移り変わることがなく、人間が自由に移動出来ることから、この二つの概念は対立するとみなされたのかもしれない。

面白いことに距離には対義語が存在しない。遠距離の対義語が近距離と出てくるだけだった。個人的には時間の対義語は距離である方がすっきりとする。時がいくら経過しても、二人の距離が変わらないのであれば、私はアンリとの関係に希望を持つことも出来る……。

夏の初めに、アンリの小説『始まりも終わりもないゆくえ』が老舗の出版社から発売されたことをムッシュ・フォンテーヌからのメールで知った。

『献本は会社の方にしてあります。日常が戻ってきたこともあり、この出版不況の中にあっては、まずまずの滑り出しで、小説好きな人たちが反応をしてくれています』

と書かれてあったが、これには返事が出来なかった。それはもはや私には関係のない出来事でしかなかった。私はアンリのことを自分の記憶からすべて消し去ろうとしていた。

でも、眠ろうとすると、愛しているよ、と囁いたアンリのあの声がどこからともなく蘇ってくる……。

私はアパルトマンを解約し、バンジャマンに引き留められたが、正式に仕事をやめ、母と娘たちが暮らすアパルトマンへと引っ越した。

無職となった私は子供たちと母の愛に囲まれて、静かに家とその周辺で過ごすことになる。規則正しいリハビリのような生活を送ることで、少しずつ自分を取り戻していった。仕事のない退屈な毎日だったが、テラスに花壇を作り、小さな花やハーブを育てて、ささやかな日々をひっそりと生きていた。出来るだけ携帯を覗かないようにしたし、パソコンのメールボックスもあえて開かないようにした。

げっそりと痩せこけてしまったが、身体はほぼ感染前の健康な状態に戻りつつあった。軽いランニングなど運動も出来るようになっていた。精神だけがまだ不完全であったが。母にばかりは任せられないので日を追うごとに少しずつ家の手伝いをはじめた。マルシェで買い物をしたり、食事を作ったり、家の掃除をすることで塞ぎがちな気持ちを変えていった。

ボレー（鎧戸《よろいど》）を閉ざして、暗い部屋で本などを読んで過ごした夏が過ぎた。夜が不意に涼しくなって、窓をあけると、わずかにひんやりとした外気を感じることが出来た。少しずつ少しずつ、パリは秋の気配に包み込まれつつあった。

料理をしている母のところに行き、暫くその後ろ姿を眺めていた。母は野菜を切ってい た。ガス台の上の鍋の中では何かがコトコト煮込まれていた。昏睡状態の中で再会した父のことを思い出した。

きっと、父は私が心配で励ましに来てくれたのだろう。娘たちには母親の存在が必要だと言いに来たのかもしれない。母の背中を見ながら、父への感謝を思うと目元がまた緩んでしまった。反射的に洟をすすった。

あれ、と母が言って私を振り返った。いたの?

「うん。いい匂い、何?」

「ミネストローネだよ。マリエちゃんの好きな」

母のミネストローネはトマトがあんまり入らない。スープというよりも細かくカットした野菜の煮込み料理で、その時に冷蔵庫の中にある残りものの野菜で作られる。毎回味が微妙に違うけれど、食べ応えがあり、野菜嫌いな子供たちもこの母のミネストローネだけは完食する。物心ついた頃からずっと食べてきた料理であった。

「パパも大好きだったよね、ママのミネストローネ」

「そうよ。あれが食べたい、スープなのにスープのないあれって、いつも言ってた。ミネストローネという単語を覚えられない人だった」

二人で思い出し、笑いあった。

「意識がなかった時に、パパが私に会いに来てくれて、寄り添ってくれた」

母は私をもう一度振り返り、でしょ、優しい人だった、と驚くこともなく応じた。私たちは目が合った。母の瞳の中に震える私がいる。

「アンリはママになんて伝えたの？」

母は再び私に背を向け、まな板の上の野菜をカットし始めた。

「いつか、マリエが元気になったら、自分の愛は変わらないということを伝えてほしい、と託されたのよ」

なんで今日まで言わなかったの、夏が終わろうというのに、と訊いた。

「美味しいミネストローネを作るのには時間がかかるのよ。ママ、時短料理は嫌いだから」

と母は別のことを口にした。私は苦笑してしまった。

「六月六日に区役所を予約していたの。結婚式やる予定で。でも、三か月も過ぎちゃった」

「封鎖と同時に、延期になったのよ。アンリが言ってたわ」

「やっぱり。知らなかったのは私だけだったんだね」

「元気になったら、少しずつ取り戻せばいいのよ。この世界と一緒。ロックダウンが終わっても、また、感染者が増えればロックダウンになる。この繰り返しなのよ。寒くなれば、再び感染者が増え始める。暫くは気を抜けない」

そうね、と私は言った。

「焦らないで、まずは気力を取り戻したらいいんじゃない。アンリはいなくならないし、きっとまた話しが出来る日が来ると思う」

私は再び洟をすすった。

「昏睡状態だったのに、アンリの声が聞こえてきた。愛していると言われたの」

母は返事をしなかった。私は暫く母の後ろ姿を見つめていた。


アンリからメッセージが入ったのはその翌日のことであった。もしかしたら、母がアンリに『そろそろ連絡をしてもいいよ』と許可を出したのかもしれない。あまりにタイミングが良すぎる。どうも、あの二人は結託しているような気がしてならない。

『どう？　体調は？　社会復帰出来そうだ、と人づてに聞いたよ。おかげさまで、小説が世に出て、僕の周りでは評判がいい。君に真っ先に感謝の言葉を言わなければならなかったけれど、タイミングを待っていた』

私は返信しなかった。私は彼を信じたわけじゃなかった。ジャン＝ユーグのことは許せたけど、アンリのことを許せるか、まだ分からなかった。でも、アンリからメッセージが届いたことは認めなければならなかった。

子供たちといろいろな話しをした。新学年が始まり、新しい日常に沿った学校の様子などがその話題の中心だった。三十五人ほどいたクラスメイトは三つに分けられ、机と机の間には広い間隔が設けられていた。全校生徒が細分化されたせいで、登下校の時間も不規則になっていた。

それでも、友達と会える毎日は嬉しいようで、学校から戻って来ると、娘たちは自分たちの話しを口にした。消毒ジェルを持ち、マスクを着けて登校した。ちょっと前までは、想像さえ出来なかった日常がそこにあった。あらゆる価値観が一変していた。元の世界には戻れなかった。同じ場所に学校も街も存在しているのに、そこは昨日までの世界ではなかった。新しい秩序で運営され始めた一時的な戦後だった。

『結局、新しい小説を書き始めることにした。中編の恋愛小説を書くことになった。君と僕のことを書いてみたい。もし、君が許可してくれるなら』

アンリからのメッセージは続いた。私は返さなかった。何度か、途中まで、文字を打ったが、不意に、あの日のことを思い出してしまい、指先が止まってしまう。マダム・チェンやラファエルが言った言葉が蘇る。あれは偽りではない現実であった。アンリはそれに対してまだ何一つ回答をしていない。

私のロックダウンは続いていた。

新型コロナウイルスの猛威は衰えることなく、どんどんその感染者数を増やしていた。そしてフランスでも、多くの尊い命が奪われたのである。その中にルメール監督もいた。

33

フランス語ではAmour一つしか存在しないのに、なぜ、日本語には愛と恋が存在するのか、私は子供の頃に父と母に訊いたことがあった。この二つはとかく混同されがちだけれど、愛は自分本位の放棄で、恋は相手次第なものを指す、とまず父が言った。「恋は一時的な自己喪失状態を指し、愛は永遠なる自己中心主義の喪失を指す。もし、愛だと思っていたものが壊れて夫婦が別れたとする。それは信じていたものが愛ではなく恋だったというだけのことだ」と父は名言を残している。

なるほど、と私はジャン＝ユーグのことを想いながら納得をする。「ときめくものが恋で、信頼に裏打ちされたものが愛。心配で仕方ないものが恋で、安心はすべて愛よ」と母も母らしい言葉を残した。この夫婦には愛しかなかった、ということが嬉しくもある。

なぜ、フランス語には愛と恋がそれぞれ存在しないのだろう、と私はずっと考えるようになる。調べてみたら「恋」という単語は古くから日本にある和語で「おもひ」を表すものだった。

愛はもともと中国から渡って来た仏教用語であった。キリスト教の教えから生まれた英語のLoveやフランス語のAmourが日本に明治期以降に入り、徐々に「愛」の意味を確立していく。日本人は愛に家族愛などの慈しむという意味を含めるようになり、男女の恋と区別した。

私はずっとアンリとは恋をしたかった。けれども、どこかで道を間違え、道に迷い、道を外れてしまい、気が付くと、私は愛の王国へと踏み入ってしまっていた。戻ろうとしたけど、愛の重力が強すぎて、その衛星に過ぎない恋には戻ることが出来なかった。

私はいつの間にか、愛の重力から逃れることが出来なくなり、周回軌道を回り続けることになる。愛と私との距離は太陽と地球との距離であり、恋と私との距離は地球と月との距離でもあった。

ある時期から私は携帯の電源を切ったままにした。アンリからのメッセージを読みたくなかったし、外の世界を遮断したかった。そのことを予《あらかじ》めバンジャマンやソフィーには伝えておいたのだ。とりあえず、今回の件で、一度自分をリセットしたかった。

アンリには何も伝えなかった。暫く、自分の心を取り戻すために、世界との距離を保つ必要があった。私は現実世界から遠く離れることになった。それは自分自身から遠く離れる行為でもあった。それが本来の意味でのソーシャルディスタンスであろう。私は社会的距離の中に潜んだ。

人々は家から出て再び新しい日常に戻って行ったが、私は部屋に籠り誰とも会わなくなった。人々は見事に以前の世界からは考えられないくらい上手に社会的距離を保っていた。

私は社会そのものと距離を保つようになっていた。

私はアンリのことを考えていた。愛しているよ、と言ったアンリの言葉が耳奥から離れなかった。結局、愛とは何だろう、と私は考えた。私は初心に返る必要があった。私がアンリに求めたのは愛ではなく、もう一度言おう、それは恋だった。

結婚はそもそも恋じゃない。家庭を作りお互いを約束で縛るのは愛であって、恋じゃない。辞書によると、恋は落ちるものだ。私が当初彼に求めたところに立ち戻ればいいだけのことじゃないか？　未来や生活のことを考えるのは間違いで、私は恋する自分が必要だったのだ、と思い出していた。

彼が嘘つきであろうと、どうでもいいことじゃないのか、と思い直した。ガスパールが言ったように騙される人間も悪いのだ、と自分に言い聞かせていた。好きだったら、それでいい。最初から自分に言い聞かせていたように、愛ではなく、恋をしていたら、こういうことにはならなかった。

十月になり、私は閉ざしていた門を少しずつ開き始めた。寂しくてそうしたのではなく、やっと自分を取り戻すことが出来たからだ。上手に距離を保てる精神的な自信が出来たということである。

母が、少しだけ興奮気味に、アンリの小説が何かの新人賞を受賞したわよ、と結構すごいことをサラッと言ってみせた。パソコンを開いて調べると、よく本の帯に印刷されている賞であった。新人賞と呼ばれているが、この賞で勢いを得た中堅作家もいる。

翌日、久しぶりに電源を入れた携帯のワッツアップにアンリから『マリエのおかげで受賞出来た』という興奮気味の知らせが飛び込んできた。それより前には、過去のメッセージがずらっと連なっていた。遡ると、このひと月の間、たくさんのメッセージが彼から送られていたことが分かった。

ほとんどが、やあ、とか、元気にしているかい、とか、おやすみ、という短いメッセージだったが、その数は数十通を超えていた。ほぼ毎日、一日に一、二回程度の割合で、既読にさえならないというのに、ひたすら送り続けられてきた短文メッセージであった。

どうしていいものか悩んだが、すべてのメッセージを読み切った後に、

『おめでとう。努力が実ったね。私も元気になってきたので、少しずつ社会復帰しようと思っている。このニュースが励みになった』

とだけ送り返しておいた。バンジャマンからも、ソフィーからもほぼ同じタイミングでニュースを見たというメッセージが届けられた。

ほらね、と私は思った。やっぱり彼は本物だった。これで作家の道が開けると思うと、素直に嬉しかった。それは本当のこと。彼の才能を見抜けただけでも自分の存在に意味があったのだから。

荷物を整理していると、区役所で発行された結婚式の日取りが印刷されたアテスタシオ

ン(証明書)が出てきた。丸めて破り捨てようとした痕跡があったが、捨てきれずにいたもの。用紙を掌で伸ばし、私はしばらくの間、そこに印刷されている自分たちの名前や文面をじっと眺めた。

一人だったので、いつまでもずっと見つめ続けていた。結婚は出来なかったけど、いい思い出がたくさん残っている。私は彼に幸福を奪われたとは思っていない。むしろ、たくさんのことを彼から教えてもらうことが出来たのだ。

書類を私は二つ折りにして机の引き出しに仕舞った。捨てることも出来たが、これを持って生きていこうと決めた。

『よければ、一緒にお祝いしてもらえないかな?』

その翌週、アンリからまたメッセージが届いた。悩んだけど、もうすべては過去のことだから、今更会っても仕方がないと思ったので、

『残念だけど、会わない方がいいと思う』

とだけ返した。

その翌週、再びアンリから連絡が入り、

『週末にソワレのメンバーが集まって祝賀会をやってくださることになった。みんながマリエに一言スピーチしてもらえないかと言うのだけど、ダメかな? ラファエルも参加するよ。あの後、いい加減なことを君に言ったことを本当に反省していた。直接会って詫びたいと言っている。信じてもらえない僕が言うことじゃないけど、よければ元気な顔をみ

せてもらえない？』

　というちょっと長いメッセージであった。ラファエルとアンリの関係が終わったと勝手に早合点していたので、私はびっくりした。あの日、ラファエルが私に語ったことはいったいなんだったのだろう、と思わず首を傾げてしまったほどに……。

　でも、それらも今となってはもうどうでもいいことであった。私は苦笑し、携帯に文字を打った。

『ごめんなさい。みんなに会いたいけど、あなたに会わせる顔はないし、お許しください』

　驚いたことに、当日、その会に参加したソフィーから、写真が届くことになる。そこには笑顔のアンリを中心にいつものメンバーが揃っていた。しかも、その端っこにバンジャマンまでもが写っていた。

『今日の今日、ムッシュ・フォンテーヌからバンジャマンにこの祝賀会の知らせが来て、会場が近かったのと、たまたま仕事が終わったから、急遽、二人で駆け付けることになったの。バンジャマンはマリエとアンリの関係については何も知らなかったし、私は行くべきか悩んだけど、本当のことを知る必要があると思ってマリエに内緒で出かけてみた。長く話す時間はなかったけれど、アンリはマリエからの連絡を切に待っていると言った。それは、本当だと思う。ずっと目が赤かった。そして、出来ることなら誤解を解き、時間を戻したいと言っていた。この件で、直接会ってマリエと話しをしたいので、近々、そっちに顔を出すけど、時間あるよね？　それからアンリ、文芸関係者に囲まれて、それは凜々しかった。若くない新星、という記事が出ていたので、一緒に送るね』というメッセージであった。「ル・モンド」の記事も添えられていた。新聞記事のモノクロ写真の中央に自著を持ったアンリが立っていて、とっても自然体で、いつもの懐かしいあの顔で微笑んでいた。時間は戻るのだろうか、と悩んだが、私はかなり今回の件で人間不信に陥り、思った以上に傷ついたのは事実だったし、それは母も娘たちも一緒で、彼が嘘をつかなかったにしても彼が生きる世界は私には相当に敷居が高すぎるのだと思えてならなかった。

何よりも彼を支える力はもう残っていなかった。アンリが本質的なところで詐欺師ではなかったということが多少分かっただけで十分。ラファエルからの謝罪はなかったが、ソフィーから送られてきた写真をよく見ると、ガスパールとマーガレットの後ろに半分顔の切れたラファエルが笑顔で写っていた。しかも、その後ろに、元妻であるステファニー・チェンまで収まっていた。さすがに笑ってはいなかったが、長い髪を結って、ドレスアップしていた。私は苦笑し、同時に、ため息を漏らしてしまった。

みんな、おかしい……。私はあなたたちの世界では生きられない……。

母はこの件について私同様に冷静であった。時間をかけて見つめ直せば、と母は私を気遣って呟いた。でも、と私は反論した。もはやこれは過去の出来事じゃないかしら、と。

アンリから着信があったのはその翌日のこと。私は出なかった。それから二、三日置きくらいに、メッセージが、いや、メッセージではなく、着信が入るようになった。彼が自分の言葉で何かを伝えようとしているのが分かった。でも、私はそれを静かに無視し続けることになる。

着信がある日は、だんだん、自分の中で『いい日』と思えるようになってきた。今日はアンリからの着信記録があったので『元気でいなきゃ』と自分に言い聞かせるサインとした。

アンリからのコールは続いた。何度か気持ちがぐらつき、電話に出かかったこともあるけれど、今は繋がらない方がいいように思って、放置した。

いきなりの受賞を機に、第二作の執筆に入らなければならない大変な時期だし、もっと大きな賞へと繋がる可能性もある。現に、十月中旬になると、フランス文芸界を代表する賞の候補になったという知らせが舞い込むことになる。バンジャマンのもとにムッシュ・フォンテーヌから連絡が入り、それがバンジャマン経由で私にも届けられた。

それから間もなくして、バンジャマンから、あれは獲るかもしれないね、というメッセージが入った。

「あれ？」

「パリ文学賞 Le prix de Paris だよ。フィリップさんの作品」

下馬評みたいなものでは悪くない評価だということだった。若くない新人で、しかも処女作がいきなり評価されたことで世の中がざわついている、とのこと。とっても驚いたし、候補になれただけでも純粋によかったなと私は思った。でも、アンリに祝辞を述べることはもうなかった。私はきっと力を出し切ってしまったのだ。

もったいない、とソフィーが言ったが、もったいないの意味が分からない。それは見当違いの意見……。もう十分、と私は思っていた。

その日、いつものように買い物籠をぶらさげ、駅前にある大型スーパーマーケットに買い物に出かけると、入り口にアンリが立って私のことを待っていた。母が教えたに違いない。口紅ぐらい付けていきなさいよ、と出がけにリップスティックを持ってやってきた意味が分かった。仕事帰り、学校帰りの人々でごった返す駅前広場の中心に立って、聳えるような感じで私を出迎えた。

「やあ」

とアンリは私を見つけるなり言い、あの笑顔を向けてきた。あまりに不意の出来事で驚いてしまった。あの後、アンリは一切の言い訳をしなかった。そして、彼にとっては裏切り者のラファエルさえも傍に置き続けている。

どうやら、本人が言った通り、アンリは大きな意味で嘘はついていなかったのかもしれない。奥さんに罵られても、少なくとも彼の中では一点の恥もなかったということだろう。

あのトゥルーヴィルの別荘ホテルも実際は、もともとはアンリが言う通り、彼が暮らしていた家だったのかもしれない。なのに、私は何一つ確認せずに彼を疑った。だから、もちろん、何一つ確認せずに信じることも出来ないわけではない。

アンリは自分の本を私に向けて静かに差し出した。

「受け取ってほしい……」

表紙を捲《めく》った最初のページに、ささやかなサインを見つけた。マリエへ、とあった。その横にアンリの名前が付されていた。婚姻届の妻の欄の空白を思い出し、心が一瞬激しく揺さぶられた。でも、小さくかぶりをふり、微笑みを浮かべてその悲しい記憶をそっと追い払う。

「わざわざ届けてくれてありがとう」

「そこの、ほら、あの一度行ったことのある英国バーで飲めない？」

私は悩んだが、ここで断るのは大人げないと思い、従うことになる。あれから半年以上の歳月が流れていた。思い立ったらいつでも好きなタイミングで触れ合える関係だったのに、今は、二人の間に銀河が横たわっていた。前のように気軽に行き来することは出来なかった。でも、恋であるならば、そのくらいの距離感がちょうどいいのだと思った。

アンリはミシェル・クーヴルーのロックを注文し、私はコーヒーをお願いした。

「何から話せばいいのか分からない、マリエのおかげで僕は作家になることが出来た」

「私のおかげじゃない。アンリの実力だよ」

「でも、君が頑張って動いてくれたからこその結果だと思う。この賞は二人で掴んだものだよ」

私は言葉にせず、かぶりをふって、それを小さく心の中で否定した。言葉は続かなかったが、カウンターに二人で並んで座っていると、トゥルーヴィルの海岸を二人で歩いた日のことを思い出した。アンリの腕にしがみつくのが幸せだったなぁ、と思うと目の奥がじんと痺れてくるのを覚え、慌ててその過去を振り払わなければならなかった。それはもう思い出しちゃいけない記憶だと自分に言い聞かせながら……。

「一緒に歩いたトゥルーヴィルの浜辺のことをよく思い出す」

アンリがぼそっと言った。人が必死で忘れようとしているのに……。

「あのひと時が永遠になっている」

「ずるいなぁ」

「何が?」

アンリが身体を少し捩《ね》じって、私に振り向いた。あの憎らしい微笑みを浮かべている。そこに彼がいるだけでもう十分だと何度思ったことであろう。仮にこの人が犯罪者でも、私はこの人を好きだと思った。でも、そんなこと死んでも口には出来ない。この人のせいで私はここまで苦しめられたのだから……。

「人を好きになるのは本当にタイミングだね。思い通りに行くよりも、行かない方が多い。でも、きっと本当に求めているならば絶対に結ばれると信じている」

アンリはそう言い終えると再びウイスキーに口を付けた。私も同感であった。四十年近く生きてきたけどこんなに振り回されたこともないし、こんなに胸が締め付けられたこともない。

あんなに悪い情報や噂を聞かされても、心のどこかでこの人のことを想っている自分がいた。それが何か、言葉には出来ないし、言葉にすることじゃないけれど、今はこれでいいと思う。そうだ、それが恋かもしれない。

アンリはミシェル・クーヴルーのロックを二杯おかわりした。いつもよりペースが速いので、彼も緊張していたのかもしれない。その横顔がいつになく、強張っているようにも見えた。私も付き合ってロックを頼んでみた。バーテンダーの人が私の前にグラスをすっと差し出した。その微かなヴァニラの香り、味わい、苦味、アルコールのきつさ、すべてがアンリであった。たぶん、このウイスキーを頼む度、私はアンリを思い出すのかもしれない。

「パリ文学賞、候補になっただけでもすごいことね」

私は彼の緊張をほぐすためにそう言った。

「期待はしてないよ。いっぺんにいいことが起きると必ずその反動があって、必要以上に欲張ると、いつか奈落に突き落とされてしまうのだから。このくらいで十分」

「私も十分……」

「え?」

「私はアンリに出会えただけでもう十分なの」

「そんなこと言わないで」

「でも、本当のことだから。どんなに好きでも私はあなたの世界では生きられない。アンリの周りにいる人たちは個性的で面白いけど、でも、普通じゃない。感覚が私とは違い過ぎるわ。身が持たないの。だから、遠くから見守っている」

アンリが目を閉じてため息を漏らした。

「愛しているよ」

あの声だ、と思った。不意に心臓が飛び跳ねそうになった。あの昏睡している時に聞いた声、やっぱりアンリの声であった。

「集中治療室に来て私を励ましてくれてありがとう」

アンリは小さくかぶりを振った。

「でも、あの時、朦朧としていながらも、アンリの声が私をものすごく励ましてくれたのよ」

「聞こえていたの？」

「うん、ずっと聞こえていた。ずっとずっと、聞いていた……」

私がそう告げると、アンリが再びこちらを見て、マリエ、と私の名前を言った。私も身体を捻《ひね》ってアンリの方へ向き直った。そのまま二人の視線は重なりあった。はじめての口づけを思い出した。区役所の前で抱きしめられた時のぬくもりを思い出した。あの瞬間に嘘はなかった。あの時の自分に間違いはなかった。私の記憶の中にいる頼もしく優しかったアンリ……。

「あの、最後に一つ訊いてもいい？」

アンリが不意に切りだした。

「ダメ……」

私は拒否したが、彼は続けた。

「改めて、僕と結婚をしてもらいたい」

「それは間違い」

「いいや、間違いじゃない。ずっと考えていた」

「ごめんなさい。もう、……ない」

「僕は待つ」

アンリには珍しく感情が籠っていたので、それは本当のことだろうと思った。その時、きっと、私は満足していたはず。嬉しかったと思う。でも、この夢を追いかけないで、ずっと夢を見ていたい、と思った。それだけであった。この話しはもう終わったのだ。期待をするから人間はがっかりする。期待をやめないと私は壊れてしまう。

始まりも終わりもないゆくえでいいじゃないか……。

私は席を立った。アンリはずっと正面を向いたままであった。もう、送ってはくれなかった。昔のように走り去るタクシーを見送ってくれることもないのだ。

私は今、それ以降の世界からこれらの物語を振り返っている。語り始めたその時は現在だったが、ここまでくると物語の始まりはすでに遠い過去になっている。

二〇一九年にマリエ・サワダはパリのとあるバーラウンジの一角でアンリ・フィリップと出会った。この時からわずか一年前のことだが、そこは今日現在の世界から振り返ると一光年ほど遠い世界に思える。

この短い時間でこの世界の価値観は根本から覆されてしまった。そして、この価値観の変容はまだ終わったわけではない。それはここからさらに大きく加速し、二〇二一年にかけて、そしてそれ以降の未来に向けて、かつて人類が味わったことのないほどに大きな激動の時代をもたらし、私たちを苦しめてくるかもしれない。

愛もウイルスもどのように変異するのかが気になる。天変地異が起き、気候変動によって四季が乱れ、感染症は南半球で猛威を振るった後、再び北半球に戻って全地球のバランス、安全保障、日常生活、経済活動などをいっそう揺さぶることになるのか。

それとも、アメリカで大きな炎があがり、それを機に、超大国の覇権争いが周辺国へと飛び火して、アジアの一角、中東のどこかで、これまでにない揉め事、端的に言えば戦争が起こって、それがもはや自分たちの手ではどうすることも出来ない混乱を招いてしまうのか。

それはウイルスの終息ではなく、まるで人類を終焉《しゅうえん》へと導くフィナーレのようなものの始まりと言っても過言ではないのだ。でも、そのような「憶測」はここで語っても仕方がない。その時の私には、それ以前の世界も、それ以降の世界ももはや重要ではなかった。

ただ、今日は過去が夢見た未来に過ぎないのだから。

34

そして、二〇二〇年の十一月初旬、もう一つの事件が起きることになった。それはちょうど、アメリカ全土を二分し世界中の思惑が交差した大混迷の大統領選の直後のこと、そして、アンリが候補になっていた大きな賞の選考会の朝のことであった。

「話題の小説家、アンリ・フィリップ氏にまとわりつく暗い影」と題された週刊誌の記事の見出しがネットニュースに躍っていた。選考会の当日発売されたゴシップ誌の記事が大きな話題になり、朝から各テレビ局の情報番組などで「下馬評一位の作家の賞の行方と逮捕の可能性」が話題にのぼった。

この件で前日の夜中にバンジャマンから一報が飛び込んできて、ゲラを読ませてもらったが、衝撃的な内容であった。

《今期、パリ文学賞候補であり、新人賞を受賞したばかりの作家で実業家のアンリ・フィリップ氏（六一）に五億ユーロを超える詐欺の疑いがあることが分かった。アンリ・フィリップ氏は知人の投資家らに、自分はロマノフ家の末裔であるスイス在住の元貴族、フレデリック・ロマノフ氏の数十億ユーロの遺産を受け取る権利があると主張、全世界に散らばった一族をまとめるのに時間がかかり、複雑な協議が継続中で、話し合いが終わるまでその遺産を受け取ることが出来ずにいる、と説明し、事業拡大に必要な資金提供を四人の投資家に持ち掛け、合わせて五億ユーロあまりを騙し取ろうとしたとのことである。アンリ・フィリップ氏は弁護士を通し警察の捜査に応じていると取材に答えた。処女作『始まりも終わりもないゆくえ』はロシア皇帝の血を引く主人公とその一族の華麗な歴史絵巻で、今回の事件を彷彿《ほうふつ》させる内容。本日、十五時から行われるパリ文学賞選考会にどのような影響が及ぶのか、懸念されている》

テレビを観た母がやって来て、すごいことになったね、と青ざめた顔で言った。その時の私は何も意見を返すことが出来なかった。ただ、アンリのことが心配で仕方なかった……。

ニュース番組でも、情報番組でも、話題はアンリ一色。対応に追われる版元の様子も映し出され、担当編集者であるムッシュ・フォンテーヌを追いかけるカメラもあった。ムッシュ・フォンテーヌは、本人と話し合いをしているが、この件は詐欺とかではないと思っている、とコメントしていた。

私はテレビを消し、ベッドに潜り込んでしまった。私に出来ることは限られていたからだ。アンリを信じたいとぼんやり考えていると、次の瞬間、布団の中で携帯が光った。液晶の画面に「アンリ」という文字が浮かび上がった。私は布団を剝いで慌てて起き上がり、携帯を握りしめた。

「やあ」

「大丈夫、じゃないよね？　テレビ観てたわ」

「心配しているかなと思って。すまない、こんなことになって。でも、これは事件じゃないんだ。信じてもらえるか分からないけど、僕を訴えているのもラファエルとかじゃなく、別の連中で。予想さえしていなかった事件に巻き込まれている」

「私には何も分からない」

「君に迷惑をかけ続けてしまい……」

「大丈夫？」

「大丈夫、ただ、声が聞きたくなっただけ。また、かけ直すね」

「アンリ！」

私は慌てて呼び止めた。でも、通話はすでに切れていた。かけ直そうか悩んだが、出来なかった。

でも、なぜだろう。私のところに、こんな大変なタイミングで電話をかけてくれたことが嬉しかった。頭の中にアンリと並んで見つめたトゥルーヴィルの切ない夕陽が現れた。暫く、私はなぜかそれを消せないでいた。

それは私にとっては今日まで生きてきた時間の中で一番幸福な思い出でもあった。そこにアンリがいたことは間違いなく、蜃気楼でも幻でもなく、そのおかげで、あの時期、私は生きることの意味を取り戻すことが出来ていたのだから……。

夜の九時にムッシュ・フォンテーヌから、その直後にバンジャマンから、相次いでアンリが受賞を逃したという知らせがSMSで届いた。しかし、落胆するのもつかの間、テレビが、警察がアンリを逮捕した、と伝えた。私はそこでテレビを消し、子供たちの横で眠ることになる。その後のことは皆さんがよくご存じの通りだが、アンリは否認したまま裁判へと進み、無実を主張し続けることになる。

アンリ・フィリップの主張は変わらず、自分はロマノフ家の末裔にあたる、というもので、このことは検察も大方事実を認めているようだったが、アンリが主張するような遺産の相続が行われようとしている事実はないというのが検察の主張であった。

裁判は、フランスとスイスとロシアにまたがる彼の小説を彷彿させるような大掛かりなものとなった。その間に、アンリの著作は受賞を逃したというのに話題を集めベストセラーに。実際には下馬評とは異なり、彼の作品を推す選考委員はいなかったのにもかかわらず。懲役二年の実刑判決が下ると、間もなく本は書店から消えた。

街はクリスマスのイルミネーションに彩られ、再びコロナウイルスによる感染がパリを中心に拡大し始めていた二〇二一年十二月の初旬、私は十四区のサンテ刑務所に面会の申請を行うことになる。対面したのは月曜日の昼下がりのことであった。アンリは無精ひげを生やしていたがとっても元気そうにしていた。

面会室でテーブルを挟み、私たちは向き合った。私たちそれぞれの背後には私たちを監視する刑務官がいた。アンリは最初驚いた顔をしていたが、間もなくいつもの穏やかなアンリらしい笑みを浮かべてくれた。

私は真正面からじっとその優しい目を見つめた。長い時間、心のやりとりがあった。言葉は最初から最後まで必要なかった。私の口元は静かに緩み、まるで悪戯《いたずら》を仕掛けようとしている少女のようだった。アンリは事件の前と何も変わらないいつもの穏やかな表情でそこに泰然と在った。どこかさっぱりとした顔つきをしていた。悟り切った者の優しさが溢れていた。その変わらぬ気配、空気感、優しさが私に感染し、同じように彼に向かって微笑み返すことになる。二人は目じりを緩ませ、口元を緩めていた。監視する者の目などもう、どうでもよかった。ゆっくりとマスクを外した。

「あなたと結婚することに決めたの」

アンリに向かって私ははっきりと告げた。

初出
「すばる」2020年8月号、9月号
単行本化にあたり、加筆・修正を行いました。
本作品はフィクションです。人物、事象、団体等を
事実として描写・表現したものではありません。

装幀
田中久子

装画
荻原美里
カバー画：There is always light behind the clouds
扉画：View from the Arc de Triomphe

著者略歴

辻 仁成（つじ・ひとなり）——東京都生まれ。1989年「ピアニシモ」で第13回すばる文学賞を受賞。作家・詩人・ミュージシャン・映画監督と幅広いジャンルで活躍している。97年「海峡の光」で第116回芥川賞、99年『白仏』の仏語版 *Le Bouddha blanc* でフランスの代表的な文学賞であるフェミナ賞の外国小説賞を日本人として初めて受賞。『日付変更線』『父 Mon Père』『エッグマン』『真夜中の子供』『84歳の母さんがぼくに教えてくれた大事なこと』他、著書多数。

十年後《じゅうねんご》の恋《こい》

2021年1月30日　第1刷発行

著者　辻《つじ》 仁成《ひとなり》

発行者　徳永 真

発行所　株式会社集英社

東京都千代田区一ツ橋2-5-10　〒101-8050

03（3230）6100［編集部］

電話　03（3230）6080［読者係］

03（3230）6393［販売部］書店専用

印刷所　大日本印刷株式会社

製本所　加藤製本株式会社

定価はカバーに表示してあります。

ISBN978-4-08-771739-6 C0093

集英社文庫

辻仁成の本

父 *Mon Père*

記憶障害が始まった父と、交通事故で亡くなった母。
秘められたふたりの過去は、ぼくの未来につながっていた。
フランスで子育てをする著者が紡ぐ、家族と愛を巡る運命の物語。
解説＝岩城けい

日付変更線（上巻・下巻）

運命的に出会った日系4世のケインとマナ。
祖父はともに、第2次大戦時アメリカ軍日系人部隊の兵士だった。
彼らは何を求めて戦ったのか。時空も国境も越え交錯する壮大なドラマ。
解説＝SUGIZO